Herbert Lieberman

LA HUITIÈME CASE

ROMAN

Traduit de l'américain
par Jane Fillion

Éditions du Seuil

La première édition de cet ouvrage a paru en 1975 aux éditions Denoël
puis a été rééditée en 1990 dans la collection 10/18
aux éditions Christian Bourgois

TEXTE INTÉGRAL

TITRE ORIGINAL
The Eighth Square

ISBN 2-02-034528-5
(ISBN 2-264-01399-0, 1re publication poche)

Pour David et Sylvia qui se souviennent peut-être de cet après-midi-là.

Elle arriva bientôt dans un espace découvert bordé, sur le côté opposé, par un bois. Il paraissait beaucoup plus sombre que celui où elle s'était promenée précédemment, et Alice éprouva une légère appréhension à l'idée de s'y engager. Néanmoins, réflexion faite, elle décida d'aller de l'avant, « car, se dit-elle, je ne voudrais certes pas revenir en arrière ». C'était d'ailleurs la seule route qui menât à la Huitième Case.

De l'autre côté du miroir.
LEWIS CARROLL.

Prologue

Dans la plus grande partie de la Nouvelle-Angleterre, il est d'usage, lorsqu'un homme se rend acquéreur d'une importante pièce de terre, d'en parcourir l'étendue et d'en reconnaître les limites peu après en être devenu propriétaire.

Cette reconnaissance s'effectue sous la direction d'un arpenteur municipal ou régional, et comprend le nouvel acquéreur lui-même, ainsi que les propriétaires des terres limitrophes. Le but de cette formalité est de faire se rencontrer les parties intéressées afin d'établir, ou de déterminer le bornage, et de prévenir d'éventuels différends.

L'arpenteur régional, qui fait à la fois office d'arbitre et de guide, est un homme capable de déchiffrer les cartes anciennes, d'interpréter le jargon administratif ainsi que les obscures références que l'on trouve dans les vieilles chartes. C'est généralement un homme d'âge mûr mais, par nécessité, robuste et vigoureux, car son métier l'oblige à être constamment par monts et par vaux. Il connaît tous les us et coutumes de la région et conserve dans sa mémoire tous les événements qui s'y sont déroulés durant des décennies, sinon des siècles.

Nombre de ces hommes vénérables furent nommés à vie et passèrent leur existence à parcourir bois et forêts. Doués d'une extraordinaire mémoire, il ne leur était même pas nécessaire de consulter les actes de transfert et ils possédaient une connaissance approfondie des divisions territoriales d'une région donnée.

Mais comme cela se passe pour de nombreuses et pittoresques coutumes du passé, l'arpenteur régional a dû céder le pas au technologue, et cette race d'hommes est en voie d'extinction.

PREMIÈRE PARTIE

1

– *6 degrés sud. Ouest-nord-ouest, 2 chaînes et 16 maillons*[1].

Ces chiffres, lancés avec force, déchiraient l'air comme des coups de fusil. Une seconde voix, fort éloignée de la première, répéta à un rythme accéléré :

– *6 sud. Ouest-nord-ouest 2 et 16.*

Il y eut un silence, puis la première voix reprit :

– *Direction est, 18 chaînes et 44 maillons jusqu'à un noyer et à un tas de pierres dressé sur un talus.*

Dans le silence qui suivit, l'on perçut le grésillement des criquets, le pépiement des oiseaux, le bris de branches et de rameaux, le bruissement des feuilles mortes que l'on foulait. Un instant plus tard la deuxième voix s'éleva à nouveau et répéta docilement :

– *Direction est, 18 chaînes, 44 maillons jusqu'à un noyer et un tas de pierres.*

– *9 degrés nord, à l'est de l'angle sud-ouest du douaire de la veuve Stuart*, lança la première voix, une voix profonde et sonore, qui résonnait comme des timbales et dont l'écho se répercutait dans les taillis. *De là, direction sud, 28 chaînes jusqu'à la première limite mentionnée.*

1. *Chaîne*. Autrefois chaîne de fer, aujourd'hui ruban métallique, de vingt mètres de long, servant aux arpenteurs à mesurer le terrain. *(N.d. T.)*

Maillon. Centième partie de la chaîne, soit vingt centimètres. *(N.d. T.)*

Il y eut un silence. Puis la seconde voix s'éleva, à la fois plus haute et plus jeune, affectée d'un léger zézaiement.

– C'était bien sud et 28, Mr. Rogers ?

La forêt semblait retenir son souffle. Grillons et oiseaux s'étaient tus comme pour attendre la confirmation demandée.

– J'ai dit 28, Putney.

– C'est exact, Mr. Rogers. Il y en a bien 28.

On crut percevoir comme un soupir de soulagement, et comme sur un signal donné, la vie cachée de la forêt se manifesta à nouveau – abeilles, grillons, cigales, oiseaux – et ne forma bientôt qu'une seule voix. L'on perçut à nouveau le bruissement et le craquement des feuilles et des branches, suivi du croassement d'un grand corbeau noir qui jaillit d'un fourré.

– 88 3/4 degrés nord, 7 chaînes et 19 maillons jusqu'à un chêne blanc marqué, ayant à son pied une pile de pierres.

Ces chiffres sonnaient haut, sous la voûte feuillue, puis redescendaient comme flèche et transperçaient la pâle lumière verte du sous-bois.

– 88 3/4 nord, 7 et 19 jusqu'au chêne blanc, répéta la seconde voix.

– Je ne vois ni chêne blanc ni pile de pierres, lança pour la première fois une troisième voix. Et vous ?

– Moi je distingue une bon Dieu de chênaie, cria une quatrième voix, à une certaine distance et bien en arrière de l'arpenteur. Où diable sont tous les autres ?

Un rire clair et gai s'éleva entre les arbres, suivi d'un furieux piétinement dans les fourrés comme si quelqu'un courait à toute allure.

– Par ici, lança la voix de stentor. Brusquement une sorte de géant se profila au sommet d'une petite colline et s'arrêta pour consulter une boussole. A intervalles réguliers il fouillait le ciel en direction du soleil. Il pouvait avoir dans les soixante-dix ans, une épaisse chevelure blanche, des yeux profondément enfoncés dans leurs orbites qu'il fixa, comme le faisceau d'un projecteur, sur un repère se trouvant à une trentaine de mètres de là. Il le fixa, comme un aigle sa proie, et cria : Le voilà ! Exactement à l'endroit que je t'ai indiqué ! Tu le vois ?

Un garçon d'une vingtaine d'années grimpa à flanc de colline et vint se poster à ses côtés. Un rouleau de ruban d'acier gradué battait sur sa hanche et il tenait à la main une énorme pelote de galon d'un rouge éclatant qu'il laissait traîner derrière lui, tel un mince filet de sang.

– *Nord-nord-est, à environ 23 pas*, fit l'arpenteur, le bras tendu comme un poteau indicateur dans la direction donnée. Juste à gauche du noyer blanc. Tu le vois ?

– J'ai bien peur que non, répondit Tom Putney, son assistant, de sa voix claire et douce de fille, d'un ton navré, ulcéré même.

L'arpenteur, Mr. Rogers, essuya de sa manche la sueur de son front, d'un geste lent et harmonieux, puis reprit :

– Voyons, mon garçon, tu as des yeux. Essaie de t'en servir.

A ce moment, un homme petit et trapu surgit du couvert des arbres et se mit lui aussi à gravir la petite éminence. Il avançait à l'aveuglette à la vitesse d'un bolide. Peinant, plantant ses talons dans le sol et faisant jaillir des mottes de terre, il prit la colline à l'assaut, laissant derrière lui des nuages de poussière.

De la crête de la colline, l'arpenteur et son jeune assistant observaient cette charge avec une curieuse indifférence. Ils auraient aussi bien pu regarder un autocar faisant ronfler son moteur à un péage encombré.

Lorsque le petit homme trapu surgit sur la crête de la colline, il ne s'arrêta même pas, mais se mit à se pavaner de-ci de-là et à scruter le paysage à l'aide d'une paire d'énormes jumelles. De temps à autre, il reniflait, puis pivotait sur ses talons d'un côté, de l'autre… avec les mouvements courts et violents d'un taureau à l'étroit dans son enclos.

Lorsque enfin il prit conscience de la présence de l'arpenteur et de son jeune assistant, il sursauta, puis demanda :

– Suis-je le premier ?

– Oui, Léo, fit l'arpenteur en poussant un soupir, l'air résigné, et là-dessus, il se replongea dans l'étude de ses cartes.

Petit, mais puissamment bâti, les jambes courtes, le torse épais, une tête anormalement grosse pour son corps, Léo Garvix était quasi difforme. Un homunculus risible, grotesque même, mais bien malavisé celui qui se serait permis de rire de lui. Bien que petit, sa façon de se tenir suggérait qu'il ne l'était pas, car par un constant effort de volonté il était arrivé à se persuader qu'il était grand. S'y employant depuis tant de jours, tant d'années, à ses propres yeux, il était grand.

Quand ce grand petit homme se déplaçait, il le faisait avec une sorte de grâce brutale qui rappelait celle d'un sénateur romain dans un de ces films pseudo-historiques se passant au temps des Césars. Une grâce feinte, bien entendu, mais qui n'en jouait pas moins le vrai. Arpentant la crête avec des airs de propriétaire, il demanda en faisant du bras un large geste en direction de la forêt :

– Tout cela m'appartient, non ?

– Oui, Léo, fit l'arpenteur du même ton résigné.

L'autre se remit à se pavaner. Il s'arrêta brusquement, mit en cornet sur sa bouche ses mains courtes et rougeaudes et cria vers le bas, de la colline d'où il venait :

– Allez, amenez-vous ! Mettez-en un coup ! Il est bientôt deux heures, et nous n'avons pas encore fait la moitié du chemin.

Trois retardataires se mirent à gravir lentement la colline. Un rire féminin, clair, cristallin, le bruit de voix de deux hommes s'entretenant précédèrent leur arrivée. L'appel que Garvix s'efforçait de rendre pressant les laissa totalement indifférents. Rire et conversation se poursuivirent et l'allure ne se fit pas plus rapide. Ils avançaient même avec tant de nonchalance qu'on aurait dit des touristes visitant le jardin zoologique d'Anvers au début du siècle, ou encore des promeneurs, dans une toile de Seurat, par un bel après-midi parisien.

Lorsque enfin ils parvinrent au sommet, où Garvix les attendait, fulminant, les poings sur les hanches, la femme, une certaine Sybil Jamison, passa devant lui en l'ignorant. Elle avait l'élégance nonchalante d'une femme grande, et lorsqu'elle eut dépassé Garvix ce fut comme si elle niait, non seulement lui, mais le terrain qu'il occupait.

Les deux hommes la suivaient de peu, et le trio se dirigeait droit vers l'arpenteur.

– Sanguinaire ou étoile de Bethléem ? demanda Mrs. Jamison en lui fourrant sous le nez une petite et délicate fleur sauvage.

Rogers repoussa sur son front sa vieille paire de lunettes, approcha tout près de ses yeux de myope les fragiles corolles, puis dit sans hésiter :

– Étoile de Bethléem.

Mrs. Jamison poussa un petit cri de joie, adressa un radieux sourire à celui de ses compagnons qui se tenait à sa droite, puis dit :

– Exactement ce que je pensais… Il s'agit évidemment de l'*Ornithogalum umbellatum*.

– Touché, Mrs. Jamison, dit celui-ci.

– Je suis surprise que vous vous y soyez trompé, docteur, fit la jeune femme jouissant pleinement de sa victoire. Six pétales et une seule feuille enroulée autour de la tige lorsqu'il s'agit de la sanguinaire. Comme vous pouvez le voir, l'étoile de Bethléem a de nombreuses feuilles, enroulées elles aussi.

– N'importe quel profane aurait su cela, docteur, fit le second compagnon de la jeune femme, un Anglais de haute taille, à l'aspect défraîchi, au visage grêle, qui avait dû être beau et que déparaient de longues dents jaunes.

Mrs. Jamison n'avait pas fini de triompher et elle reprit :

– N'essayez jamais de me coller question fleurs, docteur Gage. Dans ce domaine, je suis imbattable. J'ai été formée par un homme qui est probablement le plus grand botaniste du XXe siècle.

– L'étonnant Lobkowitz, dit l'Anglais au visage grêlé, d'un ton sarcastique.

– Freddy a beau ironiser, fit Mrs. Jamison, le professeur Lobkowitz n'en est pas moins un homme remarquable. Connaissez-vous ses ouvrages ?

– Malheureusement non, murmura Gage, confus. Par contre j'ai souvent vu son nom cité dans des bibliographies et des revues spécialisées.

Cette déclaration sembla atténuer tant soit peu l'énormité de son péché, et Mrs. Jamison, radoucie, reprit :

– Il a frôlé de peu le prix Nobel pour ses travaux sur l'histologie des plantes. J'ai fait sa connaissance à Heidelberg. Il a eu sur ma vie un effet fécondant.

– Fécondant ! répéta Léo Garvix en gloussant et en appuyant sur ce mot à double sens. Fécondant ! Je vous demande un peu.

– Épargne-nous tes plaisanteries de mauvais goût, Léo, dit Freddy Jamison, sinon je te jure que…

– Ta gueule ! lui lança Garvix en lui tournant ostensiblement le dos.

Jamison rougit de colère, tandis que Sybil Jamison disait en souriant :

– Ne faites pas attention docteur, c'est leur façon à eux de s'amuser.

Freddy lança un regard noir à Garvix qui s'était remis à inspecter le paysage à l'aide de ses énormes jumelles.

Le docteur observait en silence cette étrange scène, mais à ce moment, Tom Putney, posté sur le bord de la crête, cria :

– Voilà les autres !

Rogers et Garvix se dirigèrent vivement vers Tom Putney, et tous deux, les poings sur les hanches, regardèrent les trois derniers retardataires gravir avec peine la pente escarpée. Au bout d'un instant Rogers se pencha en avant et tendit son long bras. Des doigts s'agrippèrent à sa main tendue et bientôt la tête d'une jeune femme surgit au niveau de la crête. Sans effort apparent, Rogers l'aida à franchir les derniers pas qui la séparaient du sommet, et dit en souriant :

– Bienvenue à bord, Ollie !

Sous l'élan qu'il lui avait donné, la jeune femme fit quelques pas en courant, telle une nymphe des bois, rouge et un peu étourdie par l'effort qu'elle venait de fournir. Riante, elle fit le tour de la petite esplanade, s'arrêtant de temps à autre pour avaler une gorgée d'air et admirer le paysage.

– Dieu que c'est beau ! Vous ne trouvez pas que c'est beau ? fit-elle en se tournant vers ses compagnons.

Le docteur Gage abonda dans son sens, mais les autres avaient suivi Rogers jusqu'à l'extrême bord de la crête où il était en train de repêcher le dernier arrivant.

Cet arrivant était une femme. S'accrochant au poignet de Rogers, elle se tortilla, se trémoussa. Elle n'accomplit pas une performance aussi gracieuse que la femme qui l'avait précédée, car elle arriva, non la tête, mais les pieds en avant. Ses jambes nues et bronzées, d'une forme parfaite, passèrent par-dessus le talus, les jupes haut relevées ; et laissèrent apercevoir en un éclair un peu de lingerie rose ainsi que la courbe troublante d'une fesse. Jamison, Garvix, le docteur Gage lui-même se précipitèrent pour prêter main-forte à Rogers. Dans un souple mouvement de hanche la jeune femme se redressa. Garvix, posté en face de Gage, ne manqua pas de remarquer l'air intéressé du docteur.

– Elle vous plaît, ma Gladdy, docteur ? demanda-t-il avec un sourire cynique et rusé. Un beau petit morceau, hein ?

Gage, malgré ses quarante ans bien passés, rougit jusqu'aux oreilles, tandis que Sybil Jamison grommelait :

– On peut toujours faire confiance à Gladys pour faire une entrée remarquée.

Gladys Garvix, qui ne prêtait pas l'oreille à ces commentaires, brossait de la main la poussière qui maculait sa jupe et les gratterons qui s'étaient attachés à son chemisier, tout en grommelant entre ses dents.

Ollie Gelston s'était remise à tourbillonner, plus admirative que jamais. Saisissant brusquement Gladys Garvix par la main, elle l'entraîna jusqu'au bord de la crête.

– Regarde ça, Gladdy ! s'exclama-t-elle désignant de ses bras levés la ligne bleuâtre d'une lointaine chaîne de montagnes. Non, mais regarde ce que c'est beau !

Mrs. Garvix feignit d'admirer le paysage qui s'offrait à leur vue, dit avec mauvaise grâce : « Magnifique, en effet », puis se remit de plus belle à enlever les feuilles qui s'étaient collées à son chemisier et la poussière qui maculait sa jupe. Et elle ajouta :

– On rentre bientôt ?

Enfin réunis au sommet de la colline, ils arpentaient le petit plateau, bavardaient, riaient, tout en buvant l'eau tiédie de leurs gourdes.

A cet instant, Rogers leva les yeux des cartes et chartes qu'il consultait et dit de sa voix profonde qui résonnait comme un gong :

– Où est donc John ?

Brusquement tous se turent, et interrogèrent du regard l'arpenteur.

– Quelqu'un d'entre vous a-t-il vu John ? demanda-t-il à nouveau.

– Je suis là, fit une voix qu'on n'avait pas encore entendue.

Ils se tournèrent avec ensemble pour voir un grand type à l'air maussade, légèrement voûté, aux cheveux prématurément grisonnants, gravir la pente, enjamber le rebord du talus et se joindre aux autres.

– J'aurais parié que tu serais le dernier, lui lança Léo Garvix.

– J'ai joui de cette journée, fit John Bayles en tournant vers Garvix son visage en forme de cœur, étrangement jeune. Vous ne pouvez pas en dire autant, vous autres.

Il passa devant Garvix dont la silhouette trapue exprimait la mauvaise humeur, traversa la petite esplanade, et alla se poster à l'autre extrémité, tournant le dos à ses compagnons pour bien marquer son désir d'être seul.

– Je ne vois toujours pas le chêne blanc, dit le docteur Gage à l'arpenteur qui consultait sa boussole et lançait de temps à autre un regard dans la direction du soleil.

– Moi non plus, fit Ollie Gelston. Une expression désolée se fit jour sur son pur et clair visage, et elle ajouta : Où sont les repères ? Les anciens repères ? Je n'en ai pas vu un seul.

Rogers remontait sa montre. Il sembla d'abord n'avoir pas entendu cette petite remarque qui laissait percer un doute, puis il dit enfin :

– Ils y sont tous. La forêt change d'aspect, mais les repères sont toujours là, et toujours semblables à eux-mêmes. Là-bas ? Tu ne le vois pas, le chêne blanc ?

Gage n'était pas sûr de distinguer un chêne blanc d'un chêne vert, mais il n'en écouta pas moins Rogers qui reprenait :

– Regarde là-bas, en plein midi. Tu ne vois pas, juste à sa gauche, un tas de pierres ?

– Je ne vois rien de rien, fit Gladys Garvix. Et je m'en fous éperdument.

– Et vous, docteur, vous ne le voyez pas ? fit Rogers qui ne se décourageait pas.

Gage tendit le cou, remonta ses lunettes dans ses cheveux poivre et sel, cilla en direction du soleil, et avoua :

– Désolé, mais je ne vois rien du tout.

Rogers arbora un large sourire. Il semblait plus amusé que déçu par l'incapacité de ses compagnons à discerner ce qu'il distinguait si clairement.

– C'est juste là-bas, droit devant vous.

– Je vous crois sur parole, fit Gage, mais je ne vois toujours rien.

– Ne mettez jamais en doute la parole de cet homme, docteur, fit Léo Garvix en riant. Vous commettriez là une erreur monumentale.

– Je ne mets nullement sa parole en doute. Mais ce repère se trouve sur mon titre de propriété et cela me ferait plaisir de le découvrir.

Le docteur Gage se sentait personnellement visé. Il détestait se voir attribuer le rôle d'un étranger soupçonneux et méfiant en face de ce qui ressemblait fort à une conspiration d'amis d'enfance.

– C'est parfaitement exact, déclara Rogers. Ce chêne blanc délimite votre terrain, comme je vais vous le montrer. Et s'adressant à Tom Putney sans pour cela quitter le docteur des yeux : Tom, fais vingt-deux pas en direction nord-nord-ouest. Là, dans la direction que je t'indique du doigt.

Le jeune assistant se leva d'un bond, tel un ardent chien de chasse. Il enjamba le talus et amorça une brusque descente, donnant l'impression de marcher dans les airs. Puis plongeant, il se mit à compter tout haut : 1-2-3-4-5-6-7-8-9… Ces chiffres montèrent vers eux et bientôt sa tête fut cachée par le rebord du talus. Au chiffre 9, il s'enfonça dans les fourrés et disparut à leur vue. Mais sa voix, claire, juvénile, leur parvint distinctement de la direction qu'indiquait toujours l'arpenteur de son doigt tendu : 10-11-12-13-14…

– Seigneur ! gémit Gladys Garvix.

Agacée, impatiente, assaillie par les mouches, elle se laissa tomber sur une grosse roche plate.

– …15-16-17-18-19-20-21-22…

– Et maintenant, arrête-toi, Tom, fit Rogers en laissant retomber sa main, et prends sur ta gauche.

Tous s'étaient rassemblés au bord même de l'escarpement et regardaient dans la direction où avait disparu Tom Putney. Ils attendaient la suite des événements sans fièvre apparente. Et soudain la réponse leur parvint des épais fourrés.

– Il est exactement là où vous disiez, Mr. Rogers. Un chêne blanc avec, à son pied, un tas de pierres.

Un silence plana, puis Sybil Jamison s'exclama :

– Bravo, Albert !

– Bien joué ! ajouta Freddy Jamison qui se mit à applaudir, bientôt imité par ses compagnons au milieu des rires et des plaisanteries.

Albert Rogers accueillit le plus tranquillement du monde ce concert d'exclamations admiratives. Gage, lui, paraissait ravi.

– Je suis sous le coup ! Félicitations, Mr. Rogers !

– Vous ne trouvez pas ça incroyable ? fit Sybil Jamison.

– Cela fait trente ans que j'arpente cette forêt avec Rogers, et je ne l'ai pas vu se tromper une seule fois, fit Garvix se pavanant comme s'il s'agissait d'un triomphe personnel. S'il affirme qu'un repère se trouve à un endroit donné, vous pouvez être sûr qu'il y est. Pas vrai John ?

Le grand type grisonnant à l'air maussade qui se tenait ostensiblement à l'écart, à l'autre bout de la petite esplanade, s'arracha à ses ruminations et dit en se raidissant :

– Oui, c'est bien possible, mais avec un tel air de mépris que tous le ressentirent vivement.

– Inutile de prendre tes grands airs, lui lança Sybil Jamison.

– Ce pauvre John espérait sûrement qu'Albert se tromperait, fit Garvix en ricanant.

– Et serait-ce un grand malheur s'il s'était trompé ? demanda d'un ton hargneux Bayles qui en cet instant avait tout d'un cerf blessé harcelé par une meute de chiens.

– Ce n'en serait pas un, fit Garvix avec un mince sourire, parce que je n'y croirais pas.

Rogers continuait à regarder dans la direction du chêne

blanc que n'avaient pas encore repéré ses compagnons. Ignorant leurs mesquines prises de bec, il semblait tendre l'oreille.

Tom Putney émergea des épais taillis, s'arrêta à l'orée du bois et leva les yeux vers eux. Rogers, mettant ses mains en cornet, lui cria :

– Marque cet arbre avec ton cordon, Tom, puis reviens vers nous. Et se tournant vers Gage, les yeux brillants de plaisir : Alors, docteur, commencez-vous à vous y retrouver ?

Gage se gratta le crâne et s'efforça de prendre l'air plus perdu qu'il ne l'était en réalité.

– Si je comprends bien, dit-il, nous venons de longer la limite ouest de ma propriété qui jouxte celles de Mr. Garvix et de Mr. Bayles.

– Exact, fit Rogers.

– Celle de Mr. Bayles, bien entendu, s'étend également au nord de ma propriété ; celle des Jamison, à l'est.

– Et la mienne, au sud, s'exclama Ollie Gelston, avec une joie enfantine, et son radieux sourire transforma son visage ingrat, la rendant presque jolie.

– Exact, répéta Rogers.

– Et entre ces quatre limites, reprit le docteur, s'étendent les trois cents arpents qui m'appartiennent.

– Parfait ! s'exclama Gladys Garvix, qui toujours assise sur sa roche plate, s'était déchaussée et se massait le pied. Puisque nous sommes tous d'accord quant au tracé de ces limites, il ne nous reste plus qu'à rentrer chez nous.

– Approuvé ! s'exclama Freddy, abondant dans son sens. J'ai grand besoin d'avaler un martini bien frappé et de me tremper dans un bain chaud.

– J'ai peur que ce ne soit pas aussi simple que cela, dit Sybil Jamison ignorant l'intervention de son mari.

– Ah ! oui ? fit Gladys en fronçant les sourcils. Et pourquoi, je te prie ? Et il y avait dans sa voix quelque chose de glacial et de menaçant.

– C'est comme je te le dis, ma chère, fit Sybil d'un ton allègre, et si tu étais toi-même propriétaire d'un terrain, tu le saurais.

Un silence gêné plana. Les uns se raclèrent la gorge, d'autres s'agitèrent nerveusement. Quant à Mrs. Garvix, elle haussa spectaculairement le sourcil.

– Si j'étais propriétaire ?... répéta-t-elle d'une voix étranglée, et ces mots semblèrent lui rester dans la gorge comme une arête. Au cas où tu l'aurais oublié, ma chère, je possède du terrain, ici. Et même beaucoup. Mieux encore, vos quatre propriétés entreraient aisément dans la mienne.

– Tu veux dire dans celle de ton mari, ma chère, ce qui est tout différent, lui lança Sybil d'une voix suave. Comme Gladys allait protester : N'oublie pas que tu fais figure ici d'outsider. Cette terre ne t'a jamais vraiment appartenu, comme elle appartient à Léo, à moi, à Ollie ou à John. Et cela depuis des générations et des générations. N'est-ce pas vrai ?

Elle se tourna vers les autres comme pour quêter leur approbation. Déjà ils se préparaient à offrir Gladys en holocauste, mais Ollie Gelston se hâta d'intervenir.

– Trois cents arpents, magnifiquement boisés, dit-elle en souriant nerveusement à Gage. Et giboyeux. Ils abondent en renards, perdrix, cailles et cerfs. Et tout cela vous appartient docteur. Quel effet cela vous fait-il ?

– Je trouve cela seigneurial, fit Gage en riant. Je me sens tout étourdi. Et forçant un peu la note : Je n'ai jamais tant possédé. Je n'ai d'ailleurs rien possédé jusqu'ici.

Sybil Jamison lui sourit d'un air approbateur.

Léo Garvix rejeta la tête en arrière et se mit à boire bruyamment à même sa gourde. Un mince filet d'eau dégoulina du coin de sa bouche, sur son menton et sur sa chemise, en y formant une tache foncée. Lorsqu'il en eut fini, il s'essuya les lèvres du revers de sa manche. On sentait qu'il prenait un malin plaisir à se montrer grossier.

– Je n'avais que vingt et un ans lorsque j'ai acheté mes premiers mille arpents, déclara-t-il. Et cela avec l'argent que j'avais gagné en vendant aux péquenots du coin un remède miracle.

– Aux péquenots du coin ? répéta Gage avec un pâle sourire.

– Oui, tous ces malheureux journaliers qui vivent là-haut, sur les collines, reprit Garvix. Le remède miracle du docteur Houndsworth. Guérit les rhumes, les catarrhes, les verrues, les tumeurs, réussit tout spécialement dans le traitement de la neurasthénie, et si je me souviens bien, réduit également les hémorroïdes. Là-dessus il pouffa bruyamment. Gladys Garvix considéra son époux avec un mépris non déguisé. Il lui rendit son regard par-dessus ses lunettes, puis se tournant vers Gage : Oui, docteur. C'est ainsi que je me suis rendu acquéreur de mes premiers mille arpents. Et quoique je n'aime pas me vanter, j'étais à ce moment-là bien plus jeune que vous.

– Ça commence à bien faire, dit John Bayles en se levant brusquement. Finissons-en avec ces histoires de propriétés et de bornages.

A cet instant, Tom Putney bondit sur la crête de la petite éminence. Rogers, jusque-là plongé dans l'étude de ses cartes, leva les yeux et consulta le soleil. Le fait qu'ils s'étaient déplacés d'un degré ou deux en direction ouest ne lui échappa pas.

– Nous ferions bien de nous remettre en route, dit-il. Nous avons un long chemin à parcourir avant d'en avoir fini.

– Un long chemin ! gémit Gladys qui enfilait péniblement sa chaussure. J'ai l'impression que nous marchons depuis des jours. Combien avons nous encore de chemin à faire ?

– Pas mal, fit Rogers.

– Pourquoi faut-il toujours que vous répondiez à une question toute simple par une devinette ? Vous ne pourriez pas être plus précis ? Si je vous le demande c'est parce que j'ai chaud, que je suis fatiguée, et que je ne suis pas sûre d'aller jusqu'au bout.

Un sourire adoucit le rude et impassible visage de l'arpenteur qui posa doucement la main sur le bras de la jeune femme.

– Tu es bonne marcheuse, Gladdy. Tu tiendras le coup. Ne t'en fais pas.

Elle allait protester, mais déjà il se tournait vers Tom Putney et lui donnait de rapides instructions. Puis il consulta sa boussole et lança de cette voix de stentor qui, passant par-dessus leurs têtes, résonna à travers la forêt comme des orgues dans une cathédrale :

– 6 degrés, 30 minutes sud, jusqu'à un buisson d'amélanchiers. De là, 8 degrés sud-sud-ouest, 40 chaînes, 12 maillons…

Tom Putney dévala le versant opposé de la colline et déjà il répétait :

– 6 sud et 30, jusqu'à un amélanchier. De là…

Tous, comme un seul homme, se rangèrent derrière l'arpenteur et se mirent à descendre la pente. Garvix s'était placé directement derrière Rogers et lui marchait presque sur les talons, soulevant au passage les mottes de terre. S'échelonnant derrière eux sur quelque cinquante ou soixante pieds, les autres les suivirent, formant un long serpent onduleux.

Rogers, à leur tête, s'était mis à crier de plus belle.

– Sommes actuellement angle nord-est du terrain de John Bayles. De là, en direction est, 18 chaînes et 44 maillons jusqu'à un noyer, puis trente minutes ouest, 7 chaînes et 44 maillons jusqu'à un tas de pierres marquant la limite de la propriété de feu Levi Stuart ; de là, à 80 degrés nord et 48 minutes ouest, 12 chaînes et 96 maillons jusqu'au premier repère, un jeune bouleau.

2

Sybil Jamison marchait à la traîne en fredonnant. Elle ne pouvait voir ses compagnons, mais percevait leurs voix dans le lointain et le bruit de leurs pas dans les fourrés. A une vingtaine de pas devant elle, Tom Putney, absorbé par la tâche qui consistait à évaluer chaînes et maillons, déroulait, puis enroulait avec sérieux et application le ruban d'acier. A intervalles réguliers, il répétait les chiffres énoncés par l'arpenteur qui se trouvait quelque part devant lui.

De temps à autre, Putney s'arrêtait pour nouer avec amour autour du tronc de l'arbre qui servait de repère le galon écarlate. Ce nœud d'un rouge éclatant jetait une note joyeuse et incongrue dans la lumière glauque de l'immense forêt. A chaque fois, Sybil Jamison s'arrêtait, elle aussi, traînassant pour regarder le jeune garçon à travers la grille humide de ses cils.

Bien qu'au fil des heures la chaleur fût devenue plus forte, sous la voûte des arbres, et dans cette glauque lumière, Sybil éprouvait une impression de fraîcheur et de langueur. Elle se sentait merveilleusement bien. A quarante ans, elle en paraissait dix de moins et dans certains milieux elle passait encore pour une femme d'une grande beauté. Non pas d'une beauté éclatante. Grande, pâle, racée, d'une grâce inimitable, elle avait la souplesse d'un roseau ployant sous la brise. Sa maigreur élégante était accentuée par la courbe de ses minces et étroites épaules légèrement voûtées. Son cou fin et long, ses cheveux relevés sur la nuque, son teint d'une pâleur maladive, évoquaient un cygne glissant sur les eaux lisses d'un étang.

Avançant nonchalamment, s'arrangeant, dans un but bien défini, à suivre Putney de près, elle se frayait un chemin entre les rochers, les groupes d'arbres et les buissons de ronces, dans le plus grand silence et avec une constante aisance. Elle s'arrêtait lorsqu'il s'arrêtait, ayant bien soin de toujours se tenir à une vingtaine de pas de lui. Tout en tendant l'oreille pour repérer ses compagnons, elle s'attardait auprès d'une fleur, d'une plante, tout en observant du coin de l'œil le jeune assistant. Admirant ses hanches étroites et ses larges épaules, elle essayait d'imaginer le reste sous le pantalon de coutil d'un bleu délavé.

Elle avait mentalement évalué le temps qui s'écoulait entre chacune des annonces de l'arpenteur et en avait déduit qu'il revenait à intervalles réguliers… toutes les trois ou quatre minutes. Or une minute s'était écoulée depuis sa dernière annonce. Tom, qui y avait aussitôt fait écho, avait déjà mesuré le terrain en chaînes et maillons. Il était en train de nouer autour du tronc rugueux d'un noyer blanc le large galon écarlate.

C'est alors qu'elle se décida. Elle franchit d'une seule glissade les vingt pas qui les séparaient, et surgit à l'improviste à côté de lui.

– Noue aussi un ruban sur moi, Tom, dit-elle en lui souriant. Dans mes cheveux, comme si tu étais mon amoureux.

Profondément absorbé par son travail, il parut, levant les yeux sur elle, tout interdit et il s'éclaircit la gorge avant de dire :

– …'mande pardon ?

– Noue ce galon dans mes cheveux. Ce galon rouge.

– Dans vos cheveux ?

Un sourire à la fois surpris et rusé se joua sur son visage. Sybil Jamison se dit qu'il avait tout d'un pâtre grec, avec ses traits finement ciselés, son épaisse chevelure blonde qui bouclait sur ses tempes et sur sa nuque. Un visage qui exprimait l'énergie… une énergie que démentait la bouche où se lisait une sorte de lassitude, de faiblesse.

– Oui, dans mes cheveux, répéta-t-elle avec un petit rire de gorge. Tu ne veux pas y nouer un ruban ?

Cette fois l'ombre de sourire qu'il s'était permis disparut de son visage. Les yeux pudiquement baissés, il se remit, avec une application délibérée, à enrouler sa grosse pelote de galon. Elle le regardait faire, d'un air amusé. Lorsqu'il en eut fini, il lui tourna brusquement le dos et partit dans la direction d'où venaient les directives de l'arpenteur.

Sybil étouffa un petit rire, et le suivit, mais de plus près, cette fois. Soudain elle s'agenouilla et s'écria :

– *Carsus medonicus !*

– 'mande pardon ? fit Putney, surpris, en pivotant sur ses talons.

– L'herbe de la Trinité, fit Sybil toujours agenouillée, en lui souriant.

– Ah ! ouais ?

– C'est une sorte d'hépatique.

– Ah ! ouais ! m'ame ?

Putney paraissait déconcerté. Visiblement, il ne désirait qu'une chose, reprendre sa marche. Mais Sybil le retint en disant :

– Elle vit en symbiose avec ces cryptogames cellulaires que sont les mousses.

– Vous en savez, des choses, Mrs. Jamison ! fit Putney en la regardant avec circonspection.

Sans s'en rendre compte, il venait de prononcer exactement les mots qu'il fallait. Sybil, ravie, fut soudain tout sourire.

– 13 degrés nord, est-nord-est, 9 chaînes, 12 maillons.

La voix tonnante de l'arpenteur leur parvint à travers bois. Tom répéta la phrase en bégayant légèrement, puis Sybil et lui se remirent en marche.

– Si je possède certaines connaissances, fit Sybil, rayonnante de satisfaction, c'est à ma mère que je le dois.

– Vot' mère ?

– Oui. Je remercie Dieu que Nell Hungerford ait obligé sa petite fille à fréquenter des écoles en Europe, alors qu'elle n'aurait pas mieux demandé que de rester ici à jouer avec ses stupides petits amis. Et éclatant d'un rire triomphant : Dans notre nouveau monde, Tom, on n'étudie pas les fleurs, mais les machines. Ce ne sont que rouages et engrenages, qui noirs et graisseux cognent et cliquettent.

Elle allait continuer sa diatribe quand son regard tomba soudain sur quelque chose qui la fit bondir et s'écrier : « Viens ici, Tom ! » avec une telle force que le pauvre garçon en fut tout saisi.

– Regarde, reprit-elle, le dos tourné, en s'agenouillant. Et comme il s'amenait en courant, elle lui tendit une petite fleur blanche en disant : Un muscari. Le *Racemosa*. Un aphrodisiaque bien connu dans l'Antiquité.

– Un aphro… quoi ?

– Di-si-aque, dit-elle en prononçant distinctement chaque syllabe. Aphrodisiaque. Approche et regarde ces pétales. Et comme Putney soupirait d'un air accablé : Viens ici, répéta-t-elle en tapotant le sol moussu, à côté d'elle.

A contrecœur, le jeune assistant se laissa tomber sur les genoux.

– Regarde, reprit-elle, tout excitée. Cette fleur a trois pétales, deux minuscules étamines et un pistil. Sais-tu ce que sont les étamines et les pistils, Tom ?

– Non, m'ame.

– Ce sont les organes sexuels de la fleur. Les étamines sont les organes mâles ; le pistil, l'organe femelle.

– Ça alors ! s'exclama Tom, les yeux écarquillés de surprise et d'admiration.

Sybil se rapprocha de lui tandis qu'il examinait les fragiles pétales. Comme il baissait la tête, elle se pencha sur lui et il sentit, sur sa nuque, son souffle chaud.

– Tu ne trouves pas ça amusant, Tom ?

– Amusant ?

– Mais oui, idiot ! Que l'organe sexuel féminin s'appelle le pisse-t-il.

Elle siffla le mot entre ses dents, lui souriant et le regardant droit dans les yeux.

Finalement, un éclair de compréhension illumina son visage.

– Ah ! oui ! fit-il, gêné, en ricanant d'un air bête. Oui, je comprends ! C'est vrai que c'est amusant.

– Sens leur parfum, Tom, fit-elle en l'obligeant à plonger son visage dans une touffe de muscaris. Il rappelle un peu celui des jacinthes, tu ne trouves pas ? Un parfum si délicat !

Tom releva la tête à plusieurs reprises comme un ressort qui se détend, mais à chaque fois elle la lui fourrait à nouveau dans la touffe de muscaris, et finalement elle l'y maintint tout en lui caressant la nuque. Il se détendit enfin et resta là, agenouillé, le visage enfoui dans les fleurs, dans la position d'un homme que l'on va décapiter.

Sybil, lui prenant la main, la guida fermement entre ses cuisses.

– N'est-ce pas qu'elles sentent bon, Tom ? Hume-les !... Hume-les !...

– Oui, m'ame, fit docilement Tom, le nez toujours fourré dans les fleurs, sa main emprisonnée entre les cuisses de Sybil, et trop gêné pour lever les yeux.

– Quel garçon sensible, tu fais, Tom ! Et pourtant tu es grand et fort. Et tu aimes les fleurs.

– Oui, m'ame, fit la voix étouffée filtrant à travers la touffe de fleurs et la mousse humide.

Quant à Sybil, d'extase elle avait fermé les yeux.

Brusquement Putney se redressa et lui fit face, sa main toujours serrée entre les cuisses de la femme, mais feignant de ne pas s'en apercevoir.

– J'crois qu'on ferait bien de s'remettre en route, dit-il en regardant autour de lui d'un air affolé.

– Tu es gêné, hein ? fit-elle. Nous ne faisons pourtant rien de mal. Et lui prenant le visage entre ses mains : Ne détourne pas les yeux. Regarde-moi, puis elle se mit à rire, le tenant solidement par le menton, tandis qu'il s'efforçait de détourner les yeux. Regarde-moi, je te dis. Regarde-moi droit dans les yeux. Cette fois, c'était un ordre et non plus une invite, un ordre qu'elle proférait d'une voix sourde et rauque. Et maintenant sers-toi de ta main. Presse ! Presse fort ! Que je te sente ! Presse à me faire crier.

– Seigneur ! murmura Tom, qui continuait à regarder au loin, tandis que Sybil, les yeux fermés, atteignait presque à l'orgasme.

– Plus fort ! Plus fort ! siffla-t-elle entre ses dents. Caresse-moi. Pour l'amour du Ciel, sers-toi de ta main. Ne la laisse pas, toute molle, entre mes cuisses. Fais-moi jouir ! Réchauffe mes vieux os, Tom. Oh ! Thomas, Thomas, Thomas !…

Elle lui jeta brusquement sa cuisse en travers du corps et s'enroula à lui comme un serpent tandis qu'il se débattait de son mieux. Tous deux haletaient.

– Oh ! mon Dieu, gémit-il en s'efforçant de se relever. Y a quelqu'un qui s'amène !

– Personne ne s'amène, fit Sybil en l'attirant de nouveau à elle. Ils sont tous bien en avant de nous. Couche-toi sur moi, petit lièvre peureux. Elle roucoula, soupira, l'enserra entre ses cuisses, puis reprit : Réchauffe la vieille Sybil. Réchauffe la vieille et lasse Sybil. Sybil t'aime, jeune étalon. Sybil la vampire te désire, et elle lui mordit la nuque.

– *22 degrés nord, direction est, 13 chaînes, 9 maillons*, tonna soudain la voix de l'arpenteur.

Putney se leva d'un bond, se libérant de l'étreinte de Sybil qui s'étirait voluptueusement sur l'épais tapis de mousse humide.

– *22 nord*, lança-t-il d'une voix chevrotante à travers les taillis. *13 chaînes et 9*... Il lança à Sybil un regard noir, cria encore : Seigneur ! et partit en courant.

– Reviens, reviens, petit lièvre. Petit lièvre peureux, fit Sybil, qui toujours étendue sur le lit de mousse, se mit à rire, doucement d'abord, puis de plus en plus fort.

Mais Tom, déjà, s'enfuyait à travers les fourrés, courant, bondissant comme un cerf aux abois, et marmonnant entre ses dents : « Seigneur ! Seigneur ! Bon Dieu ! » Le rouleau de ruban métallique et la pelote de galon rouge se balançaient follement sur sa hanche. « J'arrive, Mr. Rogers », cria-t-il. Il fonçait dans la direction d'où lui parvenait la voix de l'arpenteur, comme un navire qui sur une mer déchaînée cherche l'abri d'une crique.

Sybil Jamison, courbée en deux de rire, se redressa parmi les jeunes arbres et les buissons, et se murmura à elle-même : « Ressaisis-toi, ma vieille Sybil. » Elle essuya les larmes de rire qui coulaient sur ses joues, enleva les bardanes et les feuilles qui s'étaient collées à ses vêtements, et se répéta : « Ressaisis-toi, ma vieille. »

Elle regarda le muscari qu'elle avait cueilli et qui gisait dans la mousse, à portée de sa main. Elle en arracha les pétales, les écrasa dans son poing, les lança vers le ciel. Puis elle se leva, et de sa démarche glissante et onduleuse, partit rejoindre Putney et les autres.

3

– Attention à ta tête ! fit John Bayles.

Ollie Gelston marchait, rêveuse, derrière lui. Il retint une branche et elle se baissa pour passer en dessous, laissant dans son sillage une chaste odeur de linge frais lavé et d'eau de Cologne. Le mot chaste la caractérisait parfaitement. Il y avait en elle quelque chose de totalement, de presque agressivement chaste. Et de fragile, aussi. Sous sa peau d'un blanc laiteux, courait le réseau bleuté de ses veines.

A peine eut-elle passé qu'il lâcha la branche qui se redressa avec un craquement sec. Une pluie de feuilles tomba sur lui. Puis John Bayles reprit sa marche, l'air plus maussade que jamais. Ollie attendit qu'il la dépassât et qu'il lui frayât à nouveau le chemin. Puis elle le suivit, l'air distrait et rêveur.

Pendant un moment elle se reporta en esprit à quelque trente-cinq ans plus tôt. A son septième anniversaire. C'était un dimanche et elle venait de faire sa première communion. Gauche, empotée, affublée d'une prétentieuse robe blanche, ses longues et raides tresses n'arrangeaient rien. Ils étaient tous réunis dans la maison de Léo et venaient de se gorger de gâteaux, de crème glacée et de sirop. Puis ils s'en étaient allés dans les bois jouer à cache-cache et à qui-m'aime-me-suive. Ils y étaient tous, John et elle, Léo et Sybil, Freddy et Albert Rogers, et Helen. La pauvre chère Helen. Gladys y était elle aussi, et elle détestait ça. Ce qui n'avait rien d'étonnant, vu les circonstances…, Ollie, aujourd'hui, le comprenait parfaitement… mais à l'époque elle en avait été ulcérée. Et, bien entendu, il y avait aussi Harry Gage, mais elle se souvenait à peine de lui. On le voyait si rarement !

Par contre elle revoyait distinctement les autres, et revivait cette belle et insouciante journée ensoleillée, d'un temps aujourd'hui révolu. Les parties de cache-cache, le jeu de qui-m'aime-me-suive à travers la forêt. Oui elle revoyait distinctement leurs visages. Même celui d'Helen, le charmant et rieur visage de la pauvre chère Helen, morte aujourd'hui, elle l'évoquait dans la lumière glauque de la forêt que perçait de temps à autre un rayon de soleil. Et celui de John, maussade, hargneux, tourmenté… seule tache sombre dans cette lumineuse évocation.

Elle le regarda marcher devant elle, longue silhouette un peu voûtée, ce John inconsolable aux cheveux prématurément gris.

– Combien de temps crois-tu que nous pourrions marcher ainsi sans jamais arriver nulle part ? lui cria-t-elle.

– Indéfiniment, répondit Bayle avec brusquerie.

Il plongea à nouveau en pleins fourrés, le visage fermé. Il donnait l'impression de désirer se débarrasser au plus vite d'une tâche pénible. Mais la jeune femme ne parut nullement blessée par sa brusquerie et elle continua de bavarder de plus belle.

– Chaque fois que je reviens dans la forêt, elle me paraît différente, déclara-t-elle. De nouveaux arbres. Un feuillage plus abondant. Par contre les sentiers que nous foulions n'existent plus. Ils ont disparu sans laisser de traces. Et il en existe de nouveaux. Qui les a tracés ? Et où mènent-ils… Nul ne le sait, ajouta-t-elle avec un petit rire triste. N'est-ce pas vrai, John ? et elle redit avec l'accent chantant d'un enfant : Nul ne le sait.

– Hé oui ! nul ne le sait, répéta-t-il, non sans amertume.

Elle lui lança un regard intrigué, haussa les épaules,

reprit sa marche. Puis elle murmura quelques mots qui furent couverts par les bourdonnements des insectes et les pépiements des oiseaux.

– Les autres, tu ne les vois pas ? demanda-t-elle au bout d'un moment.

– J'ai aperçu, il y a un moment, la chemise de Léo. Ils ne nous précèdent pas de beaucoup ; et il pressa le mouvement, des nuées de papillons dansant devant lui.

– Pourquoi te laisses-tu martyriser par lui ? demanda-t-elle brusquement.

Ces mots lui avaient échappé contre sa volonté. Il ne répondit pas. Il fonça à travers les taillis, tête baissée comme un bœuf courbé sous le joug. Elle fut soulagée à l'idée qu'il ne l'avait pas entendue. Mais elle perçut soudain un long et profond soupir empreint de toute la tristesse du monde.

– Nous nous complétons l'un l'autre, dit-il, les yeux résolument fixés devant lui. Il aime à blesser les gens et moi j'aime à être blessé. Il avança encore de quelques pas, puis reprit : Rappelle-toi. Il a toujours été ainsi. Un sale môme, laid et courtaud, qui s'amusait à torturer des vers de terre avec un bâton.

– Cela se passait il y a si longtemps, John ! Tu ne peux pas oublier ?

– Comment le pourrais-je, fit-il en regardant des papillons tourbillonner devant lui. Le ver de terre, maintenant, c'est moi.

De quelque part en avant d'eux, Rogers énonça une série de chiffres. Ils s'arrêtèrent, tendirent l'oreille, puis reprirent leur marche dans la direction de cette voix. De quelque part sur leur droite, Tom Putney répéta les chiffres énoncés.

Bayles, qui précédait maintenant Ollie de quelques pas, dit brusquement :

– Je me demande combien de temps je le laisserai me torturer ainsi avec son bâton avant de me décider à le tuer.

– Au nom du ciel, fit Ollie s'arrêtant pile, ne dis pas des choses pareilles, même pour plaisanter !

– Plaisanter ? Mais je ne plaisante pas, fit John avec un rire amer. Il voudrait m'infliger le sort que son père a infligé au mien. Mais je ne lui ferai pas ce plaisir. Je ne me suiciderai pas.

Il continua d'avancer dans la direction d'où leur parvenait la voix de l'arpenteur sans se soucier de savoir si Ollie le suivait ou non.

– *19 degrés sud-sud-ouest, 28 perches, 12 chaînes, 8 maillons.*

Ces chiffres jaillirent de quelque part en avant d'eux, et sur leur gauche.

– Bien entendu que tu ne le feras pas, fit Ollie qui s'était mise à courir pour le rattraper. C'est évident que tu ne le feras pas.

– Ce vaillant Ezra Garvix ! siffla Bayles à peine conscient qu'Ollie marchait maintenant à côté de lui. Garvix le guerrier ! Garvix le grand seigneur ! Le grand liquidateur qui réduit ses débiteurs à la faillite ! Quel plaisir j'ai éprouvé à le voir mourir dans d'atroces douleurs !

Ollie tiqua, regarda vivement autour d'elle pour s'assurer que personne n'était à portée de voix, puis dit d'une voix pressante :

– Tais-toi, John, pour l'amour du ciel ! Quelqu'un pourrait t'entendre.

– Je ne demande que ça ! Je ne me console pas à la pensée de ce qu'a enduré mon père. Et je te jure que pas un d'entre eux ne mettra la main sur ses biens.

– *12 degrés est, 19 perches, 5…*

– Ils se cherchent des crosses sur *leurs* biens, reprit Bayles fonçant dans les fourrés en direction de la voix de l'arpenteur. Sur *leurs* droits. Ils se partagent la forêt comme si elle *leur* appartenait, et l'on sentait que ce mot *leur*, qu'il prononçait avec un profond mépris, lui déchirait la bouche. Des chartes et des titres de propriété ! Comme si un morceau de papier faisait de vous un propriétaire ! Je n'ai rien à en foutre de leurs chartes et de leurs titres. La forêt continuera de reverdir bien après que nous serons tous réduits en poussière.

– J'ai horreur de ce genre de propos, fit Ollie qui peinait pour se maintenir à sa hauteur. Je n'aime pas ça. Cela me fait peur.

– Une bande d'avides petits vers de terre !

– Tu vis dans une trop grande solitude, John, depuis la mort d'Helen.

– Je préfère ma compagnie à celle de n'importe qui d'autre.

– Cela fait cinq ans, maintenant. Tu devrais penser à te remarier.

Il s'arrêta pile, et pivota sur ses talons en s'exclamant :

– Bon Dieu, as-tu bientôt fini de me dire ce que je dois faire de ma vie !

– Je voulais seulement…

– Ça ne te regarde foutrement pas !

Elle se recroquevilla sous ces dures paroles comme s'il l'avait frappée, et ne put prendre sur elle de lever les yeux vers lui. Comme elle détournait le regard, il la saisit par le poignet et la maintint fermement tandis qu'elle s'efforçait de se dégager telle une colombe prise au piège.

– Ne te risque plus jamais à me dire ce que je devrais faire de ma vie ! siffla-t-il entre ses dents. Quand on pense au naufrage qu'est la tienne !

Il se tut, relâcha son étreinte et parut pour la première fois choqué par les mots cruels qu'il venait de prononcer.

– Tu vois, fit-il, soudain triste et confus de l'avoir blessée, quel triste compagnon je fais ! Il aurait aimé la consoler comme un enfant qu'on vient de brusquer, mais il se contenta de dire simplement : Cela fait cinq ans ? Il me semble que c'était hier.

Il lui lança un regard en coin, puis baissant la voix, reprit :

– Elle ne me quitte pas. Elle emplit ma maison de sa

présence. Je crois l'entendre dans le bruissement d'une tenture, le craquement, en pleine nuit, d'une marche d'escalier. Mon père lui aussi est toujours présent. Je le sens auprès de moi lorsque je m'installe dans la bibliothèque, entouré de ses livres, de ses meubles poussiéreux, avec sur son bureau ses pipes où se voient encore les marques de ses dents…

Il laissa traîner sa voix, puis se détournant d'elle, reprit sa lourde et pénible marche, tandis qu'elle le suivait tel un fidèle chien de chasse.

Elle ressentit soudain toute la douleur qu'il éprouvait. Elle éprouva le désir de l'en décharger. De la porter elle-même.

– Tu manques beaucoup à mon père, dit-elle, espérant ainsi lui changer les idées. Il ne comprend pas pour quelle raison tu ne viens plus jamais le voir.

– Il me manque, à moi aussi, mais je n'irai certainement pas le voir.

– Mais pourquoi ? demanda-t-elle, essayant désespérément de le comprendre.

– Tu le sais aussi bien que moi, fit-il d'un ton sans appel en plantant ses talons dans l'humus.

– *18 degrés est-nord-est, 17 perches, 4 maillons…*

Ils tendirent à nouveau l'oreille, puis reprirent leur marche.

– Il croit que tu lui en veux, reprit Ollie.

– Il sait parfaitement qu'il n'en est rien, déclara John avec un rire amer. Je l'aime. Pourquoi ne l'aimerais-je pas ? Il s'est montré un vrai père pour moi quand mon univers s'est écroulé. Oui, c'est Malty Gelston qui s'est tenu à mes côtés quand tous se sont abattus sur moi comme des vautours. Pourquoi ne l'aimerais-je pas ? répéta-t-il. Et il ajouta : Comment va-t-il ?

– Toujours aussi maniaque, et elle ne put retenir un rire. Mais enclin, les derniers temps, à se montrer irritable et capricieux.

– Et toi ? fit-il, brusquement plus chaleureux et plus

humain, en la scrutant du regard. Toujours aussi dévouée ? Son chocolat et ses biscuits à huit heures. Son bain chaud à neuf. Et la promenade dans le jardin à dix ?

– Le déjeuner à onze heures et demie, et la sieste jusqu'à deux heures, ajouta Ollie en riant. Je me plie volontiers à cet horaire, à cette routine. J'éprouve auprès de lui un sentiment de paix que je n'ai ressenti avec aucun autre homme.

– C'est que tu n'as donné à aucun autre homme la chance de te le faire éprouver. Tu les a tous repoussés. Et parlant à nouveau avec dureté : Tu tournes en rond, du matin au soir, comme une malheureuse nonne, flétrie et desséchée, l'air un peu égaré.

Il fut à nouveau pris de colère, non contre elle, mais contre cette expédition, cette forêt, ces gens, contre tout, enfin !

– Il aurait dû te forcer à vivre, et cela depuis longtemps ! reprit-il d'une voix rageuse. A t'accomplir ! Tu avais quelque chose en toi, Ollie. J'aime Malty. Mais il s'est montré terriblement égoïste envers toi.

– Non ! cria-t-elle. Elle fit le geste de le saisir par la manche, mais retira aussitôt sa main et ajouta : Il continue de t'attendre, John. Il est persuadé qu'un jour tu reviendras pour l'amour de moi.

– Tu serais la dernière des idiotes d'attendre ce moment, fit-il avec un rire cruel. Puis d'un ton grave et pensif : Il est encore temps pour toi de t'arracher à ce caveau. Mais fais-le pendant que tu en es encore capable.

La voix de Rogers éclata soudain comme une volée de cloches… une voix de bronze qui s'éleva puis se répercuta à travers les taillis.

– 29 degrés nord-nord-est jusqu'au tronc du chêne marqué d'un tas de pierres.

4

Ils étaient arrivés maintenant dans une sorte de cuvette, sans doute le lit d'une vallée. Autour d'eux s'élevaient des collines au sommet baigné de soleil. Eux-mêmes avaient l'impression de se trouver au fond d'un cratère. Rares étaient les rayons de soleil qui parvenaient dans ce lieu humide et froid d'où s'élevaient de lourdes odeurs sulfureuses. Les troncs des arbres étaient tachetés de plaques de mousse et de lichen ; les roches, couvertes de moisissures verdâtres et gluantes, et dans le sol boueux, les chaussures s'enfonçaient avec un bruit de succion. A part les libellules frémissant sur les hautes tiges des molènes et le lointain coassement des grenouilles, il semblait que toute vie eût déserté ce lieu.

– Voilà le point le plus élevé de votre propriété, fit Rogers qui, s'adressant à Gage, lui désigna du doigt, à quelque cinq cents mètres de distance, une falaise à la crête déchiquetée que couronnait un groupe de pins de Virginie. Elle ne fait pas loin de onze cents pieds au-dessus du niveau de la mer, ajouta l'arpenteur avec fierté.

Gage prit mentalement note de la pente escarpée de cette falaise faite de grandes plaques de granit brun qui lui donnaient un aspect sévère et rébarbatif.

– Ce doit être le mont Stuart, fit-il en consultant sa carte.

– Nous, on l'appelait le Téton de la Sorcière, fit Garvix en pouffant.

Sybil Jamison accueillit cette plaisanterie par une moue dégoûtée.

– Avez-vous jamais possédé une montagne, docteur ? demanda Ollie avec un grand sourire.

– Non, fit le médecin. Il eut un petit rire, un haussement d'épaules, s'efforça de ne pas paraître impressionné, bien qu'en réalité il le fût. 1 089 pieds... c'est tout de même assez impressionnant... non ?

– 1 084, fit Sybil d'un ton sans réplique, prenant visiblement plaisir à déprécier si peu que ce fût le terrain dont le docteur Gage venait de faire l'acquisition.

– Sur ma carte il est clairement inscrit 1 089, dit Gage sans élever la voix, mais avec assurance.

– Il doit s'agir d'une erreur de relevé, affirma Sybil, dont les yeux brillaient de malice.

– Mais il est inscrit...

– Oh ! ça suffit ! fit Bayles, excédé. Vous n'allez pas continuer à discutailler sur les cinq pieds de plus ou de moins de cette foutue falaise. Elle vous appartient. Personne ne le conteste. Alors restons-en là.

– Je ne discutaille pas, riposta Gage en lui lançant un regard irrité. Mais je tiens à vérifier l'exactitude des cartes et relevés. C'est d'ailleurs pour cela que nous sommes ici, non ? Il tenait à la main une copie de son acte de propriété qu'il agita sous le nez de Bayles en répétant : Je lis ici 1 089.

– Et c'est une erreur, lança précipitamment Sybil. Votre père a fait exécuter, il y a quatre ans, des prises de vue aériennes pour établir une nouvelle carte, et c'est alors qu'il a découvert que le mont Stuart s'élevait de 1 084 pieds au-dessus du niveau de la mer. Le chiffre de 1 089 que vous avancez provient d'un relevé antérieur exécuté de façon moins moderne. Le chiffre n'a tout simplement pas été reporté sur l'ancien acte de propriété que vous avez en main, et sur ces derniers mots elle lui adressa un sourire taquin.

– Est-ce exact ? fit Gage en se tournant vers l'arpenteur.

– Ce n'est pas impossible, fit Rogers. Votre père n'y a jamais fait allusion devant vous ?

– Nous n'avons guère eu l'occasion de nous entretenir au cours de ces dernières années, fit Gage en détournant les yeux d'un air gêné.

– Ne discutez jamais fleurs ou chiffres avec Sybil, docteur, lui lança Freddy Jamison. Ou argent. Vous seriez battu d'avance.

– Et ne jouez jamais au poker avec elle, gloussa Garvix. Vous vous réveillerez le lendemain matin ruiné, lessivé.

On sentait Sybil ravie d'être l'objet de ces innocentes taquineries, et le sourire qu'elle adressa à Gage était plus taquin que jamais.

– Racontez au docteur l'enfant intelligente que j'étais, Albert, fit-elle vivement.

Rogers parut un instant déconcerté, mais il se ressaisit rapidement et dit :

– C'est vrai. Sybil était une petite fille très intelligente.

– Moins que moi, fit Garvix.

– Je regrette, mais Sybil était la plus intelligente de vous tous, dit Rogers d'un ton aimable mais ferme. Léo, lui, était destiné à faire fortune. Donnez-lui dix cents et le lendemain il vous en rapportera trente-cinq.

– Ça c'est bien vrai, fit Garvix en rougissant de plaisir. Je suis un véritable Midas. Je l'ai toujours été.

– Et qu'en était-il de moi, Albert ? demanda Ollie Gelston. Parlez-leur de moi.

– Merde, à la fin ! fit Gladys qui se leva et s'éloigna, l'air excédé.

– Toi, Ollie, fit Rogers en lui tapotant affectueusement l'épaule, tu as toujours été ma préférée.

Elle leva sur l'arpenteur un regard adorant, tel un chiot que son maître vient de caresser.

– Est-ce possible ? Albert ? fit Sybil Jamison, ulcérée. Et moi qui croyais l'être.

– Je m'étais toujours imaginé, fit Garvix prenant la

mouche lui aussi, que j'occupais une place à part dans votre cœur, Albert.

– Mais tu l'occupes, Léo, fit Rogers avec gentillesse. Tout comme Sibby et les autres. Et chacun pour des raisons différentes.

Bayles, qui se tenait à l'écart, adressa à l'arpenteur un sourire forcé et lui demanda :

– Et moi, dans tout ça, Albert ?

– Toi aussi, John, fit Rogers avec bonté. Vous étiez tous mes enfants.

– Et qu'en est-il de la pauvre Gladdy et de moi ? fit Freddy Jamison en ricanant. Quelle place occupons-nous dans tout ça ?

– Nous faisons figure de bâtards, Freddy, fit Gladys en riant. D'enfants illégitimes.

– Oui, quelque chose comme les enfants d'un premier lit, reconnut Freddy faisant écho à son rire.

Gage assistait à cette scène, l'air ébahi.

– Parlez-nous de John, Albert, fit Ollie de l'air gourmand d'un enfant.

– Oh ! oui, fit Gladys non sans perfidie. Parlez-nous de lui.

– Nous ferions mieux de nous remettre en route, dit Rogers d'un air las.

– Parlez-leur donc de moi, dit Bayles, sèchement.

Des rires s'élevèrent. Rogers regardait fixement Bayles. Il dit enfin, d'un ton grave :

– John était un enfant maussade.

Tous se turent et s'observèrent les uns les autres.

– Et à juste raison, monsieur l'Arpenteur, aboya Bayles. Et vous le savez parfaitement.

– Je n'en disconviens pas, John, dit Rogers d'un air pensif. Puis consultant la position du soleil : Nous ferions vraiment bien de nous remettre en route.

Une fois de plus, ils se rassemblèrent. Ils remirent les gourdes dans leurs étuis, roulèrent cartes et relevés, tandis que Tom Putney, armé de ses rouleaux et pelotes, et tout pénétré de son importance, s'enfonçait en avant-garde dans les fourrés.

Ils se mirent en marche, derrière l'arpenteur, par petits groupes d'humeur variable. Sybil Jamison continuait de bouder.

– Je ne comprends pas comment vous avez pu dire à Ollie qu'elle était votre préférée, dit-elle à Rogers, toujours à leur tête.

– Ça commence à bien faire, Sybil, fit Gladys. Sors-toi ça de la tête. Ça n'a pas une si grande importance après tout. Et si tu n'es pas la préférée d'Albert, tu es en tout cas la mienne.

Freddy Jamison fit entendre un hennissement de mépris.

– Pas d'importance ? s'exclama Sybil avec amertume. Pas d'importance ? Qui es-tu pour en juger ? Tu ne faisais même pas partie du groupe.

– J'en remercie le ciel, fit Gladys qui, hâtant le pas, distança ses compagnons, rattrapa Rogers et se maintint à sa hauteur.

– Ne discute pas avec Sybil, Gladdy, murmura l'arpenteur du coin de la bouche, et il y avait dans ces mots à la fois une prière et une mise en garde. Ce n'est vraiment pas le moment de vous bagarrer.

– Elle ne rate pas une occasion de me rappeler qu'enfant je ne faisais pas partie de la bande, dit Gladys à l'adresse de l'arpenteur, mais assez fort pour être entendue de Sybil.

– C'était bien le cas, non ? fit Sybil d'une voix suave.

– Ne sois donc pas si rosse, Syb ! fit Freddy Jamison qui marchait au côté de sa femme.

– On ne te demande pas ton avis, Freddy, riposta Sybil en lui lançant un regard noir. Pour nous, elle est une étrangère. Et d'ailleurs de quoi te mêles-tu ?

– Va te faire foutre ! lui lança Gladys par-dessus son épaule.

– Ça commence à bien faire ! tonna brusquement

Rogers à bout de patience. Bouclez-la… toutes les deux… et finissons-en avec ce bornage.

– Nous n'allons pas grimper en haut de cette foutue falaise, j'espère ? grommela Freddy avec un regard inquiet à la pente abrupte qui se dressait, menaçante, devant eux.

– Pas question, fit Rogers. Nous allons la contourner. Et mettant ses mains en cornet, il cria à l'adresse de Tom Putney qui déjà disparaissait à leur vue : *44 degrés sud-sud-ouest… 38 chaînes… 42 maillons…*

5

– J’ai bien connu votre père, déclara Léo Garvix comme ils se frayaient péniblement un chemin à travers un épais fourré de hautes molènes. Mais nous n’avons guère eu l’occasion de le rencontrer ces dernières années.

– Il ne faisait ici que de courtes apparitions, expliqua Gage. Depuis qu’il était à la retraite, il voyageait beaucoup. Moi-même je le voyais fort peu.

– En effet, fit Garvix d’un ton légèrement réprobateur. Triste, ce qui lui est arrivé. Et si brusquement !

– Eh ! oui !

– La dernière fois que nous nous étions vus, je l’avais trouvé en pleine forme.

– Il n’en était rien, cependant, répondit Gage. En réalité sa santé déclinait depuis quelques années.

– Désolant ! fit Garvix en claquant de la langue pour exprimer le regret de n’en avoir rien su. Mais pour vous, en somme, ça tombait bien.

– Vous dites ? fit Gage en le regardant l’air stupéfait.

– Ben, l’ancien domaine Stuart représente un joli morceau. Et votre père devait être à la tête d’un fameux magot.

– C’est exact, fit Gage d’un ton glacial. Mais que voulez-vous insinuer par là ?

– Que cela va vous changer la vie du tout au tout, mon jeune ami, si vous voyez ce que je veux dire, fit Garvix en lui lançant un clin d’œil complice. Mais ce que je ne comprends pas, docteur…

Gage ne percevait plus que confusément la voix de Léo Garvix qui lui parvenait comme à travers un long tunnel aux parois suintantes d'humidité. Curieux qu'il se trouvât subitement seul avec cet homme. Un instant plus tôt, il bavardait avec Sybil Jamison et Ollie Gelston tout en prêtant une oreille attentive aux annonces de l'arpenteur. Soudain tous s'étaient éloignés et il restait seul avec ce nabot agressif et brutal. Il n'éprouvait aucune sympathie pour cet homme ironique et persifleur. Et il avait l'impression que les autres n'en éprouvaient pas davantage. Tout spécialement sa femme, la pauvre créature. Il se serait battu d'avoir laissé deviner à Garvix le trouble qu'il avait éprouvé lorsqu'en enjambant une heure plus tôt le talus, elle avait montré haut ses cuisses.

Il avait également l'impression que Garvix le soupçonnait de quelque chose, quelque chose qui était en rapport direct avec le domaine qu'il venait d'hériter de son père. Gage savait parfaitement que l'intérêt de tous ses compagnons était de garder ce coin de forêt tel qu'il était depuis des siècles... vierge, intact, non encore souillé par tout ce qu'apportent aujourd'hui la civilisation et le progrès... voitures, autoroutes, lotissements, pollution, bref tous les ravages d'une technologie avancée.

Gage se rendait parfaitement compte de ce qui tourmentait Garvix et sans aucun doute ses compagnons. Ils devaient être persuadés qu'il avait la ferme intention d'exploiter le domaine Stuart. Ils devaient voir en lui un de ces promoteurs avides qui ne cherchent qu'à réaliser de fructueuses opérations. Sans doute voyaient-ils déjà, ô horreur, des aérodromes, des autoroutes goudronnées, des centres commerciaux, des camps de caravaning, sans compter les colonies de bungalows à l'intention des estivants, se dresser devant eux comme des spectres.

C'était typique de gens comme ce Garvix – des requins qui font fortune en saccageant le paysage au nom du progrès – d'être bouleversés à l'idée que ledit progrès pourrait se rapprocher dangereusement de leur propre domaine.

Tout en marchant en sa compagnie, Gage se persuada que c'était bien là ce que Garvix avait en tête, et que révélaient ses petits sourires sardoniques. Garvix avait saisi l'occasion de l'entraîner à l'écart, de le séparer des autres dans l'espoir de lui soutirer quelques renseignements.

– … Oui, ce que je ne comprends pas, reprit Garvix d'un ton insinuant, c'est qu'un homme jeune comme vous pense à se retirer. Moi, à votre âge, je mordais dans la vie à pleines dents. Et pour ne rien vous cacher, je continue à y mordre. Quitte à recracher ce qui me déplaît, et il éclata d'un rire grinçant.

– J'ai mordu à la vie autant que je le désirais, Mr. Garvix, fit Gage parcouru d'un frisson de dégoût. Et je commence à être rassasié. A dire vrai, je n'aspire plus qu'à m'étendre sous un arbre et à contempler le ciel.

Garvix fit entendre un petit ricanement moqueur, puis demanda :

– Vous ne vous êtes jamais marié ?

– Non, fit sèchement Gage, qui savait parfaitement que son compagnon s'attendait qu'il développât ce sujet. Et il prit un malin plaisir à le laisser le bec dans l'eau.

Il doit certainement me prendre pour un pédéraste, se dit-il, ravi. Ce sont mes nerfs fragiles et mes mœurs d'inverti qui m'ont poussé à me retirer du monde et à venir me réfugier dans une agreste retraite. Il voit déjà le beau et vieux domaine Stuart transformé en un lieu d'iniquité. Une bande d'efféminés, souples et bronzés, en minislips, s'ébattant dans ces bois comme de jeunes fauves.

– Comme vous avez bien fait de ne pas vous en encombrer ! s'écria Garvix avec une feinte conviction.

– Encombrer de quoi ?

– De femmes !

– Ah ! oui ? fit Gage.

– Elles se jettent sur vous comme des rapaces et elles ont à la place du cœur une carte de crédit où l'on peut lire « American Express » ou « Diners'Club », et à nouveau son ricanement s'éleva dans l'air étouffant. Il donna un coup de coude dans les côtes de Gage, cligna de l'œil. Si jamais vous vous sentez un peu seul dans cette vaste et ancienne demeure, vous n'avez qu'un mot à dire. Je vous procurerai une marchandise de choix.

– Une marchandise ? fit Gage feignant de ne pas comprendre.

– Il ne faut pas abuser de la solitude, fit Garvix et il lui adressa à nouveau un clin d'œil. Vous voyez ce que je veux dire ? Le choix ne manque pas, même ici. Quand vous en aurez fait le tour, venez me voir... Vous aimez la chasse au canard ?

– J'ai horreur de la chasse, quelle qu'elle soit.

– Vous n'aimez pas la chasse ? Ça alors ! Seriez-vous de ces petits délicats qui ne peuvent supporter de voir tuer une bête ?

– Non... je n'aime pas chasser, et voilà tout.

– Sans doute parce que vous n'avez jamais essayé. Rien de plus excitant que de tuer en plein vol un malard ou une gélinotte. On vise à l'œil, et zing les voilà atteints. Mon cœur bat la chamade quand je les vois tomber en vrille et heurter le sol avec un bruit mou.

Un peu d'écume jaillit au coin de ses lèvres. Évoquer un oiseau touché à mort le rendait poète. Puis brusquement, éclatant d'un gros rire, il frappa sur l'épaule de Gage et reprit :

– Bah, peu importe ! Nous trouverons bien de quoi vous faire passer agréablement le temps. Puis-je vous appeler Willoughby ?

– Seigneur non ! s'exclama Gage en riant. Si vous voulez que nous soyons amis, appelez-moi Harry. C'est mon second prénom.

– Ah ! oui ! c'est vrai. Cela me revient maintenant. Vous étiez Harry... le petit Harry. C'est bon... Allons-y pour Harry.

– 23 degrés nord, nord-est, 5 degrés sud-ouest, 16 chaînes et 17 maillons...

La voix sonore de l'arpenteur qui devait se trouver un peu en avant d'eux résonna à travers la forêt.

– Quel homme extraordinaire que votre Mr. Rogers ! fit Gage saisissant au vol l'occasion de changer de sujet.

– Rogers ! Ah ! ça, vous pouvez le dire. Ce n'est pas un homme. C'est une institution. Il est notre guide à tous. Et depuis des années.

– Un type intéressant. Et dans une superbe forme physique.

– Cela tient à sa profession, je suppose, fit Garvix rentrant le ventre et bombant le torse comme si la remarque de Gage lui faisait prendre conscience de ses muscles relâchés. Il est l'arpenteur du comté depuis plus d'un demi-siècle. Personne d'autre que lui n'est capable de déchiffrer ces vieux grimoires. C'est lui, et lui seul qui nous conduit dans ces bois. Il est tout à la fois notre boussole et notre guide. Sybil, John, Gladys, Ollie et moi-même le connaissons depuis notre petite enfance. C'est lui qui le premier m'a emmené à la chasse et m'a appris le maniement d'un fusil.

– Je me souviens vaguement de lui, fit Gage. Quel âge peut-il avoir aujourd'hui ?

– Il avoue soixante-quinze, soixante-seize ans. Mais à mon avis on peut sans risque de se tromper en ajouter dix de plus. Et avec ça il est toujours vif comme la poudre et fort comme un bélier.

– C'est vraiment un splendide spécimen humain.

– Et je le crois encore capable de satisfaire une femme, fit Garvix en ricanant.

– C'est étrange, murmura Gage qui essayait vainement de préciser un souvenir encore vague.

– Quoi donc ? fit Garvix.

Et comme Gage l'interrogeait du regard :

– Qu'y a-t-il donc de curieux ?

– Je ne saurais trop dire, fit le docteur avec un petit rire. En réalité, rien.

Levant les yeux, il vit Rogers qui leur faisait de grands signes de la main.

6

Ils s'aperçurent, en rejoignant Rogers, que les autres étaient déjà là et les attendaient. Gladys Garvix, éreintée, agacée, se battait avec les mouches qui la harcelaient. Freddy Jamison, assis sur un rocher, enlevait les cailloux qui s'étaient introduits dans son soulier. Sybil Jamison et Tom Putney enroulaient le ruban d'acier. John Bayles, maussade et solitaire à son habitude, se tenait à l'écart et ruminait Dieu sait quel grief. Rogers avait étalé devant lui cartes et relevés et Ollie Gelston, penchée sur lui, buvait ses paroles.

– Maintenant, docteur Gage, fit l'arpenteur en relevant la tête, regardez là-bas… dans la direction que je vous indique du doigt.

Les yeux de Gate s'attardèrent un instant sur la main tendue qui ne tremblait pas. Un réseau d'épaisses veines saillaient sur le dos de cette main recouverte de poils blanchâtres. Il chercha le point que lui indiquait le doigt noueux, mais ne distingua rien.

– Il y a comme une trouée, là-bas, lui expliqua patiemment Rogers. Consultez votre carte.

Gage examina attentivement son relevé et reconnut enfin une sorte d'isthme, à la pointe relevée. Cet isthme, qui s'élevait abruptement de l'angle sud-ouest du terrain de John Bayles, pénétrait profondément, tel un sabre, dans la propriété de Garvix. Le tout devait représenter environ cinq ou six arpents.

– Oui ! s'exclama-t-il, et tout excité il fit entendre un

absurde petit gloussement. Je le vois. Il a la forme d'un sabre.

– Exactement ! aboya Garvix. Un sabre qui s'enfonce en plein dans mes entrailles.

– Vous voyez le mur bas à moitié écroulé qui le longe ? reprit Rogers.

Gage ferma à demi les yeux, scruta désespérément les lointains puis dit enfin :

– Non… Je… Oui… Oui, je le vois.

C'était un très vieux mur qui un siècle plus tôt devait se détacher nettement mais qui était maintenant presque entièrement englouti par la forêt.

– Il marque votre limite ouest, fit Rogers et la percée elle-même appartient à John Bayles.

– Elle est à moi, Albert, rectifia Garvix d'un ton suave.

A cette déclaration faite avec calme et détachement succéda un silence lourd de menaces.

– Non, à moi, fit Bayles au bout d'un moment, d'une voix assurée mais qui néanmoins tremblait légèrement.

– Inutile de recommencer à discuter, fit Garvix en lui souriant comme s'ils étaient les meilleurs amis du monde. Il suffit de consulter le relevé. Il ne saurait être plus clair.

– Le premier relevé, effectué en 1693, montre que ce mur se dresse sur ma propriété, fit Bayles, élevant la voix.

– Mais la rectification faite en 1944 le situe indiscutablement sur la mienne, riposta Garvix dont le sourire s'accentua jusqu'au rictus.

– Oh ! Seigneur ! gémit Gladys Garvix en levant les bras au ciel. Ils remettent ça !

Les larmes montèrent aux yeux de Bayles qui se mit à trembler.

– Nous n'admettons pas la rectification de 1944, déclara-t-il, prononçant distinctement chaque mot et s'efforçant visiblement de dominer l'agitation qui le gagnait. Nous la considérons comme illégale.

– Elle a cependant été effectuée avec le plein accord de votre père, fit Garvix toujours souriant. Il a apposé sa signature sur le document.

– A cette époque, il n'avait plus toute sa tête, comme tous ceux qui sont ici pourront en témoigner, fit Bayles quêtant auprès de ses compagnons leur accord tacite. Les tribunaux eux-mêmes ont déclaré cette rectification non valable. Pourquoi, au nom du ciel, t'obstines-tu ainsi, Léo ? Je ne…

– Vous voyez dans quelle bande de cinglés vous vous êtes fourré, docteur.

Gage se retourna. Freddy Jamison, son visage grêlé éclairé d'un sourire moqueur, semblait prendre un vif plaisir à cette escarmouche.

– Puis-je te rappeler, John, rétorqua Garvix d'un ton doctoral et protecteur, que nous sommes allés en appel et que le tribunal n'a pas encore statué. Il se tourna vers Rogers et ajouta, faisant saillir sa lourde mâchoire de dogue : N'est-ce pas vrai, Albert ?

Gage observait cette scène avec une douce incrédulité. Était-ce un rêve ou la réalité ? Il penchait pour le rêve. Il lui semblait être dans une ménagerie pleine de tigres rugissants et de claquements de fouet. Néanmoins, tout comme les autres, il observait l'arpenteur avec attention, suspendu à ses lèvres comme si un oracle allait parler par sa bouche et rendre un jugement.

– Oui, en effet, Léo, nous sommes toujours en appel à ce sujet, dit enfin l'arpenteur qui sans discuter davantage se mit à rouler les vieux documents de parchemin jauni.

La voix aiguë et exaspérée de Gladys Garvix brisa le silence.

– Cela fait bientôt trois heures que nous sommes dans cette foutue forêt. Mes vêtements sont en loques et je suis dévorée par les moustiques.

– Et moi j'en ai par-dessus la tête d'entendre ces deux discutailler à propos de bottes, s'exclama Freddy Jamison, et il lança un regard furieux à Bayles et à Garvix tout en s'épongeant la nuque à l'aide d'un immense foulard.

– Discutailler ? répéta Garvix qui se raidit et bomba le torse.

– Tu as bien entendu, fit Gladys.

– La violation de mon domaine n'a sans doute pas d'importance à tes yeux, fit Garvix en se tournant vivement vers sa femme.

– Violation !... fit Bayles, le souffle coupé.

– Parfaitement ! Violation ! riposta Garvix. Il n'y a pas d'autre terme.

Rogers après avoir soigneusement plié cartes et relevés les glissa dans sa musette, tout absorbé par ce qu'il faisait. Puis il leva les yeux et dit :

– Messieurs, ce n'est ni le lieu ni le moment de trancher ce différend. Si j'ai attiré sur ce point l'attention du docteur Gage c'est qu'il peut être une source de friction entre deux de ses voisins, friction qui peut avoir par la suite des répercussions sur son propre terrain. Il poussa un soupir, les regarda gravement l'un après l'autre, et ajouta : Puis-je vous rappeler que nous sommes ici aujourd'hui pour reconnaître les limites du domaine du docteur Gage. Puis-je vous suggérer, pour simplifier les choses, que nous nous en tenions là.

Un murmure d'approbation accueillit ces paroles.

– Bravo ! Bravo ! s'écria Freddy Jamison ; l'important c'est de sortir au plus tôt de ce bon Dieu de...

– Oh ! ta gueule, Freddy ! aboya Sybil.

– Mais les limites de la propriété de Gage jouxtent les nôtres, fit Garvix qui s'obstinait. Comment situer ces limites sans définir les nôtres ? Mon mur ouest...

– Fous-nous la paix avec ton sacré mur ouest ! s'écria Freddy en rougissant de colère. Moi ce que je demande, c'est rentrer chez moi au plus vite, pour prendre un bain bien chaud et avaler un martini bien frais.

– Va-t'en au diable ! fit Garvix explosant. On n'a pas besoin de toi ici. Va-t'en au diable, je te dis !

Sa voix résonna à travers les arbres et l'écho s'en répercuta jusqu'au fond de la petite vallée. Jamison en fut visiblement secoué. Lui qui avait une tête de plus que Garvix prit l'air d'un gamin que l'on réprimande. Mais il ne tarda pas à se ressaisir. Il se redressa de toute sa taille, un sourire stéréotypé aux lèvres, puis dit d'un ton sarcastique :

– Tu as beau m'y inviter le plus aimablement du monde, mon vieux, je ne pense pas que je m'en irai. Tout compte fait, je préfère, je crois, rester avec vous tous.

– Décide-toi, Freddy, fit Sybil, impatientée. Ne peux-tu, une fois dans ta vie, faire preuve de décision ?

– De toute façon, tu n'es pas des nôtres, lui lança méchamment Garvix.

– Il a autant que toi le droit d'être ici, fit Bayles prenant soudain le parti de Jamison.

– Alors dis-lui de cesser de nous emmerder.

– Je vous en supplie, implora Ollie Gelston, ne recommencez pas à vous disputer.

– De quel droit te permets-tu de me dire ?... commençait Jamison, tremblant et pâle jusqu'aux lèvres.

– Va te faire foutre ! hurla Garvix.

– Cela suffit maintenant, fit Rogers avec un calme impressionnant.

– Je ferai ce qui me... dit Freddy qui remettait ça.

– Assez ! tonna Rogers dont la voix claqua comme un coup de tonnerre.

Garvix battit nerveusement des paupières. Jamison semblait frappé par la foudre. Et le silence qui suivit était assourdissant. On eût dit que même le crissement des grillons et le pépiement des oiseaux s'étaient tus eux aussi.

Rogers souleva sa musette, en passa la courroie par-dessus son épaule, puis dit de son ton habituel, plein de calme et d'amitié :

– Si nous nous remettons en route maintenant, nous serons rentrés avant la nuit.

Il se remit en marche et sortit à pas lents de la clairière. Les autres le suivirent docilement et silencieusement. Et pendant un moment ils ressemblèrent à une bande de gosses ébouriffés et énervés qui viennent de recevoir une semonce.

7

Freddy Jamison avançait, l'air morose. Il s'aidait d'une canne faite d'une branche de noisetier. De temps à autre il s'en servait comme d'une faucille pour trancher rageusement plantes ou fleurs sauvages tel un ennemi mortel. Il laissait dans son sillage des fleurs à demi décapitées penchant tristement la tête comme si un bourreau avait passé par là.

Un peu de couleurs étaient revenues sur son visage encore beau bien qu'empâté et grêlé, mais on le sentait toujours secoué par son altercation avec Léo Garvix.

Devant lui, Gladys Garvix se frayait un chemin de sa démarche élastique et entre deux décapitations de fleurs il admirait le spectacle qu'elle lui offrait..., ses merveilleuses jambes à la fois minces et musclées, qui se tendaient pour gravir la pente légère, son torse qu'elle ployait pour éviter les branches basses et qu'elle redressait ensuite avec aisance et souplesse. Puis il évoqua à nouveau Garvix, et pris de rage se mit une fois de plus à décapiter les fleurs au passage.

– Tu disais ? lui cria-t-il, et à cet instant il ressentit comme un coup de couteau dans l'estomac.

– Moi ? je ne disais rien, fit-elle sans se retourner. Je bous intérieurement.

– Eh bien, bous à haute voix, que je t'entende.

– Le salaud ! cria-t-elle à la cantonade.

– Tu dis ? fit Freddy qui se hâtait pour la rejoindre.

– J'ai dit : « Le salaud ! »

– Ah ! fit-il, et il se mit à rire. D'accord avec toi. Continue de parler. J'en ai plein le dos d'entendre ces nom de Dieu de grillons !

– Ce porc ! reprit-elle, déchaînée. Cette façon qu'il a de rudoyer tout le monde ! De se vanter de son bien ! J'ai envie de vomir quand je l'entends faire l'étalage de ce qu'il possède. Non, il ne parle pas de son bien, mais de *ses* biens. C'est bien ainsi qu'il dit, non ? *Ses* biens ?

Elle a plus d'allure encore quand elle se met en colère, pensa-t-il en la regardant. Il ne pouvait s'empêcher de trouver légèrement comiques son impétuosité, son agressivité. Oui, elle était un tout petit peu comique… mais diablement jolie.

– « Mes biens », répéta-t-il, imitant le ton pompeux de Léo. « Mes biens »…, au pluriel.

Gladys éclata d'un rire dur et triomphant. Freddy arriva à sa hauteur et tous deux se remirent silencieusement à poursuivre leur marche, se dirigeant d'après la voix de l'arpenteur qui résonnait un peu en avant d'eux.

– Comment est-il, ces derniers temps ? demanda Jamison au bout d'un moment.

– Ignoble ! Invivable ! Il se croit mourant. Il se prend le pouls toutes les dix minutes.

Elle se courba pour passer sous une branche et il vit sa jupe de lainage rouge se tendre sur ses fesses.

– Et que dit le vieil Hartley ?

– Il dit que nous n'aurons pas cette chance.

Elle éclata à nouveau d'un rire cruel et mordant, puis avança de plus belle, emportée par sa colère.

Jamison, soufflant comme une vieille chaudière, dut marcher deux fois plus vite pour ne pas la perdre de vue.

Il allait lui crier quelque chose. Lui demander de ralentir. De l'attendre. Mais à cet instant, la branche basse d'un jeune bouleau, couverte de minuscules fleurs blanches, se redressa et vint la frapper en plein visage. Jamison s'élança, la vit de loin, tombée sur un genou, courbée en deux, la tête enfouie dans ses mains. Lorsque enfin il la rejoignit, elle frappait des deux poings la branche qui l'avait blessée en répétant :

– Merde ! Merde ! Merde ! Bon Dieu de merde ! pourquoi diable ai-je participé à cette expédition ?

Il s'agenouilla à côté d'elle, la força à enlever ses mains de son visage. Puis il examina la petite meurtrissure pourpre en forme d'étoile, juste au dessous de son œil.

– Et tout ça pour répertorier ses bon Dieu de merde de propriétés.

– Ce n'est rien. Juste une petite marque rouge, fit Jamison, à voix basse, sans raison apparente.

Il effleura du doigt la meurtrissure, ce qui fit grimacer la jeune femme, puis il y posa ses lèvres. Elle se rejeta brusquement en arrière, le laissant le visage tendu, les lèvres légèrement entrouvertes, ce qui le fit ressembler à un poisson rouge en train de gober une graine.

– Ce n'est pas gentil, murmura-t-il d'un air de reproche.

– Idiot ! Cesse de me tourner autour.

– Pas gentil du tout !

Affreusement vexé, il se redressa, prit sa gourde qui lui battait la hanche. Tout en dévissant le capuchon, il lui lança un regard rusé. Il semblait peser le pour et le contre, puis brusquement il tendit la gourde à sa compagne en lui disant avec un petit sourire en coin :

– Avale une gorgée.

– Non merci, fit-elle d'un ton glacial.

Il haussa les épaules, se rejeta un peu en arrière et but goulûment à même la gourde.

Elle le regarda faire, à la fois agacée et dégoûtée.

– Je ne comprends pas comment tu tiens encore debout ! s'exclama-t-elle lorsqu'il en eut fini.

– Tu m'as déjà vu vaciller ? et sur ces mots, du plat de la main, il lui pressa brutalement un sein.

– Pour l'amour du ciel, fit-elle en le repoussant comme elle l'aurait fait d'une mouche importune. Ce que tu peux me dégoûter !

– Je le sais, dit-il à la fois rancunier et honteux, puis il se remit à boire à longs traits.

– Rien d'étonnant que tu aies l'estomac délabré !

– Délabré ? J'ai un petit ulcère de rien du tout. Et parfois du sang dans mes selles. Et alors ?... Il se mit à rire, porta une fois de plus la gourde à sa bouche, le petit doigt en l'air. Puis il essuya, du revers de la main, ses lèvres bleuies et hoqueta. J'en souffre de temps à autre, évidemment, mais j'avale une de ces petites merveilles, et le tour est joué.

Il lui montra une petite dragée blanche qu'il tenait entre le pouce et l'index, la contempla avec amour, tel un bijoutier une pierre précieuse, se la jeta dans la bouche et la croqua en regardant la jeune femme d'un air de défi.

L'arpenteur égrenait des chiffres un peu en avant d'eux. Elle pivota brusquement sur elle-même et se remit en marche. Freddy la regarda s'éloigner. Il commençait d'éprouver cette sensation d'engourdissement que lui provoquait toujours le gin et qui se manifestait par une lourdeur du crâne. Déjà il la perdait de vue. Pris de panique, il se mit à courir pour la rejoindre.

Il la rattrapa rapidement, mais lorsqu'il voulut lui prendre le bras elle se dégagea violemment.

– J'espérais te voir, hier soir, chez les Hungerford.

– J'étais coincée, comme toujours, répliqua-t-elle avec brusquerie tout en se frayant un chemin à travers les fourrés, le regard obstinément fixé devant elle. Au dîner il a trop mangé et bu trop de vin.

– Trop mangé et trop bu ? Ce mourant ? fit-il en riant, franchement amusé.

– Eh oui, ce mourant ! A neuf heures il hoquetait et il est allé se coucher. Ai-je manqué quelque chose de sensationnel ?

Tous deux se mirent à rire à l'idée qu'il pouvait se passer quelque chose de sensationnel chez les Hungerford. Ils y avaient passé trop de mornes soirées pour éprouver du regret à en manquer une.

Sur leur gauche, la voix de Rogers leur parvint d'une nouvelle direction.

– *32 degrés nord-nord-ouest... 5 degrés, 6 minutes sud...*

Ils s'arrêtèrent pour mieux déterminer d'où leur parvenait sa voix.

– Elle sait, tu sais, fit Freddy lorsqu'ils se remirent à marcher.

– Je le sais, qu'elle sait. Je ne suis pas une imbécile.

– Tu n'as pas besoin de me répondre sur ce ton.

– Sur quel ton veux-tu que je te parle ? lança-t-elle d'un ton plus mordant encore.

– Bon, fit-il, ulcéré, et ils se remirent à avancer.

– Oh ! tu sais, elle s'en fout ! reprit-il au bout d'un moment. Tant que nous ne nous affichons pas... Inutile de te tourmenter !

– Me tourmenter ? fit-elle avec un rire méprisant. Et qui te dit que je me tourmente ? Tu m'ennuies à pleurer.

– J'espérais ne pas t'assommer à ce point.

Le sentant profondément blessé, elle se tourna vivement vers lui.

– Pour l'amour du ciel ! Ne prends pas ça à la lettre. Je regrette.

– Gage ne t'ennuie pas à mourir, fit sèchement Freddy en la foudroyant du regard. C'est visible à l'œil nu.

– Gage ?

– Parfaitement. Ce juste, snob et moralisateur, tout imbu de son importance.

– Où veux-tu en venir ?

– Encore une fois, lui il ne t'ennuie pas. Je m'en rends parfaitement compte.

– Seigneur ! gémit-elle en levant les bras au ciel. Je me demande s'il vaut mieux en rire ou en pleurer.

– Tu ne m'as toujours pas répondu.

– Tu veux savoir s'il m'ennuie ? Il fait plus que ça, il m'assomme. Et avec un rire brutal : Il est aussi assommant que les autres. Et il fait autant de foin que les autres au sujet de sa propriété. De plus...

– De plus quoi ?

– Je ne sais pas trop, fit-elle en haussant les épaules. Il y a en lui quelque chose de pas très orthodoxe.

– Tu sais ce que Léo pense de lui ? demanda Freddy dont les yeux brillaient de malice.

– Dieu sait !

– Il le croit pédéraste, fit Freddy en ricanant.

– Pour Léo, tous les hommes sont pédérastes. Cela tourne à l'idée fixe chez lui, s'exclama Gladys en écartant les branches devant elle. Après tout, y a pas de mal à être pédé. Si au moins Léo l'était un peu sur les bords. Il aurait plus d'allure.

Freddy s'arrêta pile, stupéfié par ces mots. Mais sa stupéfaction fut de courte durée. Renversant la tête en arrière, il éclata d'un rire sain, vivifiant… un rire qui chassait de lui toute rancœur et appréhension.

A nouveau la jeune femme s'enfonça dans les fourrés, suivie de près par son compagnon.

– Gladys, fit-il, cherchant à la prendre dans ses bras.

– Laisse-moi tranquille, dit-elle en le repoussant. Pas ici. Pas maintenant.

– C'est plus fort que moi.

A nouveau il tenta de la prendre dans ses bras, mais cette fois elle lui donna une claque en s'exclamant :

– Bas les pattes !

– Je t'aime, dit-il d'une voix geignarde qui la fit grimacer d'impatience.

– Si tu m'aimes, pour l'amour du ciel ne me pelote pas.

– 15 degrés sud-sud-ouest… 10 degrés, 8 minutes…

La voix de l'arpenteur tempéra les ardeurs de Freddy qui murmura d'un ton pressant :

– Tu crois que tu pourras t'échapper, ce soir ?

Sur le visage de la jeune femme se lut à la fois ennui et exaspération, mais elle tenait à garder son empire sur lui, et elle répondit :

– Oui, s'il se couche assez tôt.

– On se retrouvera au hangar à bateaux ? demanda-t-il, les yeux brillants d'espoir.

– Encore une fois, oui, s'il se couche assez tôt, répéta-t-elle d'une voix tendue. Elle essaya de le dépasser mais il la retint de la main et chercha son regard.

– Si tu ne viens pas, il faudra que je passe la soirée avec elle. A tailler les delphiniums. *Delphinium cheilanthum*, ajouta-t-il, en imitant la façon précieuse d'articuler qu'avait acquise Sybil dans des pensionnats snobs, lors de ses séjours en Europe et, à nouveau, tous deux éclatèrent d'un rire irrésistible.

Un instant plus tard, ayant retrouvé son air soucieux et préoccupé, il lui demanda :

– Tu viendras ?

– Je tâcherai.

– Promis ?

Elle le regarda avec pitié. Elle le méprisait de l'implorer ainsi avec des airs de chien battu. Ce fut cependant d'une voix radoucie qu'elle lui répondit :

– Promis.

Jamison tendit à nouveau les mains vers elle. Cette fois elle scruta prudemment les taillis autour d'eux, et se laissa aller, presque à contrecœur, dans ses bras.

8

– Je crains que vous n'ayez une triste opinion de vos futurs voisins, docteur, fit Ollie Gelston.

Elle bavardait avec animation depuis vingt minutes tandis que Gage prêtait l'oreille aux annonces que lançait Rogers tout en s'efforçant de déchiffrer le jargon désuet de ses titres de propriété.

– Je m'excuse, dit-il en levant les yeux de ses grimoires, mais je n'ai pas très bien…

– Je vous disais, fit-elle sans se décourager, que je craignais que vos nouveaux voisins ne vous fassent une triste impression.

– Pas le moins du monde ! s'exclama Gage les yeux à nouveau fixés sur le parchemin jauni aux bords rongés.

« DOCTEUR WILLOUGHBY H. GAGE », pouvait-on lire sur la couverture et il en tirait un tel plaisir qu'il en fut étonné lui-même. Puis venait le texte : *A l'intention des Veuves, Héritiers, Représentants, Créanciers de Warren E. Stuart, décédé ; des Veufs, Héritiers, Représentants et Créanciers de Jane E. Dourland, dite également Lizzie Dourland, décédée ; des Veuves, Héritiers, Représentants et Créanciers d'Orin Blaylock, décédé ; des Veufs, Héritiers, Représentants et Créanciers de Rachel Hungerford, décédée…* Et se poursuivait ainsi la liste de la longue lignée d'ancêtres disparus qui avaient habité la demeure qu'il venait d'acquérir. Tout figurait sur ce parchemin à l'écriture pâlie. Il savait désormais d'où provenait cette parcelle de terre qu'il s'était enfin assignée. Il reprit sa lecture : *Jackson Hubbell, décédé ; Marvin Hubbell, décédé ; Thomas M. Rowlette s'il est encore en vie, sinon ses Veuves, Héritiers, Représentants et Créanciers.*

Merle T. Osborne, décédée.

Ann O. Osborne, décédée.

Farry Green, décédé, était le premier nom cité. Le premier à occuper cette demeure, il en avait acquis le titre de propriété le 3 mars 1962. Gage fut saisi d'une agréable excitation à la pensée de cette longue procession de solides ancêtres qui au cours des âges étaient apparus, puis avaient disparu. Qu'il le veuille ou non, il était, de curieuse façon, irrévocablement lié à tous ces gens dont les noms figuraient sur ce parchemin jauni. Et un jour, dans quelques siècles peut-être, quelqu'un lirait : *Willoughby H. Gage, décédé.* Il le voyait ce nom, d'une encre pâlie sur ce vieux parchemin, et cette idée ne lui était pas désagréable.

– Je sais que c'est difficile à croire, fit Ollie continuant de bavarder, mais nous sommes tous des amis de toujours.

– Ce qui est bien, c'est que vous soyez tous restés dans le même coin, fit Gage aimablement, alors qu'en réalité il n'en pensait pas un mot.

– Oui, nous sommes tous des amis d'enfance, reprit Ollie avec un orgueil puéril qui éveilla la pitié de Gage. Et nous nous aimons vraiment beaucoup. Nous n'avons jamais vécu ailleurs qu'ici. Nous avons hérité nos terres de nos pères et des pères de leurs pères.

– Je crois que ma propriété a eu une histoire plus tourmentée, fit Gage qui sourit et lui montra la longue liste de noms figurant sur le parchemin.

– En effet, reconnut Ollie. Elle a changé six fois de main au cours du siècle passé.

– Je commence à me familiariser avec les noms de certains de mes prédécesseurs. « Osborne, Hubbell, Rowlette, Blaylock, Stuart » et bien entendu… mon père, récita-t-il, tout en marchant.

Il lut dans le regard qu'elle posa sur le document ce qu'il prit pour un vague reproche.

– Tout cela doit vous paraître assez mystérieux ? dit-elle brusquement.

– *34 degrés nord-nord-est, 12 degrés, 4 minutes.*

La voix de Rogers résonna dans le lointain et ils hâtèrent le pas pour le rejoindre.

—*... les droits des parties, qu'ils proviennent des actes, testaments, hypothèques, ou autres instruments, ou sources de titres*, lut Gage fasciné par le parchemin, *déterminent le bien-fondé desdits, et ont valeur de jugement, en tout ce qui concerne les contestations, différends, et établissent le titre de propriété sur les parcelles suivantes...*

– Nous, vous comprenez, nous en avons une telle habitude, reprit Ollie.

– L'habitude de quoi ?

– De parcourir la forêt pour reconnaître les limites et les bornages, expliqua-t-elle avec cet orgueil puéril qu'il avait décelé chez elle un instant plus tôt.

– Avec Mr. Rogers ?

– Avec Mr. Rogers, bien entendu. Nous ne l'avons jamais fait avec quelqu'un d'autre. Il est d'ailleurs le seul à se sortir de ces chartes et de ces titres de propriété.

– Tout cela me paraît bien embrouillé.

– Eh oui ! reconnut-elle. Et Mr. Rogers est aussi le seul à être en bons termes avec la forêt.

– En bons termes ? fit-il, surpris par cette expression.

L'espace d'un instant il ressentit profondément la vaste étendue solitaire de cette forêt dans laquelle ils s'enfonçaient. Il fut saisi d'une vague appréhension qui comme une bouffée d'air fétide se dissipa presque aussitôt.

– Quand j'étais petite, reprit Ollie, il venait me chercher. Il m'emmenait promener dans les bois et me racontait des histoires. Il m'aidait à surmonter ma peur de l'obscurité et quand j'étais triste, il trouvait moyen de me faire rire.

Sous le regard qu'il fixait sur elle, elle se tut brusquement. Elle baissa les yeux et rougit légèrement.

– Vous êtes lyrique, miss Gelston, fit Gage, taquin.

De rose, ses pommettes devinrent écarlates.

– C'est que je lui suis profondément attachée, dit-elle en levant les yeux. Comme nous tous, d'ailleurs.

A ce moment, ils perçurent le bruit que faisait Garvix en fonçant à travers les fourrés comme un bulldozer.

– Je me souviens même qu'une fois, reprit-elle toujours émue, il a guéri ma grand-mère de son hydropisie en lui appliquant des cataplasmes de douce-amère.

Une lueur ironique s'alluma dans les yeux du docteur. Il allait se mettre à rire, mais il se rendit compte que sa compagne prenait la chose absolument au sérieux.

– Intéressant, dit-il.

– Oui, j'ai bien pensé qu'en votre qualité de médecin, cela vous intéresserait.

– Décidément, ses connaissances sont illimitées, fit-il, s'efforçant de prendre l'air impressionné, comme reconnaissant d'avoir l'honneur de passer l'après-midi avec un tel homme.

– Oui, il est à la fois notre juge et notre mentor, dit-elle, jacassant de plus belle. C'est toujours à lui que nous en appelons. En quelque sorte, il nous a tous élevés. Il nous a initiés à la vie de cette région… Oh ! regardez ! fit-elle en tendant le bras vers la droite : la « Cabane de l'Ermite » !

– Ah ! oui, fit-il comme lui revenait à l'esprit le curieux petit codicille inclus dans son titre de propriété, lui demandant de consentir que subsiste à perpétuité cette cabane construite sur ses terres.

– La cabane de Granger, dit-elle au moment même où ils aperçurent à quelque distance une fragile construction aux murs de carton goudronné, qui évoquait quelque vaisseau fantôme porté par les vagues.

Elle était située à l'orée d'une clairière, ou du moins de ce qui avait été une clairière, envahie maintenant de hautes herbes et de plantes grimpantes. La cabane elle-même était à moitié en ruine. Ses fenêtres béaient et elle penchait dangereusement, s'enfonçant peu à peu dans la terre spongieuse. Il s'en dégageait quelque chose de sinistre. La menaçante solitude des maisons abandonnées où s'est déroulée Dieu sait quelle sombre tragédie. Certaines rumeurs étaient parvenues jusqu'à lui, et c'est pourquoi il demanda :

– Qui était Granger ?

– Un vieil ermite. Il est venu vivre ici il y a une centaine d'années. C'était un religieux.

– Un religieux ?

– Une espèce de moine, je crois.

– Une espèce ?...

– Oui, fit-elle en riant. Il s'était ordonné lui-même. Il errait dans les bois, vêtu de loques, et se nourrissait de racines et de baies.

– Une sorte de Pierre l'Ermite, si je comprends bien.

– Si l'on veut. C'est lui qui a fabriqué de ses mains cette cabane.

A nouveau, elle lui montra du doigt la hutte aux murs de carton goudronné qui dans cette clairière faisait penser à quelque épave qui refuse de couler par le fond.

Gage vit le petit œil d'un gras et luisant corbeau perché sur le rebord d'une des fenêtres éventrées, et qui sur leur passage se mit à croasser.

– Les Stuart devaient le connaître, reprit Ollie. Ils lui ont donné l'autorisation de se construire une cabane dans cette clairière et d'y vivre. Mon père, encore enfant, venait le voir, avec son propre père, et tous deux lui apportaient provisions et vêtements chauds pour l'hiver. Ce que faisaient également tous nos voisins.

– Quand est-il mort ?

– Oh ! je devais être encore tout enfant, fit Ollie en riant. Sybil et Léo prenaient plaisir à me terroriser en me racontant des histoires sur cet ermite. Ils me disaient, par exemple, que mort, il hantait ces bois, et Dieu sait quoi encore. D'ailleurs, vous n'avez qu'à questionner Albert. Il l'a connu, lui.

Brusquement, l'air tourmenté, elle leva les yeux sur lui et déclara :

– Personne n'a le droit de toucher à cette cabane… de la démolir, j'entends.

– Je le sais, fit-il d'un ton rassurant. Ce désir est exprimé en toutes lettres dans mon titre de propriété.

– Vous n'avez donc pas l'intention de ?…

– Certainement pas ! Pourquoi le ferais-je ? Mais, ajouta-t-il, sa curiosité éveillée, pour quelle raison croyez-vous qu'on ait inscrit une telle clause dans ce titre ?

– Parce qu'à mon avis, les gens du pays ont fait de la Maison du Pendu une sorte de sanctuaire.

– Comment l'avez-vous appelée ?

Elle baissa la voix, comme si elle allait proférer un blasphème, et répéta :

– La Maison du Pendu. On l'a toujours appelée ainsi. Et comme il la regardait, surpris : Oui, il s'est pendu. Personne ne sait pourquoi. Mais il l'a fait. C'était le printemps.

Ils avaient dépassé la hutte délabrée, et Gage lui lança, par-dessus son épaule, un dernier regard avant que la forêt l'engloutît à nouveau.

A ce moment, un bruit de branches que l'on écarte violemment se fit entendre et Tom Putney surgit à une vingtaine de mètres, agitant son foulard rouge dans leur direction.

– Docteur, cria-t-il, pourriez-vous venir une minute ?

Ollie Gelston échangea un regard inquiet avec Gage et cria à son tour :

– Que se passe-t-il ?

– Rien, Miss. La voix sonore du jeune garçon se répercuta à travers un groupe de hauts mélèzes et il reprit : Mais si le docteur pouvait venir juste une minute…

– J'arrive, répondit Gage d'une voix forte en mettant ses mains en cornet.

– Vite, je vous en prie, implora Tom d'un ton pressant.

Gage partit en courant. Ollie Gelston, clouée sur place, le regarda s'éloigner. Soudain elle se rendit compte qu'elle était seule au cœur de ces bois. Elle esquissa quelques gestes désordonnés, puis se mit à courir à son tour derrière Gage qui déjà disparaissait à sa vue.

9

– Depuis combien de temps est-il dans cet état ? demanda Gage.

Il s'était accroupi devant Rogers qui, assis sur un rocher, se balançait d'avant en arrière. Tom Putney, penché sur eux, se tordait les mains, la bouche grande ouverte. Il haletait et les mots lui sortirent de la bouche à toute allure.

– Je m'suis amené ici… oui, ici… y a quelques minutes… et je l'ai trouvé assis là… sur ce rocher… comme ça… comme il est maintenant… marmonnant des chiffres… et regardant dans le vide… les yeux tout drôles…

Ce vieil arpenteur a en effet un regard étrange, se dit Gage. Ses yeux sont larmoyants, et il a quelque chose d'égaré, d'absent.

– *28 degrés direction est*, marmonna soudain Rogers de la voix chantante et haut perchée d'un enfant, et un peu de salive coula au coin de sa bouche. *13 minutes… 21 secondes… direction est-sud-est… 42 perches…*

Il continua de se balancer, pivotant sur ses hanches, bien après qu'il eut cessé de chantonner cette petite litanie de limites et de bornages.

– Il fait que ça ! s'exclama Tom Putney en frappant du poing dans la paume de sa main… énumérer des chiffres et regarder dans le vide.

– Où sommes-nous ? demanda brusquement Rogers, avec le regard encore embué d'un enfant qui vient de s'éveiller.

– Je ne le sais pas, fit Gage, saisi. Et levant les yeux sur Tom : Sur ma propriété, je suppose.

Le comique de la situation lui apparut soudain et il faillit se mettre à rire.

– Où sommes-nous ? demanda à nouveau Rogers.

Sans bien savoir pourquoi, Gage fut parcouru d'un frisson.

– Qu'y a-t-il ? Que se passe-t-il ? demanda Ollie Gelston qui, émergeant d'un épais fourré, surgit dans la clairière.

Gage ne se donna pas la peine de lui répondre. Agenouillé aux pieds de l'arpenteur, il lui passait la main devant le visage et claquait des doigts.

– Rogers ? appela-t-il, comme s'il s'adressait à quelqu'un dans le lointain. Mr. Rogers ?...

A ce moment apparurent Sybil Jamison et Léo Garvix.

– Que se passe-t-il ? demanda-t-il du ton autoritaire d'un homme décidé à prendre les choses en main.

– *28 degrés nord-nord-est, 19 maillons, 13 chaînes*, chantonna Rogers.

– Mr. Rogers ? demanda Gage toujours agenouillé devant l'arpenteur qui continuait de se balancer. M'entendez-vous, Mr. Rogers ?

Il frappa bruyamment des mains tout près de l'oreille de l'arpenteur qui ne sursauta, ni ne cilla. Il restait là, assis, comme un bloc de granit. Puis il se remit à chantonner :

– *19 nord-nord-est, 28 maillons, 13 chaînes...*

– Seigneur ! s'exclama Tom Putney, les yeux écarquillés.

– Salut, fit Jamison, surgissant brusquement dans la clairière. Qu'est-ce que vous faites là ?

Gladys Garvix et John Bayles arrivaient sur ses talons. Le regard accusateur de Sybil se porta d'abord sur son mari, puis sur Gladys.

– Il s'agit d'Albert, dit-elle et elle leur tourna brusquement le dos.

– Je me suis amené ici, fit Putney qui tenait à son histoire, et je l'ai trouvé assis là, comme il est maintenant.

– Comme il est maintenant ? répéta Freddy Jamison.

Il sourit bêtement, s'accroupit à côté de Gage et scruta les yeux de l'arpenteur.

– Oui, comme il est là, et Putney se mit à raconter mot pour mot son histoire.

– *4 degrés… 12 minutes… 19 secondes… 30 perches… 9 chaînes… 41 maillons*, marmonna Rogers, les yeux tournés vers le ciel.

– Qu'essaie-t-il de nous dire ? demanda Gladys Garvix, qui se dirigea vers le vieillard d'un air hésitant et s'arrêta à un ou deux pas de lui.

– J'sais pas, répliqua Tom Putney. Ça veut rien dire. C'est rien que des chiffres qui ont rien à voir avec le relevé.

Gage prit l'arpenteur par les épaules et le secoua doucement en disant :

– Rogers… regardez-moi. Il prit le visage du vieil homme entre ses mains, scruta ses yeux, puis reprit : Mr. Rogers, regardez-moi. Fixez vos yeux sur moi… L'espace d'un instant, Gage crut détecter dans ce regard vide une lueur de compréhension et il répéta d'un ton pressant : Fixez votre regard sur moi et maintenant suivez des yeux mon doigt.

Gage esquissa alors du doigt des boucles et des cercles comme s'il écrivait dans l'air.

– Il a l'air un peu endormi, dit Sybil Jamison.

– Mais oui, fit Garvix, il est parfaitement bien. Il est un peu accablé par cette chaleur, voilà tout. Il posa sa main grassouillette sur l'épaule de l'arpenteur et se mit à le secouer en disant avec l'autorité d'un chef d'industrie : Albert !… Voyons, Albert !…

– Laisse-le respirer, fit Freddy Jamison.

– Allons, mon vieux, reprit Garvix s'adressant à l'arpenteur comme à un chien que l'on presse de montrer ce qu'il sait faire.

– Manquait plus que ça ! fit Gladys qui, les bras croisés, se mit à arpenter la clairière.

– L'avez-vous déjà vu dans cet état ? demanda brusquement Gage qui, toujours agenouillé devant l'arpenteur, se tourna vers Tom Putney.

Le garçon parut frappé et effrayé par cette question. Il balbutia des mots sans suite, puis se tut.

– Tom, répéta le médecin. C'est très important. Répondez-moi. Ce n'est pas la première fois, n'est-ce pas ?

Putney fit du regard le tour de la clairière. Tous avaient les yeux fixés sur lui. L'espace d'un instant il parut les défier, puis il eut soudain l'air très jeune et très seul.

– Non, monsieur, dit-il enfin en un murmure. Ce n'est pas la première fois.

Gage se releva, se dirigea lentement vers le jeune assistant et lui demanda :

– Où cela lui est-il déjà arrivé ?

– Deux fois comme on se rendait au tribunal. Et une autre fois dans son bureau, y a quelques semaines. Il y est plus. Il marmonne des mots sans suite et il regarde dans le vide… comme il fait maintenant. Je l'aidais à rentrer chez lui, à se coucher et au bout d'un jour ou deux il était sur pied.

Le garçon se tut. Tous se tournèrent vers Gage et le regardèrent en silence examiner l'arpenteur.

– Qu'est-ce qu'il a ? demanda Garvix.

Gage scrutait le visage de l'arpenteur qu'il trouvait à la fois énigmatique et étrangement beau.

– Cela porte différents noms, dit-il enfin. Artériosclérose cérébrale. Psychose présénile. Sénilité…

– Il n'est pas plus sénile ! lança Sybil, indignée. Il n'est pas plus sénile que…

– Je n'ai pas dit qu'il l'était, dit Gage d'un ton ferme. Du moins pas dans le sens que l'on donne généralement à ce mot. Mais des périodes alternées de lucidité et d'amnésie sont caractéristiques d'un état qui va s'aggravant.

– Foutaise ! s'exclama Garvix. Il a toute sa tête.

– Ça, tu peux le dire, fit Sybil abondant dans son sens.

– Vous devez vous tromper, docteur, fit Ollie Gelston

en lui lançant un regard de reproche. C'est impossible !

Tous attendaient de Gage une protestation. Il n'en fit rien et ne dit mot. Et dans son refus même de discuter, il y avait quelque chose d'angoissant.

Au bout d'un moment Bayles rompit le silence en demandant :

– Dans ce cas, dans combien de temps, à votre avis, retrouvera-t-il sa lucidité ?

– C'est difficile à dire, riposta Gage. Il faudrait savoir depuis combien de temps il est sujet à ce genre de... d'absences. Plus cet état de fait se poursuit, plus ses périodes d'amnésie se prolongeront jusqu'à ce que son état devienne définitif. Tom vient de nous dire qu'il a assisté à deux de ces crises au cours des dernières semaines. C'est bien ça, Tom ?

– Oui, monsieur.

– Tom a donc assisté à deux de ces crises, reprit Gage. Mais qui nous dit qu'il n'en avait pas eu auparavant ?

Il lança un regard significatif à Bayles pour bien le laisser se pénétrer de cette réponse. Rogers se remit soudain à se balancer et à énumérer des chiffres : *27 degrés, 5 minutes, 30 secondes, 12 perches, 32 maillons...* Cette litanie avait quelque chose d'envoûtant. Gage évoqua le vieux muezzin qu'il avait vu prier dans une mosquée au cours d'un voyage qu'il avait fait, quelques années auparavant, en Terre sainte. Il revoyait l'extase qu'exprimait le visage parcheminé du vieil Arabe. Comme si l'âme qui habitait ce corps se trouvait infiniment loin de ce lieu de prière. A des années-lumière de là.

– Cherchez-vous à nous laisser entendre que son état est... définitif ? demanda Sybil d'un air outragé, comme si elle tenait le médecin pour responsable d'un aussi terrible diagnostic.

– Certainement pas, dit Gage en se relevant. Mais à mon avis nous ferions bien de le ramener chez lui.

– Est-il en état de marcher ? demanda Ollie, pâle et bouleversée.

– Sans aucun doute. Quelle direction devons-nous prendre pour arriver chez lui le plus rapidement possible ?

– Par là, fit Garvix.

– Non, par ici, affirma Bayles.

Ils avaient répondu d'une seule voix, indiquant chacun une direction différente.

Les yeux de Gage se portèrent lentement de l'un à l'autre. Garvix et Bayles se mesuraient du regard. « Par là », répétèrent-ils en pointant à nouveau vers des directions différentes.

– Nous devons nous diriger droit vers l'ouest, fit Garvix en carrant les épaules.

– Ce n'est pas mon avis, fit Bayles.

– Mais c'est le mien, rétorqua Garvix.

– Eh bien, tu te trompes, fit Bayles.

Garvix rougit de colère. Bayles blêmit. Ils s'affrontaient comme deux coqs de combat. Bayles semblait vaguement effrayé de sa propre témérité. Les choses en étaient là lorsque Gage, se tournant vers Putney, lui demanda :

– Tom, vous voulez bien nous ramener chez nous ?

Le garçon sursauta et donna tous les signes de la plus grande confusion. Ou était-ce de la honte ? Ou les deux ?

– Tom ? répéta le médecin avec gentillesse, mais fermeté. Tom ? répéta-t-il, et tous attendirent la réponse.

– Je ne connais pas le chemin du retour, dit enfin le jeune assistant, rouge de honte, mais s'efforçant de crâner.

– Tu ne connais pas le chemin du retour ! fit Gage sans élever la voix et sans le quitter des yeux.

– Tu ne connais pas le chemin du retour ? Que veux-tu dire par là ? tempêta Gladys. Es-tu oui ou non l'assistant de l'arpenteur ?

Putney resta sans voix. Ses lèvres remuaient, mais aucun son ne sortait de sa bouche.

– L'es-tu oui ou non ? répéta Gladys.

– Ça veut pas dire que je connaisse ces bois. J'y suis venu souvent avec Mr. Rogers, mais je m'y suis jamais aventuré seul…

Il laissa traîner la voix et un nouveau et pénible silence pesa.

Putney qui se sentait traqué les regarda les uns après les autres, puis lança finalement à Gage :

– Me regardez pas comme ça !

– Que veux-tu dire ?

– Vous me regardez d'une drôle de façon. Après tout, j'y suis pour rien, moi.

– Je ne l'ai jamais prétendu, fit Gage d'un ton apaisant.

– Parce que vous vous mettriez drôlement le doigt dans l'œil. Cette sacrée forêt, j'en connais pas plus que…

– Seigneur ! s'exclama Freddy en levant les bras au ciel. Ça alors, c'est la meilleure ! Alors comme ça, tu nous as laissés nous embarquer…

L'arpenteur, qui continuait de se balancer doucement, comme une bouée que soulève une faible houle, se mit à nouveau à chantonner sa longue mélopée faite de chiffres. Freddy fonça brusquement vers Rogers, se laissa tomber à genoux devant lui et se mit à fouiller ses poches. Sous la brusquerie de ses gestes, le vieil homme faillit perdre l'équilibre. Plusieurs membres du groupe s'élancèrent pour le retenir, tandis que Jamison brandissait la boussole de l'arpenteur en s'exclamant d'un air triomphant :

– Grâce à Dieu, nous pourrons au moins nous diriger !

Ses compagnons parurent soulagés. Et la tension se dissipa plus ou moins, mais à cet instant, Gage demanda :

– Vous savez dans quelle direction aller ?

Comme Jamison le regardait, l'air interloqué, Gage formula de façon plus claire sa question.

– Savez-vous quelle direction nous devons prendre pour nous rendre chez moi ? Ou chez vous ? Ou chez quelque autre de nos compagnons ?

Il n'avait nullement l'intention de se montrer ironique, et cependant tous le prirent ainsi. Le sourire triomphant de Jamison s'effaça de son visage comme la cire fondue.

– Une boussole n'est pas d'une grande aide quand on ne sait pas quelle direction prendre, dit-il encore, sans acrimonie, et tous parurent frappés par la justesse de cette remarque. Tom, quel est le dernier point de repère que Mr. Rogers t'a indiqué, fit-il en se tournant vers le jeune assistant.

Putney semblait toujours aussi égaré. Il ferma les yeux, fit un énorme effort de concentration et récita enfin :

– *12 degrés, 9 minutes, direction sud, 30 degrés, 18 minutes, direction ouest*, puis il rouvrit les yeux, visiblement enchanté de lui-même.

– Ça nous avance à quoi, ça ? demanda Garvix.

– Selon toute probabilité, si nous connaissons le dernier repère annoncé, nous le retrouverons sur le relevé, ce qui nous permettra de voir où nous sommes par rapport à notre point de départ. Il ne nous restera plus, alors, qu'à faire demi-tour et à revenir sur nos pas en nous dirigeant à la boussole.

Un murmure d'assentiment et d'admiration accueillit les intelligentes déductions du docteur Gage.

– Vous le trouverez pas sur le relevé, ce point de repère, déclara Tom, et aussitôt, tous se tournèrent vers lui.

– Pour quelle raison ? demanda Gage.

– Parce que beaucoup de ces points sont pas portés sur la carte, fit Tom qui, regardant Rogers, ajouta : Il a tout dans sa tête.

Un silence angoissé pesa.

– Moi, en tout cas, je sais quelle direction prendre, s'écria Garvix d'une voix forte rompant ce silence. Tout droit vers l'ouest.

Gage le scruta un instant puis dit, avec un calme imperturbable :

– Mr. Bayles ne semble pas partager votre opinion.

– Je me fous de ce que peut penser Mr. Bayles. Je sais quelle direction prendre.

Comme un spectateur qui assiste à un match de tennis le médecin se tourna vers Bayles et l'interrogea du regard.

– Je crois pouvoir affirmer que, partant d'ici, nous devons nous diriger ouest-nord-ouest, fit Bayles d'une voix mal assurée.

Ils étaient arrivés à une impasse et Gage, qui – sans très bien savoir pourquoi –, jouait maintenant le rôle d'arbitre, se tourna vers ses autres compagnons.

– L'un d'entre vous, dit-il en souriant, pourrait-il nous indiquer le chemin du retour ? Vous, par exemple, Mr. Jamison ?

L'Anglais pâlit, sourit d'un air confus et haussa les épaules en un geste d'impuissance.

– Et toi, Tom ? reprit Gage. Tu n'as pas la moindre idée ?

Le jeune assistant jeta un regard prudent du côté de Léo Garvix, puis dit enfin :

– Moi, j'pensais que pour rentrer, fallait prendre par là, et il indiqua, du doigt, par-dessus son épaule, une direction opposée à celles indiquées par Garvix ou Bayles.

A peine eut-il proféré ces paroles qu'il sembla les regretter. Quant à Garvix, il se contenta de grommeler entre ses dents et l'on n'aurait pu dire s'il manifestait ainsi approbation ou mépris.

– Et vous, mesdames, fit Gage se tournant vers les trois femmes qui, pour quelque curieuse raison, s'étaient groupées.

– Vous plaisantez, ou quoi ? fit Gladys Garvix en lui lançant un regard dédaigneux.

– Et vous, docteur, demanda Ollie Gelston à son tour. Vous n'avez pas la moindre idée ?

Tous se tournèrent vers lui comme un seul homme, et devant cette bande de gens échauffés par la marche, et énervés par leurs différends, il lutta contre une envie de rire.

– Je crains bien de n'avoir pas la moindre idée de l'endroit où nous nous trouvons ni de la route à prendre pour rentrer chez nous. Et brusquement frappé par une idée, il ajouta : Mais en somme, nous nous trouvons dans ma propriété ?

– Sans aucun doute, déclara Bayles.

– Alors si je comprends bien, nous trouvons moyen de nous perdre en plein cœur de ma propriété, et, saisi par le comique de la situation, il ne put retenir son rire, imité en cela par Sybil Jamison.

– C'est vraiment trop drôle ! s'exclama-t-elle. Trop magnifique, trop absurdement drôle !

Mais son rire résonna un peu creux dans le murmure étouffé de la forêt.

Rogers se remit à marmonner, mais cette fois de façon inintelligible. Gladys Garvix grommela quelque chose entre ses dents et se remit à déambuler comme une panthère en cage, décrivant des cercles dans l'étroit périmètre de la clairière.

– Nous sommes perdus ! s'écria Sybil se remettant à rire. N'est-ce pas divin ! Il nous arrive enfin une véritable aventure !

– Je ne suis nullement perdu ! aboya Garvix. Je sais exactement où je me trouve. Il parlait d'un ton si assuré que tous se tournèrent vers lui. Le soleil se couche droit derrière ma maison, reprit-il d'un ton mesuré. Or, le soleil est là, et il montra du doigt le disque orangé qui descendait, à l'ouest, comme un énorme ballon. Tout ce que nous avons à faire, c'est de nous diriger droit vers l'ouest et nous déboucherons d'ici une demi-heure à l'arrière de ma maison. Et souriant d'un air engageant à ses compagnons : Ce n'est pas plus difficile que ça.

Sa façon d'exposer le problème et d'en donner la solution était si claire et si assurée qu'elle ne laissait pas la moindre place au doute. Mais, à ce moment, John Bayles intervint.

– A mon avis, quand tu regardes la façade arrière

de ta maison, c'est sur la droite que tu vois le soleil se coucher.

– Sur la droite ? répéta Garvix avec un petit sourire incrédule, comme s'il avait mal compris.

– Oui, sur la droite, affirma Bayles.

Cette fois, Garvix se mit franchement à rire, et regardant Bayles avec pitié :

– Tu ne vas tout de même pas prétendre que par rapport à la façade arrière de ma propre maison, je ne sais pas où se couche le soleil.

– Je n'insinue rien de pareil. Je ne fais qu'établir un état de fait.

Le sourire de Garvix, mi-aimable mi-moqueur, s'effaça. Une telle affirmation, venant d'un John Bayles, l'avait un instant désarçonné. Mais il se reprit aussitôt, et ce fut d'un ton patient et indulgent qu'il dit :

– Cela fait quelque quarante ans que je vois le soleil se coucher droit derrière ma maison.

– Non, dit Bayles en secouant la tête. Il se couche à environ 15 degrés sur la droite, ou si tu préfères à l'ouest-nord-ouest de l'arrière de ta maison. Or, cela fait maintenant quatre heures que nous sommes partis…

– Quatre heures et demie, fit Gage, consultant sa montre. Nous sommes partis à midi exactement.

Bayles, les yeux fermés, se livra à un rapide calcul.

– Cela signifie qu'au cours de ces heures le soleil a tracé une courbe vers l'ouest, dit-il enfin, les yeux fixés sur le sol. Donc si nous nous dirigeons – il fit à nouveau un rapide calcul mental – disons de 5 degrés sur la droite du lieu où se trouve actuellement le soleil, nous arriverions je suppose à l'arrière de la demeure de Léo, dans une heure environ.

– Tu le supposes ? fit Garvix.

– Oui, fit Bayles. Je ne peux rien faire d'autre que des suppositions. Je ne me prends pas pour un oracle.

– *12… 19… 33… 9…*, marmonna à nouveau Rogers.

– Tu as vraiment des idées baroques, John, fit Garvix

en lui adressant un sourire mauvais. 5 degrés ouest-sud-ouest, ou Dieu sait quoi de ce genre. A quoi diable correspondent ces degrés ? Il se remit à rire, embrassa du geste ses compagnons et ajouta : Ils te demandent quelle direction prendre et toi tu leur racontes Dieu sait quoi. Non, mais vous vous rendez compte ! 5 degrés ouest-nord-ouest ! Et là-dessus, il éclata de rire.

Gage écoutait avec attention cet échange de propos. Boussole et navigation étaient un domaine ignoré de lui, mais l'idée qu'avait émise Bayles, un peu compliquée, peut-être, n'en avait pas moins une certaine vraisemblance.

– Le cadran d'une boussole comporte 360 degrés, dit-il gravement. Dans une forêt aussi vaste que celle où nous nous trouvons une erreur de calcul d'un ou deux degrés peut se révéler désastreuse.

– Exactement, exactement, fit Bayles, rougissant de colère. Et si partant d'ici vous vous dirigez droit vers l'ouest en direction du soleil, vous vous éloignerez définitivement de toutes régions habitées.

– En es-tu sûr, John ? demanda Ollie Gelston.

– A peu près sûr.

– A peu près sûr ! ricana Garvix.

Freddy Jamison, dénouant son foulard, épongea son morne visage, bouffi et grêlé, et dit :

– Je ne comprends pas comment nous pourrions être perdus alors que nous sommes en possession d'une boussole, de cartes et de relevés. Non, franchement je ne le comprends pas.

– Tu me rappelleras de te l'expliquer un de ces jours, mon cher, fit Sybil d'un air moqueur. Elle se dirigea vivement vers Rogers, s'agenouilla à son côté, colla sa bouche à l'oreille du vieil homme et lui demanda : Vous vous sentez mieux, Albert ? Elle avait murmuré ces mots, assez distinctement pour que les autres les entendent. Tous se turent, et attendirent avec anxiété la réaction du vieil homme. Allons, Albert, reprit Sybil en lui tapotant affectueusement l'épaule. Levez-vous et dites-nous comment sortir de cette forêt. Nous sommes de tels imbéciles que sans vous, nous sommes complètement perdus. Elle lui parlait avec douceur et gentillesse, comme à un enfant buté, lui posant de temps à autre de petits baisers sur les joues. Venez. On ne compte plus que sur vous.

– *12 degrés... 19 minutes... 41 secondes...*, psalmodia l'arpenteur.

Son regard se porta vers le soleil qui déclinait à l'horizon, et toujours assis sur son rocher, il se remit à se balancer d'avant en arrière.

Pendant un moment, tous, silencieux, l'observèrent.

– Bon, fit Gage. Il se fait tard et nous ferions bien de prendre une décision. Pour ce qui est de moi, je propose que nous nous mettions en route.

De larges plaques sombres apparaissaient çà et là dans le sous-bois baigné d'une lumière glauque. Et en cette fin d'après-midi les ombres se faisaient plus longues.

– Se mettre en route pour où ? demanda Freddy Jamison légèrement agacé. Plus nous avancerons et plus nous nous enfoncerons dans des régions inconnues de nous.

– Je trouve aussi que ce ne serait pas prudent, fit Ollie.

– Je préfère encore ne pas bouger que partir dans une mauvaise direction, ajouta Jamison. Je propose qu'on reste ici.

– Pendant combien de temps ? demanda Gage.

– Jusqu'à ce qu'il redevienne lucide, dit Jamison en indiquant du menton le vieil arpenteur qui regardait sans la voir la forêt gagnée par les ombres.

– Cela peut durer longtemps, fit observer Bayles. Et la nuit ne tardera pas à tomber.

– Tout ça, c'est de la foutaise, et Gladys Garvix se leva d'un bond. Il n'a rien de grave. Aidez-le à se mettre debout, et il se sentira beaucoup mieux.

– Moi, je ne vais pas prendre racine ici, déclara Garvix qui se leva à son tour, et actionna ses petites jambes courtes tout en faisant du surplace. Je ne parle qu'en mon nom. Je sais exactement où se trouve ma maison par rapport à ici et je vais m'y diriger tout droit. Tous ceux qui désirent se joindre à moi sont les bienvenus, et il sourit aimablement à ses compagnons. Je sais qu'un grand gin-tonic bien glacé m'y attend !

Bayles allait protester, mais Garvix prit les devants.

– Désolé, John. Je me demande ce que diable vous voulez dire avec vos degrés, qu'il y en ait cinq, dix ou cent. Cela sonne bien, certes, mais je m'en tiens à ma décision. Allez viens, Gladdy !

Il prit sa femme par le bras, la fit pivoter sur elle-même et tous deux, sans prononcer un mot, tournèrent le dos aux autres et partirent dans la direction du soleil.

Sybil Jamison suivit du regard Léo Garvix qui, carrant les épaules, sortait de la clairière en se déhanchant.

– Je te suis, Léo, lui cria-t-elle.

– Ben, j'crois que moi aussi, fit Tom Putney avec un sourire gêné.

– Oui, partons d'ici au plus vite, dit Freddy Jamison en se massant l'estomac que son ulcère commençait à faire souffrir. Ce qu'il me faut, c'est un bon bain chaud et un martini bien frais, et il s'engagea à la suite de Sybil.

Arrivé à l'orée de la clairière, Garvix se retourna et interpellant Gage lui demanda :

– Et vous, Harry ?

Gage consulta Bayles du regard comme s'il attendait de lui un encouragement. Comme rien ne venait, il poussa un soupir, et se tournant vers Garvix qui attendait toujours à l'orée de la clairière, lui lança :

– J'arrive. Puis désignant du menton le vieil arpenteur : L'un d'entre vous peut-il me donner un coup de main ?

Déjà il se dirigeait vers Rogers, mais Tom Putney lui fit signe de s'écarter, en disant :

– Je me charge de lui.

Il aida avec douceur l'arpenteur à se relever, et l'espace d'un instant, il ressembla à quelque prêtre qui soulève péniblement un immense Bouddha de pierre.

– Je me charge de lui. Oui, je me charge de lui, répéta-t-il, en faisant signe aux autres de s'écarter.

– Parfait, fit Gage touché par l'attachement et le dévouement que manifestait pour son maître le jeune assistant. Quand tu seras fatigué, nous te relaierons.

Une fois remis sur pied, Rogers se remit à marmonner : *13 degrés direction nord-ouest ; 28 degrés est-nord-est... 5 chaînes, 23 perches, 11 maillons...* tout en se balançant, soutenu par Putney, comme un homme légèrement ivre.

Les autres, groupés autour de Garvix, attendaient à l'orée de la clairière. Putney entraîna tant bien que mal l'arpenteur auprès d'eux. Gage se tourna vers Bayles et lui demanda :

– Pourquoi ne venez-vous pas avec nous ?

– Parce qu'il se trompe.

Gage haussa les épaules dans un geste d'impuissance, puis alla, lui aussi, rejoindre les autres.

Il ne resta plus, dans la clairière, que John Bayles et Ollie Gelston.

– Tu pars dans la mauvaise direction, cria Bayles en les voyant tous se presser autour de Garvix, et il y avait dans son cri à la fois de la colère et du désarroi. Vous vous enfoncerez toujours plus profondément dans l'inconnu.

Sa voix s'éleva, buta contre une pente boisée qui se dressait devant eux et leur revint en écho.

– Nous sommes prêts à courir ce risque ! s'exclama Garvix avec un gros rire. Et toi, Ollie, que décides-tu ?

Elle hésita visiblement, tout agitée, tel un papillon que l'on vient, à l'aide d'une épingle, de piquer sur une planche, comme hypnotisée par les durs yeux d'agate fixés sur elle. Son regard allait de Bayles à Garvix et elle dit enfin, faisant appel à son courage et à sa volonté :

– Je... je suivrai John.

– Bien du plaisir ! lui cria Garvix avec une véritable

délectation. Plus la discussion prenait l'allure d'une compétition, plus il se prenait au jeu. Vous empruntez la route haute, nous, la route basse, et nous arriverons en Écosse avant vous. Il frappa dans ses mains avec une telle force que le claquement résonna dans le grand silence comme l'annonce d'un mauvais présage. J'enverrai des forestiers à ta recherche, John, dit-il encore avec son gros rire, puis lui tournant brusquement le dos, il s'enfonça dans les taillis, suivi, en silence, de ses compagnons.

Ollie et John, plantés au milieu de la clairière, les regardèrent s'éloigner. Ils se sentirent soudain solitaires et sans défense. Bayles avala péniblement sa salive, ce qui fit monter et descendre sa pomme d'Adam. Il tapa le sol du pied comme un cheval nerveux, et la tête baissée, à voir sa poitrine se soulever convulsivement, sembla avoir peine à respirer. Il leva les yeux vers le soleil qui commençait à descendre à l'horizon. Déjà des flaques d'ombre gagnaient la forêt et la température fraîchissait. Il lança alors un regard désespéré vers ses compagnons qui allaient disparaître de sa vue.

– Attendez !...

Ce mot, il ne paraissait pas l'avoir prononcé. Il semblait lui avoir été arraché de la gorge. Il tourna vers Ollie un regard empli de honte... une honte causée non seulement par l'aveu de sa propre faiblesse, mais aussi par le soulagement qu'il lisait sur le visage de la jeune femme. La prenant par le bras, il cria à nouveau :

– Attendez-nous !...

Tous s'arrêtèrent. Garvix, à leur tête, pivota sur lui-même et regarda les deux dissidents se mettre, toute honte bue, à courir vers eux.

– Attendez-nous ! répéta-t-il, imitant d'un air ravi la voix geignarde de Bayles. Non, mais vous l'avez entendu ?... « Attendez-nous !... 5 degrés direction ouest-nord-ouest. Et vous arriverez ainsi à deux degrés sur la gauche du soleil et la droite de la lune. » Décidément, mon pauvre John, si tu n'existais pas, il faudrait t'inventer ! Et avec un rire méprisant : Tu as peur du noir, mon petit Johnnie ?

– Ta gueule ! fit Gladys. Elle enfonça d'un air décidé ses mains dans ses poches, passa devant lui et grommela : Contente-toi de nous ramener chez nous.

Les autres lui emboîtèrent le pas… les Jamison, Garvix, puis en arrière-garde, Tom Putney, vacillant sous le poids de l'arpenteur qui pesait lourdement sur lui.

Gage attendit qu'Ollie et Bayles l'aient rejoint. Ils arrivèrent à sa hauteur, hors d'haleine. Tous trois, formant un petit groupe à part, s'engagèrent sur les talons des autres.

Ils marchèrent un moment sans dire mot, observant les gobe-mouches qui, en cette fin de journée, rayaient l'air de leur vol rapide, encore sous le coup de l'humiliation que venait de subir Bayles. Gage rompit enfin le silence et dit, et il s'adressait bien plutôt à lui-même qu'à ses deux compagnons :

– Je me reproche de ne pas avoir pris la précaution de prévenir chez moi que je me rendais sur ma propriété. Un de vous l'a-t-il fait ?

– Malty sait que tu es dans ces bois ? demanda à Ollie Bayles qui gardait les yeux obstinément fixés devant lui, et à la manière hostile dont il lui posa cette question on sentait qu'en cet instant il la haïssait.

– Malty est allé passer quelques jours en ville, dit d'une voix tremblante Ollie qui lança à Gage un regard implorant, ce qui le mit mal à l'aise, car il détestait être pris comme arbitre, lui l'étranger, entre deux amis d'enfance.

– Quand sera-t-il de retour ? demanda-t-il.

– La semaine prochaine.

– La semaine prochaine !

– Oui, répéta-t-elle, et les larmes lui montèrent aux yeux. La semaine prochaine.

– Et vous ? fit Gage se tournant vers Bayles. Personne ne vous attend ?

– Non, personne.

– Et eux ? reprit Gage en indiquant du menton le groupe qui les précédait.

Comme Bayles secouait la tête, le docteur reprit, un peu surpris :

– Alors quoi ? Pas un enfant ? Pas de domestiques ?

– Non, personne, fit Bayles les yeux toujours obstinément fixés devant lui.

– Les Jamison ont deux enfants ! s'exclama Ollie, le visage illuminé d'une joie enfantine… Joie qui s'évanouit aussitôt, car elle ajouta : Mais ils sont pensionnaires tous les deux.

– Et Rogers ? Et Putney ? Ils vivent seuls eux aussi ?

– Oui.

– Ma foi, fit Gage, cillant derrière ses lunettes, nous ne nous sommes montrés très raisonnables ni les uns ni les autres, et il se mit à rire.

– Non, pas très raisonnables, en effet, reconnut Bayles d'une voix blanche.

– Donc si je comprends bien, fit Gage en soupirant, nous ne pouvons compter que sur nous.

– Du moins jusqu'à ce qu'Albert retrouve ses esprits, dit Ollie, et à nouveau son visage exprima une joie enfantine.

– Bien sûr, fit Gage d'un ton rassurant.

– Cela ne saurait tarder, ajouta-t-elle vivement.

– Non, en effet, cela ne saurait tarder.

Ils marchaient maintenant droit dans la direction du soleil couchant. Soudain, Léo Garvix qui se trouvait à une dizaine de mètres devant eux cria : « Attendez-nous ! » On sentait qu'il prenait un plaisir malin à imiter le ton pleurard de Bayles. Puis frappant dans ses mains, il éclata à nouveau d'un rire énorme dont l'écho se répercuta dans les taillis.

DEUXIÈME PARTIE

10

Dans la forêt, l'obscurité était maintenant presque totale. Çà et là, un rayon de lune perçant l'épais feuillage jetait sur une branche un voile argenté. Les piaulements, les appels des petites bêtes nocturnes, encore timides au crépuscule, gagnaient en ampleur à la nuit tombée. Dans cette pénombre bleutée les branches qu'écartait sur leur passage le petit groupe d'errants se détachaient, plus épaisses et plus noires, et eux-mêmes semblaient les silhouettes imprécises de nageurs évoluant sous l'eau. Ils n'échangeaient que de rares paroles, tout occupés à se frayer un chemin dans ce sous-bois obscur et hostile. De temps à autre l'un d'eux butait et lançait un gros mot. Les grillons se taisaient un instant puis, tel un orchestre invisible, reprenaient leur incessant murmure.

– Bon Dieu ! grommela Garvix à l'intention d'un de ses compagnons que d'ailleurs il ne voyait pas. Ne marche pas ainsi sur mes talons ! Écartez-vous les uns des autres.

Sa remarque était parfaitement justifiée. La nuit venue, ils serraient instinctivement les rangs alors que pendant la journée, à la chaude lumière du soleil, ils s'égaillaient dans les taillis comme les perles de verre d'un collier, se souciant peu de se repérer les uns les autres.

– Garvix ! appela soudain Gage.

Il avançait péniblement, ployant sous le poids de l'arpenteur. Quelques milles plus tôt, Putney, à bout de force, s'était vu obligé de se décharger de son fardeau.

– Garvix ! cria à nouveau Gage, d'une voix plus forte cette fois, tout en donnant cependant l'impression de parler entre ses dents.

– Par ici, lança une voix rauque et dure, et Gage avança dans l'obscurité en direction de cette voix.

– Je vous croyais parti d'un tout autre côté, dit-il. Pourriez-vous revenir sur vos pas ?

– Volontiers, si je savais où vous êtes ! aboya Garvix.

L'arpenteur se remit à marmonner et Gage, l'appuyant sur sa hanche, le redressa.

Un instant après, Garvix, dont la noire silhouette trapue évoquait un cargo fendant la mer en pleine nuit, surgit dans la trouée, écrasant sous ses pieds brindilles et branches mortes.

– Où êtes-vous, toubib ? Je ne vous vois pas !

– Tu ne sais pas te servir d'une allumette, bon Dieu, fit Freddy Jamison. Il est là, le toubib, tout près de nous.

Tom Putney gratta une allumette qui éclaira de sa faible flamme le visage du médecin marqué par l'effort qu'il fournissait depuis plus d'une heure.

Mais déjà l'allumette s'éteignait et à nouveau l'obscurité les enveloppa.

Garvix alluma son briquet et aussitôt tous se pressèrent autour de son halo orangé, se regardant les uns les autres, comme surpris de se retrouver.

Garvix brandit le briquet au-dessus de sa tête, telle une torche. Il ressemblait à un Lucifer entouré d'anges déchus.

– Qu'est-ce qui se passe ? demanda-t-il.

– Je ne crois pas qu'il puisse aller beaucoup plus loin, dit Gage. Et à parler franc, je suis moi-même exténué.

Adossé à un arbre, il soutenait de son mieux l'arpenteur qui pesait sur lui de tout son poids.

– Dans ce cas, que quelqu'un d'autre se charge de lui, lança Garvix. Nous ne devons pas être à plus d'un quart d'heure de chez moi.

– En êtes-vous sûr ? demanda Gage.

– Sûr et certain.

– Tu nous as dit ça il y a deux heures, grommela Freddy Jamison.

– Y a pas de quoi s'affoler, fit Sybil.

– Et qui parle de s'affoler ! rétorqua Freddy d'une voix aiguë qui déchira les ténèbres.

– Moi, je m'affole, fit Gladys Garvix. Et comment que je m'affole !

– Fais pas l'idiote, dit Sybil en riant. Je vais enfin avoir l'occasion de mettre en pratique mes connaissances en flore sylvestre.

– En flore sylvestre ? répéta Gage, l'air incrédule.

– Oui. J'ai suivi, en dernière année de collège, un cours sur ce sujet.

– Oh ! Seigneur ! gémit Jamison en se détournant. Nous y revoilà.

– N'est-ce pas providentiel ? reprit Sybil, tout excitée à la pensée de dompter les ténèbres et de pénétrer les mystères de la forêt.

Gage laissa doucement glisser l'arpenteur, l'adossa contre le tronc d'un arbre, puis dit :

– Il me semble que quelque chose ne tourne pas rond. Nous devrions être de retour chez nous depuis longtemps. Et se tournant vers Garvix : Êtes-vous sûr d'avoir pris le bon chemin ?

– Et comment, que j'en suis sûr ! Et Garvix eut pour le médecin un regard ironique, comme s'il doutait de son bon sens.

– Si nous étions sur le bon chemin, fit observer Bayles, nous serions rentrés chez nous depuis une heure au moins.

– Voyons, fit Garvix. Cela fait à peine une heure que nous nous sommes remis en marche.

– Plutôt deux, rectifia Bayles. Et tu nous avais parlé d'une demi-heure.

Dans le silence qui suivit, les deux hommes se défièrent du regard.

– M'est avis qu'on a fait que tourner en rond, dit Tom

Putney qui scrutait le ciel où les premières étoiles venaient d'apparaître.

– Qu'est-ce qui te fait dire ça ? demanda Gage.

– Je pourrais parier qu'on est déjà passé par là, fit Tom Putney en désignant un groupe de hauts mélèzes.

– Évidemment, fit Garvix. On est passé devant à l'aller.

– Non, affirma Tom. C'est quand on a pris le chemin du retour, y a bien une heure.

Tous se turent et observèrent le ballet silencieux des lucioles.

– Nous ne devons plus être très loin de chez nous, fit Ollie Gelston encore confiante mais d'une voix qui tremblait un peu.

– Vous souvenez-vous d'être passé par là, Mr. Bayles ? demanda Gage.

– Absolument pas.

– Vous croyez-vous encore capable de nous ramener à notre point de départ ?

– Il y a deux heures, je l'aurais pu, fit Bayles avec un petit rire sec. Mais maintenant, du diable si je sais où nous sommes.

– Cela prouve, John, que si l'on veut faire triompher son point de vue, il faut s'exprimer avec assurance. A ce moment-là tout le monde vous croit.

– Personne ne t'obligeait à nous suivre, Freddy, ricana Garvix. On ne t'a pas pris par la main.

– Je t'ai vu hésiter à la fourche du ruisseau, s'exclama Freddy qui s'échauffait. Tu ne savais pas si tu devais prendre sur ta droite ou sur ta gauche. Pour ce qui est de moi, je suis de l'avis de Tom. Nous ne faisons que tourner en rond.

– Il est parfaitement vrai que j'ai eu un instant d'hésitation, reconnut Garvix, mais n'empêche que maintenant je sais exactement où nous nous trouvons.

Freddy allait lui répondre, mais l'idée qui lui était venue à l'esprit lui parut soudain dénuée d'importance. Il se mit à se masser l'estomac, à l'endroit où son ulcère le rongeait, et où la douleur lui portait de véritables coups de poignard. Et il se rappela qu'il avait avalé sa dernière dragée calmante.

– Cette forêt, je la connais comme ma poche, lança Garvix.

– Ça, c'est du Garvix tout pur ! s'exclama d'un air écœuré Gladys en levant les bras au ciel. « J'ai toujours raison ! Je sais tout mieux que vous ! On va faire ce que je dis ! » et nous autres, pauvres imbéciles, nous le suivons comme des moutons. Et pour quelle raison ? Je me le demande bien. Et dire que j'ai passé ma vie à suivre ce…

Elle s'arrêta net devant le sourire de son mari. Un sourire qui n'avait rien de rassurant.

– Je ne crois pas que tu aies eu à regretter de m'avoir suivi, Gladdy, dit-il d'une voix dangereusement douce. Si tu avais tant soit peu de cervelle, tu prendrais tes propres décisions, pas vrai ? Et grognant de mépris : J'ai horreur des geignards et des pleurnichards.

– Tu n'as pas besoin de lui parler sur ce ton, fit Freddy.

La flamme du briquet que Garvix tenait toujours au-dessus de sa tête trembla légèrement et ce fut d'une voix venimeuse qu'il lança :

– La façon dont je parle à ma femme ne te regarde foutrement pas. Puis son regard alla de Freddy à Gladys et il ajouta : Ou serait-ce que je me trompe ?

Ils continuèrent de se lancer des amabilités à la tête, oubliant leurs soucis immédiats, tandis que les autres assistaient, impassibles, à cette petite scène, comme s'ils se trouvaient au cinéma.

– Tout cela ne nous mène nulle part, fit observer Gage. Je propose que nous fassions halte.

– Halte ! s'écrièrent trois ou quatre d'entre eux.

– Qu'entendez-vous par une halte ? demanda Gladys.

– Tout simplement que nous campions pendant la nuit.

– Pendant la nuit ! s'exclama à nouveau le chœur.

– Camper ici ? Cette nuit ? fit Sybil Jamison d'un ton extasié. Quelle merveilleuse idée !

– Tu es complètement folle, ma pauvre Sybil, lui lança Freddy qui n'en croyait pas ses oreilles.

Garvix se remit à actionner comme des pistons ses jambes courtes, mais en faisant du surplace et en bombant son torse trapu et puissant, et dit :

– Je ne suis qu'à un quart d'heure de chez moi. Je ne vois pas pourquoi je m'arrêterais ici.

Il s'était exprimé avec une telle autorité que l'espace d'un instant Gage fut ébranlé, mais en scrutant les épaisses ténèbres qui les entouraient il reprit son assurance.

– On n'y voit pas à un pied devant soi, dit-il d'un ton raisonnable. Nous n'arriverons à rien. De plus, Mr. Rogers est incapable de faire un pas de plus.

– Il faudra pourtant qu'il le fasse, lança Gladys, hargneuse. C'est lui qui nous a fourrés dans ce pétrin.

– C'est tout à fait mon avis, fit Freddy avec conviction. Ce fameux Rogers !

– Ce n'est pas sa faute s'il vient d'avoir une petite attaque, fit Gage, se raidissant.

– Une attaque ! s'écria Sybil. Vous ne nous l'aviez pas dit !

– En êtes-vous sûr ? demanda Bayles, tandis que tous se pressaient autour du médecin qui reprit :

– Il en offre tous les symptômes. Que voulez-vous ? Cela peut arriver à tout le monde.

– Eh oui ! cela peut arriver à tout le monde, déclara Ollie en lançant un regard de reproche à Freddy.

A nouveau, un silence régna. Gladys regardait Gage avec un mélange de gêne et d'antipathie. Sentant son hostilité, le médecin lui sourit et répéta :

– Je crois réellement que nous ferions mieux de nous arrêter pour la nuit.

– Nous ne sommes pas un groupe de foutus boy-scouts ! lança Freddy. Nous n'allons pas…

– Je n'aime pas cette idée, dit Ollie d'une voix aiguë et tremblante. Non, elle ne me plaît pas du tout.

– Je suis persuadé, reprit Gage d'un ton raisonnable et rassurant, que demain matin, après nous être reposés pendant la nuit, nous nous repérerons aisément.

– Mais oui, c'est l'évidence même, fit Sybil. Et ça va être merveilleux de dormir à la belle étoile.

– Avec les chauves-souris, les serpents, et tout ce qui grouille et rampe, fit Gladys avec une rage rentrée. Très peu pour moi. Moi j'aime coucher dans mes plumes et je rentre, et déjà elle faisait demi-tour.

– Personne ne peut vous en empêcher, fit Gage avec un petit sourire ironique. Mais je ne vous suivrai certainement pas, même si ma vie en dépendait, et là-dessus il détacha sa gourde pendue à sa ceinture.

Mais déjà Garvix se disposait à contourner le groupe de hauts mélèzes.

– Je ne vois pas de raison de passer la nuit ici, dit-il en éteignant d'un geste sec du poignet son briquet. Sa voix s'élevait, comme désincarnée, dans la nuit d'encre. Je sais exactement où je me trouve. Allez viens, Gladdy.

– Je ne crois pas cela très sage de votre part, leur cria Gage, comme déjà ils s'enfonçaient dans l'obscurité.

– Je me fous éperdument de ce que vous pensez ! Que la paix soit sur vous. Bonne nuit, et ses éclats de rire résonnèrent dans les taillis.

Pendant un moment tous écoutèrent en silence les pas du couple qui déjà s'éloignaient. Mais cette fois, personne ne les suivit. Au bout d'un moment, comme ils ne percevaient plus le moindre bruit, Gage dit, s'adressant à tous :

– Je propose que nous nous installions aussi confortablement que possible.

Il se mit à rassembler feuilles et branches mortes, en fit un petit tas, y mit le feu avec une allumette. Bientôt quelques maigres flammes s'élevèrent qui furent les bienvenues. Gage ramassa quelques branches un peu plus grosses qu'il ajouta au petit brasier, puis dit :

– Nous aurons besoin d'une réserve de bois. Tom, tu veux bien aller nous en chercher une provision ? Putney se tourna d'abord vers l'arpenteur, toujours adossé à un tronc, puis sans dire mot il s'enfonça dans les taillis, tandis que le docteur lui criait : Ramasses-en assez pour que notre feu nous dure toute la nuit.

– Je n'arrive pas à croire qu'il puisse m'arriver une chose pareille, fit Freddy Jamison qui massait toujours son estomac douloureux, en regardant s'éloigner le jeune assistant. Allons-nous réellement camper ici pendant toute la nuit ? Comme des romanichels ou des vagabonds ?

– J'en ai bien peur, fit Gage en se penchant sur l'arpenteur. Pourriez-vous me donner un coup de main ?

Ensemble ils prirent Rogers sous les bras et l'étendirent doucement sous un arbre. Gage ouvrit le col de chemise du vieil homme, dénoua ses bretelles, puis lui fit un petit oreiller d'aiguilles de pin qu'il lui glissa sous la tête.

A l'instant où la tête de Rogers reposa sur cet oreiller improvisé, il ouvrit tout grands les yeux et se mit à marmonner : *19... 15... 12... 28... 66... 41... 9... sud par sud-ouest...* Ces chiffres tombaient de ses lèvres comme des miettes. Gage versa dans le creux de sa main un peu d'eau, puis tendit sa gourde à Bayles en disant :

– Tenez-la pendant que je le rafraîchis un peu et que j'essaie de le faire boire.

Il se mit à lui humecter d'eau les poignets, les bras, le visage, puis se servant de son mouchoir comme d'une compresse, il le mouilla et l'attacha autour de la tête du vieil homme sans cesser de lui parler avec douceur.

– Alors... alors... alors, Mr. Rogers ? Comment vous sentez-vous ? Comment vous sentez-vous ?

– *22... 13... 9... direction est... direction est...*

– Il m'entend, dit Gage. C'est là un signe encourageant.

– Pendant que Tom ramasse du bois, je vais vous préparer un repas de fortune, déclara Sybil qui nageait dans la joie et se mit, pleine d'entrain, à s'activer.

– Un repas ? répéta Freddy, éberlué. Avec quoi ?

– Je ne sais pas encore. Mais il doit bien se trouver par ici de la verdure comestible. Ou des racines. C'est ce que faisaient les pionniers.

– Pour l'amour du ciel, gémit Freddy, ne t'agite pas ainsi, Sybil.

On perçut un craquement de feuilles et de branches à l'orée de la clairière et les Garvix, tels des fantômes, surgirent dans le cercle de lumière mouvante.

Tous se tournèrent vers eux et les regardèrent fixement.

Freddy claqua de la langue et s'exclama :

– Tiens, tiens, tiens ! Regardez un peu qui nous arrive !

– Ce n'est pas de la nuit que tu as eu peur, Léo ? fit Bayles, un sourire triomphant aux lèvres. Tu n'as pas peur du noir, toi ?

Garvix restait cloué à l'orée de la clairière, les flammes dansantes éclairaient par instants son visage déconfit.

– C'est la route haute que tu as empruntée, Léo ? reprit Bayles d'un ton sarcastique. Ou la route basse ? Et éclatant d'un rire tonitruant qui le secoua tout entier : Léo le Lion !

– *23... 14... 10... sud par l'est... nord par l'ouest...* La voix faible et comme enrouée de l'arpenteur s'éleva quelque part derrière eux.

Gladys, le visage morne, pénétra dans le cercle de lumière et se laissa tomber sur le sol. L'effort avait avivé son teint, remarqua Gage, et même dépenaillée, elle restait jolie.

– Ainsi nous sommes perdus ? demanda Ollie Gelston. Les flammes projetaient des ombres mouvantes sur son visage. Elle paraissait endormie, comme plongée dans une sorte d'hypnose et sa voix était lointaine et d'un calme inquiétant lorsqu'elle reprit : Nous ne sortirons jamais de cette forêt.

– Nous ne sommes pas perdus à ce point-là, rétorqua Gage. Disons que nous avons un peu dévié de notre route.

– Un tout, tout petit peu ! fit Gladys, sarcastique.

Gage, l'air un peu inquiet, observait Ollie.

– Quelle est l'étendue de cette forêt ? demanda Freddy.

– Elle est immense, assura Garvix. Si on s'y enfonce à l'aveuglette, on va au-devant des pires ennuis. Mais moi je sais exactement où me diriger. Nous allons passer la nuit ici et demain à l'aube nous rentrerons chez nous.

– Mais voyons donc ! Rien de plus simple ! fit Gladys.

– Tu disais, Glad ? fit Garvix, dressant l'oreille sous l'ironie cinglante de sa femme.

– Moi ? Rien. Absolument rien, et se traînant sur les genoux, elle se rapprocha du feu.

Bayles s'était, lui aussi, rapproché du feu. Il s'assit en tailleur, à la mode indienne, puis il dit d'un ton rêveur :

– On raconte des histoires assez effrayantes sur ce qui s'est passé dans ces bois au cours des ans.

– Si tu n'y vois pas d'inconvénients, nous préférons ne pas les connaître, fit Sybil qui, toujours d'excellente humeur, jouissait pleinement de leur aventure inattendue.

A cet instant, Tom Putney pénétra dans la clairière portant un chargement de bois mort. Il avait fait si peu de bruit en arrivant qu'Ollie, en l'apercevant poussa un cri et fit un bond en arrière.

– Seigneur ! gueula Freddy. Avais-tu vraiment besoin de t'amener en douce, comme un chat ?

Putney lança aux Garvix un regard à peine surpris. Pourtant ils s'étaient déjà mis en route lorsque lui-même était parti chercher du bois.

– Y a quelque chose qui va pas ? demanda-t-il.

– Non, fit Gage. Rien de nouveau.

Le jeune assistant, avant même de se décharger de sa brassée de bois mort, alla se pencher sur Rogers. Une fois rassuré, il se dirigea vivement vers le centre de la clairière et y laissa tomber son chargement.

Gage prit quelques-unes des plus grosses branches qu'il disposa sur le feu, puis dit :

– Tom, tu veux bien m'aider à empiler le bois qui reste le plus près possible du feu.

– Bien sûr, fit le jeune garçon. Il se pencha et se mit à rassembler bûches et branches. Puis de l'air méfiant d'un étranger qui serait tombé parmi une bande de malfaiteurs, il ajouta : Y a une petite rivière qui coule à quelque vingt-cinq mètres d'ici. On manquera en tout cas pas d'eau.

– C'est de toute première importance, déclara Gage.

Le feu, alimenté par de nouvelles branches, baignait la clairière d'une chaude lumière orangée. Gage, debout devant ce feu de camp, s'y réchauffait les mains bien qu'il ne fît pas froid et le contemplait avec satisfaction.

– Vous ne trouvez pas qu'on commence à être confortablement installés ? demanda-t-il.

– Un campement digne de figurer dans *Parcs et Jardins*, fit Gladys avec ironie. Le murmure d'un torrent. Vue magnifique sur la forêt. Dîner froid. Rien n'y manque.

Jamison accueillit cette saillie par un rire amer et Gage feignit de n'avoir pas entendu.

– Avant de passer à d'autres exercices, reprit-il avec entrain, je tiens à vous assurer que nous n'avons rien à craindre. On trouve en abondance, dans cette forêt, tout ce dont nous avons besoin. Toutes sortes de plantes comestibles. De l'eau fraîche et même de la viande fraîche.

Ces paroles eurent le don de les plonger tous dans un silence stupéfait.

– A vous entendre, on croirait que vous nous préparez à l'idée de passer des jours et des jours dans cette maudite forêt, fit Bayles.

– Il n'en est rien. Ce n'était nullement mon intention. Je tenais simplement à mettre les choses au point.

– C'est très aimable à vous, fit Gladys avec hargne.

Sybil tournoyait, plus ravie que jamais de ce qu'elle se refusait à considérer comme une catastrophe.

– Il doit certainement y avoir de l'oseille sauvage par ici, dit-elle. On en fait d'exquis potages.

– J'ai la soupe à l'oseille en horreur, gémit Freddy qui se massa l'estomac de plus belle.

– Ne fais pas l'idiot, chéri. C'est un vrai régal. De plus l'oseille contient du fer. Les Bulgares en font une grande consommation.

– Je me réjouis d'avance ! s'exclama Gladys.

Sybil était sur le point de lui répondre du tac au tac, mais Gage, prenant les devants, reprit sa petite conférence sur le meilleur moyen de survivre.

– Assurez-vous, lorsque vous puiserez de l'eau dans l'intention de la boire, qu'il s'agit bien d'eau courante. Et leur souriant d'un air rassurant : Une telle eau ne peut en aucun cas vous faire du mal.

– Le lit argileux des rivières me donne la nausée, fit Freddy d'un air dégoûté.

– C'est une eau bien plus pure que celle qu'on tire du robinet, déclara Tom.

– Sans compter tous les produits chimiques qu'on y mêle, ajouta Sybil. D'ailleurs plus rien n'est naturel, maintenant.

Cette pensée la fit soupirer, et elle s'étendit sur une épaisse couche d'aiguilles de pin comme si elle évoquait des temps passés et plus aimables.

Bayles, assis à côté d'elle, se releva brusquement, et dit, s'adressant à Gage :

– Vous avez parlé de viande fraîche, tout à l'heure. Qu'aviez-vous en tête ?

– Je pensais à des lapins, à des écureuils, à des oiseaux, dit le médecin, les pieds bien sur la terre.

– Et comment comptez-vous les attraper ? fit Bayles, tout excité à cette pensée.

– A coups de pierre, fit Garvix qui avait retrouvé toute sa faconde. Mais à condition, bien entendu, de ne pas être un petit délicat. Ce que tu es.

Comme Sybil Jamison faisait une grimace de dégoût, Gage reprit, rassurant :

– Je pense que nous ne serons pas obligés d'en arriver

là. Je voulais simplement dire que nous aurons de quoi tenir jusqu'à ce que nous sortions de ce mauvais pas.

– Alors maintenant, je crève de peur, fit Gladys.

– Vous ne trouvez pas, docteur, que cette petite conférence sur les meilleurs moyens de survivre est un peu prématurée ?

– Tout à fait mon avis, déclara Freddy.

Gage se rendit compte qu'il s'y était mal pris et ce fut d'un ton contrit qu'il reconnut :

– En effet. C'était prématuré.

– Alors ne vous montrez pas aussi pontifiant, reprit Freddy. Tout ce bla-bla sur les ressources en eau et en vivres qu'offre la forêt…

– Vous ne pensez quand même pas ?… fit Sybil, vaguement inquiète.

– Je ne pense rien, dit Gage avec force. Il ne nous arrivera rien. Moi qui cherchais à apaiser vos craintes, je m'y suis pris comme un idiot.

– Tu prendras ton petit déjeuner chez toi, Sibby, affirma Léo Garvix. Comme vient de nous le dire Gage, nous n'avons rien à craindre.

– Rien à craindre, répéta Tom Putney d'un ton rêveur.

A ce moment, ils perçurent un bruissement et Ollie Gelston surgit des fourrés.

– Je n'aime pas l'idée que nous errons ainsi au hasard.

Elle pénétra dans le cercle de lumière et les autres se serrèrent pour lui faire place auprès du feu.

– Eh bien, moi, fit Gage avec un petit rire, tandis que tous les regards convergeaient vers lui, je ne crains pas d'errer ainsi au hasard. C'est même pour moi un changement agréable. Comme je vous l'ai déjà dit, nous ne manquerons ni d'eau ni de nourriture. Nous avons une bonne provision d'allumettes et quant au combustible nous en disposons de façon illimitée, et il désigna d'un grand geste de bras la forêt comme si elle était à son entière disposition.

– On peut dire que vous êtes réconfortant, vous, fit

Gladys tout en jetant d'un air pensif des brindilles dans les flammes.

– En effet, marmonna Freddy.

– Voilà de quoi dîner, fit Tom Putney en se levant brusquement, son vieux feutre déformé à la main. Et il le tendit à Garvix, qui était à côté de lui.

– Des mûres, grommela d'un air dédaigneux Garvix après avoir plongé son regard dans le vieux feutre.

– Je les ai cueillies tout en marchant, fit Tom qui regarda autour de lui d'un air fier comme s'il s'attendait à des félicitations.

– Seigneur ! gémit Gladys en levant les yeux au ciel. Gage prit une poignée de mûres et se les fourra dans la bouche.

– Goûtez-les, Mrs. Garvix. Je suis persuadé que vous les trouverez délicieuses. De plus, ces baies sont très nourrissantes.

– J'en veux pas, de vos mûres ! J'en veux pas de votre soupe à l'oseille ! J'en veux pas de vos racines et de vos plantes ! leur déclara Gladys. Je ne demande qu'une chose, rentrer chez moi et…

– Nous désirons tous rentrer chez nous, ma chère, fit Sybil d'un ton faussement conciliant. Mais puisque nous en sommes là, autant tirer le meilleur parti des choses.

Gladys la foudroya du regard. Mains aux hanches, jambes écartées, elle lui lança :

– Toi, tu m'emmerdes !

– Inutile d'être grossière, lui fit observer Sybil avec douceur.

– Alors ne me parle pas sur ce ton.

– Quel ton ?

– Comme si tu t'adressais à un enfant.

– C'est que tu te conduis comme un enfant, reprit Sybil d'un ton protecteur et par là même exaspérant.

– Ah oui ? fit Gladys qui s'empourpra. Bon, je me conduis comme une enfant. Elle se tourna brusquement vers Gage, fonça sur lui comme un aigle sur sa proie et s'exclama : Je vous tiens personnellement responsable de tout ce qui nous arrive.

Gage crut un instant qu'elle s'adressait à quelqu'un d'autre. Puis il se rendit compte qu'il était bel et bien l'objet de sa colère, ce qui eut le don de le faire rire.

– Moi ? fit-il en poussant un long soupir, tel un pneu qui se dégonfle. Ce n'est pas moi qui vous ai amenés ici. Et ce n'est pas moi qui vous ai mis dans de mauvais draps.

Montée à bloc contre lui, surexcitée, elle parut ne pas l'avoir entendu et elle reprit :

– Si vous n'aviez pas hérité du domaine Stuart, nous ne nous serions pas fourrés dans une situation aussi ridicule !

– Oh ! pour l'amour du ciel ! Gladdy !... s'exclama Garvix.

– Désolé que ma décision de me retirer à la campagne ait bousculé votre petit univers, fit Gage.

– Ce n'en est pas moins vrai, fit Gladys qui se levant se remit à arpenter fiévreusement la clairière faiblement éclairée par le feu de camp.

– Voyons Gladys, fit Sybil qui l'observait depuis un moment. Le docteur ne cherche qu'à nous faciliter les choses.

– En fait, je ne me souviens pas que nous vous ayons choisi pour chef, lança Freddy.

– Je ne prétends nullement être votre chef en quoi que ce soit, fit Gage avec un petit rire gêné.

– Alors pourquoi nous servir tout ce bla-bla sur les plantes comestibles et l'eau potable ? marmonna Freddy en s'épongeant la nuque avec son foulard froissé.

– Que nous ayons besoin de tels conseils est l'évidence même, dit Sybil avec bon sens, et le docteur Gage est le plus qualifié de nous tous pour nous les donner. Puis le visage illuminé par un brusque sourire : N'y a-t-il pas quelque chose de merveilleux à dormir à la belle étoile, couchés à même notre mère la terre ?

Nous sommes tous beaucoup trop douillets et gâtés. Regardez ce malheureux Freddy, et elle lui lança un regard méprisant. Il a le corps mou, de la brioche, et un double menton.

– Ne t'occupe pas de mon double menton, tu veux bien, Sybil ?

– C'est pourtant ce que je fais, mon cher. Tu étais si bien foutu ! Et maintenant, regarde-moi un peu ces bajoues ! et s'approchant de lui elle agita du doigt les fanons qui lui pendaient sous le menton.

Jamison, exaspéré, repoussa violemment sa main et lui lança :

– Puisqu'on en est là, ma chère, tu as toi aussi des bourrelets qui se posent un peu là... Cela dit, et se détournant de sa femme il pointa sur Gage un doigt accusateur, je continue à prétendre que ce n'est pas à lui de me dire de manger des mûres et de boire de l'eau. Ce qu'il me faut, à moi, c'est un martini bien frais, un bain bien chaud, et quelqu'un qui soit capable de me ramener chez moi le plus vite possible.

Bayles qui se tenait dans l'ombre, un peu en dehors du cercle de lumière, se mit brusquement à rire.

– As-tu fini de rire comme un imbécile ? lui demanda Garvix se tournant vers lui d'une seule pièce.

– J'étais en train de me dire, fit Bayles, les yeux brillants de malice, qu'il y a seulement quelques heures nous divisions entre nous cette forêt que nous croyions posséder.

– Et alors ? lui lança Garvix, à la fois intrigué et agacé.

– Eh bien, reprit Bayles avec un petit gloussement amusé, maintenant c'est elle qui nous possède.

Cette remarque les réduisit tous au silence.

– Que veux-tu dire par « c'est elle qui nous possède ? » fit Garvix en cillant à plusieurs reprises et en les regardant par-dessus les flammes. Rien ni personne ne nous possède. Nous ne sommes nullement perdus et ce genre de réflexion ne mène nulle part.

– Vous avez mille fois raison, fit Gage. Je propose que nous abandonnions ce genre de discussion.

– Avez-vous pensé, reprit Bayles, vous est-il venu à l'idée que personne au monde ne sait que nous sommes ici ? Et regardant ses compagnons à la ronde : Je sais que cette pensée est venue au docteur Gage, mais qu'en est-il de vous tous ?

Garvix parut légèrement désarçonné, mais il se ressaisit aussitôt.

– Et alors ? hurla-t-il dans la direction de Bayles qui s'était à nouveau retiré dans l'ombre. Veux-tu insinuer par là que nous ne retrouverons pas notre chemin ? Où sommes-nous, à ton avis ? A un mille, à deux milles de chez nous ? Que vas-tu encore imaginer ? Assez de conneries, John ! Ne fais pas du drame où il n'y en a pas. Et assez discutaillé. Y a pas de raison de paniquer. Demain matin nous serons chez nous.

– Bravo ! Bravo ! fit Freddy Jamison en frappant un tronc de sa chevalière pour donner plus de poids à son exclamation.

Garvix avait remis les choses au point et tous lui en furent reconnaissants. Ils se rapprochèrent du feu et sentirent une vague de confiance les envahir. Garvix comprit immédiatement que le flux revenait vers lui.

– Z'avez bien raison, fit Tom Putney en hochant énergiquement la tête en direction de Garvix. Faut surtout pas paniquer. Moi j'ai vu ce que ça peut faire, la panique. J'en ai vu sortir de la forêt après un bon bout de temps. Ils avaient une drôle d'expression, et un drôle de regard. Même qu'ils sont jamais revenus comme avant. J'ai vu un gars par ici… il pouvait avoir dans les dix-neuf ans. Il est parti un beau jour se promener dans la forêt…

– Tom…, fit Gage essayant de le faire taire, mais le jeune assistant, pris à son propre récit, était bien décidé à aller jusqu'au bout.

– Ils l'ont retrouvé le lendemain adossé à un tronc. Pour être mort, il l'était. Sa gourde était encore pleine. Il avait pas gratté une seule allumette et pas touché à ses provisions. Son sac à dos en était plein.

Il regarda autour de lui, visiblement ravi de l'effet qu'il produisait, et reprit emporté par son élan :

– L'était même pas à dix mètres de la route. L'a été pris de panique, à ce que j'crois, et son cœur a lâché. La forêt c'est traître. Elle vous tue un homme comme de rien.

Cette fois un long silence angoissé pesa sur la clairière et à nouveau l'on perçut le crissement des grillons et le bourdonnement des insectes.

– Je te remercie, Tom, fit Gladys d'une voix rauque. On avait vraiment besoin de ça.

Un nouveau silence plana, plus lourd encore, et tous restèrent là, assis autour du feu, à jouer nerveusement avec des feuilles ou des ramilles.

– Alors qu'est-ce qu'on fait, maintenant ? demanda Freddy Jamison en les consultant tous du regard.

Sybil réfléchit un instant, puis s'illumina et s'exclama :

– On pourrait faire des jeux !

– Si je comprends bien, tu as renoncé à l'idée de nous préparer un repas, fit Freddy d'un ton moqueur. Pas de soupe à l'oseille ?

– J'ai reçu de votre part à tous si peu d'encouragement…

– Dieu soit loué ! fit Garvix.

– Allons, organisons quelque chose, fit Sybil qui ne se laissait pas abattre pour si peu. Amusons-nous.

– Et de quelle manière, je te prie ? lui lança Gladys.

– Je ne sais pas, fit Sybil. Nous pourrions chanter, nous raconter des histoires.

– Quelle bonne idée ! fit aimablement Gage.

– Une idée sensationnelle ! renchérit Gladys en mettant dans ces mots autant de venin qu'elle le pouvait.

– Alors chantons ! s'exclama Sybil en frappant dans ses mains avec une joie enfantine.

– Je ne suis nullement d'humeur à participer à des

chants ou à des jeux, fit Gladys, morose, en lançant une branchette dans le feu.

– Et pourquoi pas ? fit Léo Garvix à la surprise générale. Puisque nous sommes cloués ici pour toute la nuit, autant passer le temps de la manière la plus agréable possible.

– Allez ! fit Sybil, pleine d'entrain. Soyez sport. Que l'un de vous donne l'exemple et se mette à chanter.

La voix de baryton, légèrement éraillée, de Freddy Jamison, s'éleva, dominant le crissement des grillons.

Nous sommes de pauvres petits agneaux
Qui avons perdu notre chemin...
Bééé... Bééé... Bééé...

– Ta gueule, Freddy ! lui lança Sybil. Tu gâches tout. Et se tournant vers les autres : Que diriez-vous d'une histoire ? Qui s'offre à nous en raconter une ?

– Il était une fois, commença Gladys d'une voix chantante et enfantine, deux petits enfants qui étaient partis se promener dans les bois. Ils s'appelaient Hansel et...

– J'y renonce ! fit Sybil en levant les bras au ciel. Vous voyez comme ils sont, docteur !

Elle en avait appelé à Gage comme si le fait d'être le seul étranger parmi cette bande d'amis lui permettait d'avoir un avis plus autorisé, avis qu'il ne se sentait nullement disposé à donner.

– Bon, fit Sybil qui ne s'avouait pas volontiers vaincue. C'est moi qui vais vous chanter quelque chose, et elle se leva, un peu tendue.

– Exactement ce que je craignais, gémit Freddy d'un air résigné.

– C'est un lied allemand, reprit-elle sans tenir compte de la remarque de son mari. C'est l'histoire de...

– Épargne-nous ça, Syb, reprit Freddy avec impatience. Chante-le, ton lied, et qu'on n'en parle plus.

Tous se turent brusquement, tels des naufragés blottis en plein océan sur une étroite bande de sable. On aurait dit, à les voir, qu'ils se préparaient à assister à un récital. Un invisible chef d'orchestre tape de son bâton sur son lutrin pour que tous tournent leur regard vers le podium et se disposent à écouter la soliste.

L'espace d'un instant, Sybil parut déconcertée. Déconcertée à la fois par l'attention maussade que tous lui prêtaient à contrecœur et par la victoire inattendue qu'elle venait de remporter. Mais elle domina rapidement sa gêne et prenant une profonde inspiration elle se redressa, concentrant toute son attention sur un point donné.

Presque immédiatement, sa voix basse, rauque, un peu tremblante s'éleva dans la clairière. Les paroles mélancoliques d'un lied de Schumann, tellement inattendues en un tel lieu, se répercutèrent dans les taillis.

Es Zog eine Hochzeit den Berg entlang,
Ich hörte die Vogel schlagen,
Dablitzen viel Reiter, das Waldhorn klang
Des war ein lustiges Jagen

Sa voix, empreinte d'une certaine sensualité, donnait cependant du lied de Schumann une version comique, telle la parodie d'une chanteuse de cabaret berlinoise des années 20. Cette voix continua de s'élever au-dessus des taillis, rompant le grand silence de la nuit.

Und eh ich's gedacht, war alles verhallt,
Die Nacht bedecket die Runde ;
Nur von den Bergen noch rauschet der Wald
Und mich schauert's im Herzengrunde.

Ils attendirent la stance suivante, mais comme rien ne venait, ils applaudirent poliment, un peu gênés.

– Qu'est-ce ça veut dire ? demanda Tom Putney.

– C'est une courte histoire, fit Sybil contemplant le feu d'un air dolent.

– Elle finit bien ? demanda Léo Garvix.

– Non, répondit Sybil, les yeux rivés sur les flammes dansantes. Elle finit mal.

– Bon Dieu ! s'exclama Gladys, tu pourrais pas nous la traduire ?

– C'est quand même pas un secret ! lui lança Freddy.

– Le docteur sait ce que ces paroles signifient, dit Sybil en souriant à Gage, installé en face, de l'autre côté du feu.

Leurs regards se rencontrèrent et ils parurent partager un secret, mais Gage, qui tirait sur sa pipe d'un air pensif, ne dit rien.

Sybil se leva et se mit à arpenter la clairière nonchalamment, allant de-ci de-là, s'arrêtant pour s'agenouiller, ou se pencher sur quelques plantes.

– Cette forêt ne ressemble en rien à une forêt viennoise, dit-elle d'un ton indigné, comme si elle l'en tenait responsable.

– Vraiment ? fit Gladys Garvix, d'un ton faussement apitoyé. C'est consternant !

– Qu'est-ce qui donne à une forêt un caractère viennois ? demanda Gage, intrigué par cette idée.

– La lumière, dit d'un ton pensif Sybil qui glissait tel un cygne dans la clairière. Les ombres. Le feuillage. L'atmosphère… oui, avant tout l'atmosphère.

Garvix se mit à rire, roula sur lui-même, se coucha sur sa panse, puis lui lança :

– Comme tu compliques les choses, Sybil ! Une forêt est une forêt, et voilà tout.

– C'est bien ce qui te trompe, fit Sybil avec véhémence. Une forêt, c'est… Elle se tut, chercha vainement une métaphore et, ne la trouvant pas, reprit : Tout ce que je peux dire c'est que quand on a vu une forêt viennoise… Emplie de nostalgie, elle ajouta : Jamais je n'ai été aussi heureuse qu'à Vienne. Je voudrais y retourner au moins une fois avant de mourir.

– Eh bien, moi, si on me laissait le choix, dit Freddy se remettant péniblement sur pied, c'est Rome que je voudrais revoir. Son visage s'illumina d'une joie quasi enfantine et il reprit : Voilà une ville où il fait bon être célibataire. Il éclata de rire, frappa du poing dans la paume de sa main. Le Métropole, le petit bar de la Via Margutta, et Doney, tout près de la Porta Pinciani, et Hassler où l'on mange de si délicieux escargots. Tout le monde me connaissait. Je représentais quelque chose, alors. « Par ici, Mr. Jamison. Votre table est réservée. » Ils savent comment traiter les clients là-bas.

– Évidemment, fit Sybil d'un ton sarcastique. Un Anglais, et un aristocrate, par-dessus le marché ! Le petit-fils du dixième comte de Sandwich… ou quelque chose de ce genre.

– Ta mère en avait paru fort impressionnée, à l'époque.

– Ce qu'elle ignorait, et Garvix éclata d'un rire tonitruant, c'est que ledit comte était complètement fauché et qu'il lui faudrait par la suite le renflouer tous les six mois.

– Ne fourre pas ton sale nez dans mes affaires, Léo, s'exclama Freddy dont les joues s'empourprèrent.

Garvix pouffa de plus belle et Sybil elle-même dit en riant :

– C'est la vérité, chéri.

– Tu n'as eu que ce que tu méritais, fit Freddy furieux. Tu n'étais qu'une petite ambitieuse. Et c'est ce qui devrait arriver à toutes les filles qui…

– A votre avis, combien de temps mettrons-nous pour rentrer chez nous demain ?

Tous se retournèrent et virent la mince silhouette indistincte d'Ollie Gelston qui venait de surgir à l'orée de la clairière.

– Très peu de temps, fit Gage.

Il se leva, et prit par le bras la jeune femme pour la ramener dans leur petit cercle.

– Il faut absolument reconduire le pauvre Albert chez lui, reprit-elle d'une voix douce et désolée. S'approchant de Garvix, étendu de tout son long, elle lui demanda, le regardant de haut : A ton avis, Léo, combien de temps nous faudra-t-il ?

– Oui, combien de temps, répéta Bayles s'adressant lui aussi à Garvix.

Garvix roula sur lui-même et, couché sur le dos, se mit à contempler le ciel étoilé comme s'il n'avait pas entendu leurs questions. Les étoiles étaient si nombreuses que le ciel palpitait, empli d'une lumière laiteuse.

– Disons un quart d'heure, fit-il après avoir réfléchi. Une demi-heure au plus.

Son assurance les réconforta. Gage remarqua une fois de plus que tous étaient suspendus à ses lèvres. Le visage crispé de Gladys parut se détendre.

– Léo parle d'un quart d'heure, dit Bayles comme s'adressant à lui-même. Une demi-heure au plus.

– Ce n'est pas ton avis ? demanda Garvix.

– Absolument pas.

– Alors ? fit Garvix se forçant à sourire, mais rouge de colère. A ton avis ? Une heure ? Deux heures ?

Il lui cracha ces mots à la figure comme une poignée de cailloux.

– Je ne me hasarderais même pas à lancer un chiffre, déclara Bayles en haussant les épaules.

– Et si on pariait ? Pour animer un peu la discussion. Annonce ta mise.

– Je ne suis pas joueur.

– Cinquante ? Cent ? fit Garvix qui s'échauffait. Mille ? Dix mille ? Les chiffres s'élevaient dans les airs comme des étincelles.

Bayles le regardait sans répondre. Soudain une lueur mauvaise s'alluma dans l'œil de Garvix. Et un réseau de veines bleuâtres se mit à battre sur sa tempe.

– Et si nous en finissions avec le rectificatif de 1944 ?

Bayles se croisa les bras et continua de garder le silence. Il semblait avoir pris racine dans le sol.

– Voyons… cinq arpents et demi… c'est pas grand-chose, que diable ! Le gagnant garde tout.

– Tu n'auras jamais cette bande de terre, Léo. Je l'emporterai avec moi dans la tombe.

– Allez, mon vieux, un bon mouvement. Prends un risque, pour une fois.

Sous le regard méprisant de Garvix, Bayles cilla à plusieurs reprises. Puis il répéta avec le plus grand calme :

– Je ne suis pas joueur, Léo.

– Alors ferme ta gueule, bon Dieu de bon Dieu ! lui cria Garvix en pivotant sur ses talons. Il se tourna vers Ollie, brandit son bras, tel un sabre, vers le ciel, en disant : Tu vois le faîte de ce noyer, là-bas ?

Elle acquiesça machinalement de la tête, le regard vide. Elle ne s'était même pas donné la peine de regarder l'arbre qu'il lui indiquait.

– La première chose que je ferai, demain matin, c'est grimper jusqu'au sommet de ce noyer, affirma-t-il, à nouveau plein d'entrain et de vantardise.

– Tu vas monter jusqu'en haut de cet arbre, Léo ? fit Gladys en gloussant.

– Qu'est-ce que tu paries que je le ferai, mon chou ? A nouveau Garvix actionna comme des pistons ses petites jambes trop courtes tout en faisant du surplace. Le temps que j'arrive au faîte de ce noyer, que je repère le clocher de l'église, que je redescende, un quart d'heure plus tard nous serons chez nous, et il les défia tous du regard.

– Voilà qui est rassurant, fit Bayles d'un ton à la fois méprisant et ironique.

Garvix commençait visiblement à s'énerver.

Gage toussota et fit un effort louable pour changer de sujet.

– Je suis moi aussi persuadé que nous ne devons pas être très loin de chez nous. A mon avis nous y prendrons le petit déjeuner.

Tom Putney, qui, assis à l'écart, veillait sur l'arpenteur, dressa l'oreille en entendant parler de nourriture.

– Moi, je me commanderai des œufs au jambon et des crêpes, dit-il comme s'il se voyait déjà au comptoir d'un drugstore.

– Il faut absolument que nous soyons de retour avant dix heures, déclara Garvix du ton pénétré d'un homme d'affaires.

– Dix heures ? répéta Gladys, sa curiosité vaguement éveillée. Pourquoi dix heures ?

– J'attends un coup de fil important, dit Garvix ravi de l'attention qu'il éveillait.

– Un coup de fil important ? répéta Gladys qui ne souriait plus et semblait même vaguement inquiète.

– Je ne vous avais encore rien dit. Je voulais vous faire une surprise, fit Garvix qui, rayonnant, prenait visiblement plaisir à les intriguer. Il les regarda les uns après les autres, puis ses yeux tombèrent enfin sur Gladys et il dit : La « Garvix Enterprise Incorporated » sera dès demain cotée en Bourse.

Un respectueux silence plana.

– Non ! fit Sybil emplie d'admiration. C'est pas vrai, Léo ?

– Pas vrai ? Je t'en ficherai, moi, du « pas vrai » ! fit Garvix tout gonflé de fierté. « Garvix Enterprise » paraîtra dès demain sur le grand tableau, au Stock Exchange, avec tous les gros pontes.

– Fantastique ! s'exclama Sybil, en extase. Tu dois être contente, Gladys ?

– Enchantée, fit Gladys qui tout en s'efforçant de le dissimuler, n'en était pas moins impressionnée. C'est la première fois que j'en entends parler.

– Oui, j'ai gardé toute cette affaire secrète, fit Garvix en leur adressant un clin d'œil complice. Je comptais vous en faire la surprise lorsque tous les papiers seraient signés. Mais comme cette nuit risque d'être longue, autant vous en parler maintenant.

Il embrassa du regard la forêt obscure qui les cernait de toutes parts et sourit avec une fierté enfantine que Gage trouva touchante. Il n'aurait jamais cru pouvoir trouver en Garvix quoi que ce fût d'attirant.

– Cela a été le rêve de toute ma vie, reprit Garvix tout

excité. Voilà pourquoi il faut que je sois rentré chez moi demain matin avant dix heures. J'attends un représentant de la SEC[1]. Il y a des formulaires à remplir. Toutes sortes de papiers à signer...

Il sembla soudain qu'une vague de chaleur humaine emplissait ce lieu humide et inhospitalier. Tous parlaient à la fois, félicitant Garvix, lui souhaitant bonne chance. Une conversation animée et amicale transforma la clairière, et Léo Garvix s'épanouit au soleil de leur admiration collective.

A ce moment, ils perçurent, derrière eux, comme un bruissement ou comme une plainte du vent. Tous se retournèrent et entendirent cette fois le gémissement que poussait le vieil arpenteur étendu de tout son long, comme une immense ombre, sous les branches basses d'un mélèze.

Tom Putney franchit en trois ou quatre bonds la distance qui le séparait de Rogers et s'accroupit à côté de lui.

– Écoutez, dit-il, et sa voix leur parvint des ténèbres. Il s'efforce de nous dire quelque chose.

Tous se levèrent et s'élancèrent vers le groupe d'arbres où gisait Rogers. Dans leur sillon s'élevèrent des étincelles.

Rogers était étendu sur le dos, les mains croisées sur la poitrine, comme en un geste de prière, ses longs cheveux gris ébouriffés lui faisant une sorte de couronne.

– *19... nord... nord-ouest... 30 degrés... 14 minutes... direction sud-est...* Sa voix leur parvenait, lointaine, et d'une infinie sérénité, comme s'il leur parlait à travers un immense espace vide et glacé. *30 perches... 6 chaînes... en direction du mur de pierre...*

– A quoi se rapportent tous ces chiffres qu'il ne cesse

1. SEC *(Securities and Exchange Commission).* Agence fédérale chargée de surveiller les émissions d'actions et d'obligations de firmes commerciales et industrielles.

de marmonner ? demanda Gladys, d'une voix toujours aussi agressive, mais que par respect elle abaissa jusqu'au murmure.

– A des pistes, répliqua Bayles. A des sentiers qui ont disparu. A des chemins qui ne mènent nulle part.

Derrière eux le feu de camp craquait et grésillait. Une légère brise s'était levée et les plus grosses branches du mélèze se mirent à grincer et à se balancer au-dessus de leurs têtes, tels d'immenses éventails. Ils crurent entendre une danse macabre.

Rogers se redressa brusquement. Il tourna le visage vers le feu de camp et les flammes se reflétèrent dans ses yeux.

– 7 étoiles… 7 chandeliers d'or…

– Quoi ? Que dit-il ? fit Bayles, tendant l'oreille.

– Je n'ai pas saisi, fit Gage.

Il s'agenouilla vivement auprès de l'arpenteur et colla son oreille contre sa poitrine. « Rogers », dit-il doucement, en lui soulevant une paupière et l'espace d'un instant on aperçut un mince croissant blanc du globe oculaire. « Rogers… »

– Des cheveux blancs comme neige… des yeux de feu telle une flamme…

– Que diable veut-il dire par là ? cracha Garvix, et tous se pressèrent autour de l'arpenteur prostré.

– Les clés de l'Enfer… L'Église de Smyrne…

– Par le Christ ! s'exclama Tom Putney en ouvrant des yeux grands comme des soucoupes.

– Que dit-il ? demanda Freddy.

– Dieu seul le sait, fit Sybil. Je n'ai jamais rien entendu de pareil.

– Rogers… Vous vous sentez mieux ?… Mr. Rogers… dit Gage en le secouant légèrement.

– 4 et 20 Trônes… 4 et 20 Anciens… Des Lampes d'or… Une mer de cristal… 4 bêtes pleines d'yeux…

– Seigneur ! fit Tom dont les yeux s'agrandissaient encore.

– *Le Lion. Le Taurillon. L'Aigle*, et cela continua ainsi, d'une voix qui n'était plus tout à fait celle de Rogers, mais qui, profonde et résonnante, semblait leur parvenir de quelque caverne et du fond des siècles. Elle sonnait comme un tonnerre lointain, s'enflait et s'abaissait comme les vagues de la mer.

– *6 Ailes. 7 Sceaux. 7 Cornes. 7 Yeux.*

– Du charabia ! fit Garvix qui, ramassant une branche morte, la brisa entre ses doigts comme pour passer sur elle sa colère.

Gage leva les yeux et vit Bayles penché sur lui.

– Ces paroles ont-elles un sens pour vous ?

Pour toute réponse, Bayles se contenta de hausser les épaules en un geste d'impuissance.

– Il est dingue ! s'exclama Garvix en éclatant d'un rire brutal. Complètement dingue, le pauvre vieux !

11

Bayles éclata de rire. D'un rire nerveux et déplacé.

– Dire que nous avons suivi ce vieil idiot avec une foi aveugle, persuadés que nous étions en de bonnes mains. Et nous nous trouvons maintenant Dieu seul sait où, avec un fou sur les bras.

– Faut pas dire ça ! Vous avez pas le droit de dire ça ! s'exclama Tom, le visage rouge de colère.

– Étant donné qu'il ne nous sert plus à rien, pour ce qui est de moi il pourrait tout aussi bien…, fit Bayles qui, laissant traîner la voix, se mit à nouveau à rire.

– Qui aurait pu penser qu'il arriverait à Rogers une chose pareille ? dit Freddy qui, stupidement, paraissait lui en vouloir.

– Cela ne lui ressemble pas, ajouta Sybil d'un ton de reproche.

– Ça on peut dire qu'il nous a drôlement laissés tomber ! s'exclama Garvix.

– Je n'en suis nullement surprise. Ni déçue, fit Gladys, lançant à l'arpenteur un regard faussement apitoyé. Je ne lui ai jamais rien trouvé d'extraordinaire. Et je ne me suis pas, comme vous autres, fait des illusions sur lui… Regardez-le ! et elle leur indiqua du geste ce géant foudroyé qui avait tout maintenant d'une poupée d'étoffe qui se vide de son crin. Ce n'est qu'un homme comme un autre, après tout.

Elle eut un petit rire de gorge et à cet instant Rogers se redressa brusquement.

– *Un cheval blanc. Un cheval rouge. Un cheval noir. Un cheval vert.*

Il s'était redressé si soudainement que Bayles, penché sur lui, recula et faillit tomber en arrière, ce qui eut le don de faire éclater de rire Garvix et Freddy Jamison. Bayles revint auprès de l'arpenteur. Il serrait les mâchoires et agitait les bras comme s'il luttait contre d'invisibles fantômes.

– Menteur !... tricheur !... imposteur !.... cria-t-il, pâle, crispé, à l'adresse du grand corps prostré. Ce qu'il était, je l'ai toujours su ! Ce n'est pas d'aujourd'hui. Tu n'étais pas la seule à l'avoir percé à jour, Gladys.

– Je ne vous comprends pas, déclara Gage qui engloba du regard le groupe de promeneurs égarés. On dirait, à vous entendre, que Rogers vous a trahis. Il n'est pas responsable de ce qui lui est arrivé. C'est un malade. Il vient d'avoir une grave attaque. Son organisme est usé, et voilà tout.

On le sentait gêné d'exprimer ainsi ses sentiments et c'est avec moins de conviction qu'il ajouta :

– C'est un vieil homme. Laissez-le en paix. Il l'a bien mérité.

Pendant un moment tous le regardèrent, l'air maussade et hostile. Puis il se dispersèrent sans toutefois sortir de la clairière. Gage se remit à examiner l'arpenteur. N'ayant pas sa trousse, il ne put se livrer qu'à un examen superficiel, à des supputations et à des spéculations. Tom Putney, debout derrière lui, le regardait palper et ausculter Rogers avec un mélange d'admiration et de méfiance.

– L'avait pas l'droit de dire des choses pareilles, marmonna-t-il d'un ton furieux.

Gage releva la tête, cilla derrière ses lunettes, et lui demanda :

– Qu'est-ce que tu dis ?

– Il avait pas l'droit de parler de lui comme ça, répéta Tom en désignant Bayles du menton. Et d'une voix lourde de rancune : Le traiter de menteur, de tricheur, et de je ne sais pas quoi encore ! Mr. Rogers il lui a jamais menti, il l'a jamais trompé…

Gage prit le pouls de Rogers, lui palpa le torse, puis dit par-dessus son épaule :

– Tom, tu veux bien aller me chercher une gourde d'eau fraîche ? Je vais lui en baigner le visage et les membres.

Une lueur de colère brilla dans les yeux du jeune assistant. Il resta là un moment, à hésiter, puis se penchant, prit la gourde vide et s'éloigna.

Gage, accroupi près de l'arpenteur, observait de très près tout changement de rythme dans sa respiration. Les autres s'étaient remis à bavarder et à aller et venir derrière lui. Mais il n'en sentait pas moins leurs regards peser sur sa nuque.

Il étudia attentivement le visage de l'arpenteur, comme absent et plongé dans une sorte de stupeur. Couronné par son épaisse chevelure grise, il reflétait un calme, une béatitude extraordinaires. Gage évoqua le visage inspiré d'un prophète de l'Ancien Testament. Rogers respirait lentement mais régulièrement, et son corps exprimait l'abandon, la sérénité d'un petit enfant qui dort. Gage s'émerveilla de la vitalité, de la résistance de ce grand corps foudroyé.

– Je tenais à vous dire…

La voix, à la fois rauque et chuchotante, fit sursauter Gage. Il leva la tête et rencontra le sourire confus de Sybil Jamison. Elle s'agenouilla à côté de lui, et le visage tout près du sien :

– … que je regrettais les paroles que je viens de prononcer.

– Sur Rogers ? fit Gage avec un petit haussement d'épaules. Vous êtes excusable.

– Non, je ne le suis pas, fit Sybil refusant cette absolution. Je me suis montrée stupide… et injuste.

Gage ne tenait nullement à poursuivre cette discussion, mais elle semblait y tenir, car elle reprit :

– Depuis ma plus petite enfance jamais la pensée ne m'a effleurée qu'il pourrait me manquer un jour, ne plus être là quand j'aurais besoin de lui. D'autres le pouvaient… et l'ont fait, ajouta-t-elle avec un petit rire. Mais j'étais persuadée qu'Albert serait toujours là, qu'il me protégerait et me guiderait… et son regard s'emplit d'une infinie tristesse.

Gage enleva sa veste, en couvrit l'arpenteur, et dit :

– Ce n'est qu'un homme, Mrs. Jamison.

– Je vous en prie, appelez-moi Sybil.

– Avec plaisir, fit Gage, un peu gêné. Voyez-vous Sybil, le temps est venu pour lui de…

– Eh oui, je le sais, fit-elle, l'interrompant. Comme elle se penchait vers lui, il fut sensible au délicat parfum qui se dégageait d'elle. Qui aurait cru, reprit-elle, qu'un jour Albert Rogers rencontrerait son destin ? Qu'il vieillirait ? Qu'il s'affaiblirait, cet homme si viril et si fort ?… Puis-je vous confier un secret ? et elle écarta du doigt une mèche grise qui retombait sur l'œil de l'arpenteur.

Gage ne tenait nullement à partager un secret avec elle, mais il se garda bien de le lui dire, et elle reprit précipitamment :

– Mon père, tout jeune encore, fit une chute de cheval. Une mauvaise chute. Il resta paralysé de la taille aux pieds et passa le reste de sa vie dans un fauteuil roulant. Elle lança à Gage un regard en coin pour voir l'effet que lui faisait cette révélation, puis reprit : Cela s'est passé deux ans avant ma naissance. En grandissant, je me mis à réfléchir et à me demander comment un homme paralysé à partir de la taille avait pu procréer. Et avec un nouveau petit sourire en coin : Bien évidemment il ne le pouvait pas. Il n'était donc pas mon père. C'est Rogers qui est mon père.

Elle lui avait lancé ces derniers mots d'un air vaguement triomphant, et néanmoins d'un ton indifférent comme si elle récitait un texte sans guère y attacher d'importance. Gage eut l'impression qu'elle avait fait part de son « secret » dans les mêmes termes, de nombreuses fois, et à de nombreuses gens. Il retira de sa bouche sa pipe refroidie et commençait, d'un ton légèrement agacé : « Mrs. Jamison… », mais elle l'interrompit vivement.

– C'est l'évidence même. Il était le seul homme, à des lieues à la ronde, à nous rendre visite. Ma mère *l'adorait*. Elle l'a littéralement adoré jusqu'à son dernier jour. Comparez les yeux d'Albert aux miens, et elle s'approcha plus près encore de Gage. Juste à ce moment une chouette perchée dans les branches, au-dessus d'eux, ulula. Regardez leur couleur. C'est exactement la même. Et ces paupières un peu lourdes. Et le nez. Et la bouche. Identiques.

– Avez-vous eu confirmation de cela ? demanda Gage.

– Confirmation de quoi ?

– De vos liens de père à fille.

– Comment l'aurais-je pu ?

– En le lui demandant. En le mettant devant les faits.

– J'ai bien souvent pensé à le faire. Mais je n'ai pu m'y résoudre. Comment l'aurais-je pu ?

– Encore une fois en lui posant tout simplement la question.

– C'est une question impossible à poser, fit Sybil en le regardant d'un air de pitié. De plus, il ne m'aurait pas dit la vérité. Non, non…, et elle balaya cette suggestion du revers de la main. Je ne le saurai jamais. Du moins pas avec certitude. Mais j'ai encore un autre secret à vous confier. Et d'un air de défi : Rogers a été mon premier amant.

– Tiens tiens, fit Gage. Il haussa le sourcil, ralluma sa pipe. Ainsi il est votre père et il a été votre premier amant.

Sybil ferma à demi les yeux, comme si elle revoyait un moment précis de son passé.

– J'étais tout juste sortie de l'enfance lorsqu'il m'a

emmenée avec lui dans la forêt, jusqu'à un bosquet aussi vert et aussi frais que devait l'être le Jardin d'Éden. Là il m'a mise nue et m'a fait l'amour.

– Mrs. Jamison, je vous assure que…

– Cela a été tout simple. Et très beau.

– Je n'en doute pas, fit Gage d'un ton brusque.

– Totalement dénué d'inhibition. Il n'y avait là rien de dégradant… Elle lui lança un vif regard. Puis devant son air agacé, elle se mit à rire, et dit : Rassurez-vous, docteur. Ce n'était qu'un rêve que j'ai fait à treize ans.

Son rire aigu, agressif, résonna dans la clairière. Plusieurs têtes se levèrent, et sous le regard surpris des autres, il cassa net.

– Un rêve ? répéta Gage avec dureté.

– Eh oui ! et elle sourit. Ce rêve, je l'ai fait à maintes reprises au cours de mon adolescence. Je me voyais étendue dans l'herbe. Rogers s'approchait de moi, nu comme un dieu de l'Olympe, tout auréolé de soleil.

Irrité, mal à l'aise, Gage baissa les yeux et se détourna d'elle. Et l'on perçut à nouveau le nocturne bourdonnement des insectes.

Tom surgit, une gourde pleine à la main. Gage s'en empara avec l'avidité d'un homme qui se noie et se remit à prodiguer ses soins à l'arpenteur toujours prostré.

Gladys Garvix, installée à l'écart des autres, était étendue, repliée sur elle-même, et semblait en vouloir au monde entier. Couchée sur le flanc, sa tête reposant sur le mœlleux coussin de son bras, ses jambes légèrement repliées, sa hanche saillante évoquaient les courbes onduleuses d'une vague.

Il y avait dans son abandon même quelque chose d'infiniment émouvant, la faiblesse, l'innocence d'un enfant qui dort. Comme si, dans sa toute petite enfance, ayant trouvé précisément dans cette position-là de quoi apaiser sa faim, sa soif, sa peur de l'obscurité, elle reprenait instinctivement la même position et en retirait le même apaisement.

Elle semblait somnoler. En réalité, il n'en était rien. Parfaitement éveillée, elle tendait l'oreille pour mieux percevoir les sons qui s'élevaient dans la nuit – les lointains et éternels murmures de la forêt –, l'agitation tristement terre à terre de ses compagnons qui étiraient leurs membres courbatus, poussaient des soupirs, des grognements, riaient bêtement et échangeaient, les nerfs à vif, les aigres propos de gens momentanément perdus en pleine nature.

Freddy Jamison se glissa jusqu'à elle à quatre pattes. Entendant derrière elle un bruit d'herbe froissée, elle releva vivement la tête comme un faon à demi endormi qui voit surgir un fauve.

– Pourquoi diable ?...

Jamison posa un doigt sur ses lèvres pour lui enjoindre le silence et s'assit à côté d'elle. Elle poussa un petit gémissement de désespoir.

– Je suis simplement venu bavarder un peu avec toi, chuchota-t-il d'un ton à la fois timide et affecté qui la fit grincer des dents.

– Pourquoi diable t'es-tu amené en rampant ainsi ?

Elle roula sur le dos, souple comme un petit animal et ferma les yeux d'un air excédé.

– Regarde Sybil, reprit Jamison d'une voix sifflante. Elle est en train de faire du gringue à Gage, la salope... et il eut un regard méprisant pour ce qu'il considérait comme une scène dégradante.

– Elle pourrait aussi bien s'en prendre à un morceau de bois, murmura Gladys, la joue collée à la terre froide à l'odeur de moisissures.

– Je suppose que tu as déjà tenté ta chance auprès de lui ? fit Jamison en lui clignant de l'œil.

– Pour l'amour du ciel !...

– Ne monte pas sur tes grands chevaux. Je plaisantais.

– Tes plaisanteries, tu peux te les mettre où je pense.

– Bon. Compris.

Elle resta silencieuse un moment, le visage toujours

collé à la terre humide qu'elle prenait par petites poignées et qu'elle lançait au hasard d'un air absent. Puis elle se redressa brusquement. Un frisson de dégoût la traversa et elle eut comme la prémonition de quelque chose qu'elle n'aurait pu préciser. Mais alarmée, épuisée, elle s'enroula plus étroitement dans sa veste.

– Il me donne froid dans le dos.

– Pourquoi ? demanda Jamison en lui lançant un regard rusé.

– Pourquoi quoi ?

– Pourquoi te donne-t-il froid dans le dos ? Cette question l'intéressa. Elle y réfléchit un moment, puis dit enfin :

– Pourquoi ? Je n'en sais rien. Et d'ailleurs, pourquoi diable le saurais-je ?

Elle frappa le sol de son poing et s'étendit à nouveau sur le dos tout en mâchonnant un long brin d'herbe. Levant les yeux sur Jamison elle lui vit une expression troublée, perplexe, peinée même, et en éprouva du remords.

– Je pense que c'est à cause de son mépris, dit-elle enfin, cherchant à lui expliquer ce qu'elle ressentait.

– Son mépris ?

– Oui. Les choses qu'il dit.

– Le salaud ! Il t'a blessée ? Si c'est le cas, je vais lui…

– Non. Cela ne s'adressait pas uniquement à moi, mais à nous tous. Il méprise tout le monde… sauf lui-même bien entendu. Il est même très satisfait de lui-même.

– Satisfait de lui-même ? fit Freddy, tout agité. Il n'a aucune raison de l'être. Cet âne bâté, ce snob… Que veux-tu dire exactement par « satisfait de lui-même » ?

– Je veux dire qu'il ne pense qu'à lui et qu'il est plein de complaisance envers lui-même. Il se prend pour un type supérieur et nous pour des rustres et des bons à rien. Oh ! je connais bien ce type d'hommes ! Ils sont puants, suffisants. Il se croit sorti de la cuisse de Jupiter, le salaud ! Elle frappa à nouveau le sol de son poing, se remit à nouveau en chien de fusil. J'aimerais mieux crever que de l'avoir pour médecin. Il vous regarderait mourir sans un battement de cil. Elle regarda autour d'elle d'un air dégoûté et reprit : C'est quand même une rude déveine d'être coincé dans cette forêt comme une bande de vagabonds. Qui aurait cru ?...

Jamison cessa brusquement de s'intéresser aux états d'âme de Gladys Garvix. Son visage exprima à nouveau une rage rentrée. Son regard s'était à nouveau posé sur Sybil et il bouillait.

– Tu l'as entendue ? demanda-t-il en effleurant la jeune femme du pied. Qu'est-ce qu'elle avait besoin de me jeter toute cette boue à la figure, la garce !

– Et toi, qu'avais-tu besoin de lui mentir ? C'était stupide de ta part ! T'inventer un brillant passé ! Moi j'étais une bâtarde et je n'ai jamais cherché à le dissimuler. Léo a toujours su ce qu'il en était.

– Je n'ai jamais menti, riposta Freddy, blessé dans sa dignité. Je lui ai dit ce qu'elle souhaitait entendre. Elle n'a eu que ce qu'elle méritait. Une petite garce avec de l'argent à n'en savoir que faire. Qui draguait sur le Continent. Et je dis bien *draguait*. Et avec un rire amer : Elle avait une façon de jeter son sale argent par les fenêtres !... Ce qu'elle espérait ?... Appâter un type. Il s'est trouvé que j'étais là et que j'ai mordu à l'hameçon ? Qu'y a-t-il de mal à ça ? Je ne lui ai pas couru après. C'est elle qui a couru après moi. D'ailleurs, c'est sa salope de mère qui a tout combiné. Il éclata d'un rire méchant et ajouta, le visage tourné vers elle, dans l'obscurité : D'ailleurs, je suis vraiment le petit-fils du dixième comte de Sandwich.

– Oui, mais il en a bien une douzaine d'autres, lui lança Gladys, impitoyable.

– J'y suis pour rien, riposta Freddy, exaspéré. Bon, d'accord, je suis jamais allé à Oxford. J'avais pas le rond. Mais si elle avait de telles prétentions elle aurait mieux fait de prendre des renseignements sur moi avant de se lancer à ma tête. Et comme Gladys éclatait de rire, il demanda, déconcerté : Qu'y a-t-il de drôle dans tout ça ?

– Il m'est juste venu à l'idée...

– Quoi donc ?

– Que toi et moi...

– Quoi, toi et moi ?

– Que nous sommes les seuls bâtards parmi cette bande de gens de la haute.

– Je ne suis pas un bâtard, protesta Freddy, qui ne voyait pas le côté comique de la chose.

– Si, tu l'es. Et sais-tu pourquoi nous couchons ensemble toi et moi ?

– Non. Pourquoi ? fit Freddy auquel ces propos déplaisaient au plus haut degré.

– Nous avons conclu un traité de défense mutuelle. Les bâtards contre les aristos.

Elle pouffa, et il rit aussi, mais d'un rire jaune. Il la regarda, s'aperçut qu'elle frissonnait.

– Tu as froid ?

– Bon Dieu oui. Et je me demande bien pourquoi. Il fait plutôt doux cette nuit.

Il enleva sa veste de tweed à chevrons et la lui tendit.

– Tiens. Prends-la.

– Non. Elle nous verrait. Et elle lança un vif regard dans la direction de Sybil.

– Je ne demande que ça, fit-il, ravi. La garce ! J'ai pris une décision, Gladys. Je la quitte. Je ne me laisserai pas rabaisser par elle comme elle le fait. Et devant tout le monde, encore.

Il allait lui poser sa veste sur les épaules, mais elle le repoussa.

– Non, murmura-t-elle vivement.

Garvix souleva sa grosse tête ébouriffée, les regarda un instant à travers la clairière, puis se laissa retomber sur le dos, avec l'animale impassibilité d'un taureau regardant voler une paire de mouches.

– Enfile-la, répéta Freddy avec insistance, et elle préféra céder pour ne pas attirer l'attention sur eux.

Lorsque enfin elle se redressa, raide, mal à l'aise, la veste posée comme une cape sur ses épaules, il se détendit, sourit, puis éclata de rire, se laissa tomber sur l'herbe et l'observa, les yeux mi-clos.

– Quelle drôle d'expression tu as, tout d'un coup, dit-il, ne demandant qu'à continuer de rire.

– Quelle expression ?

– Comment dire ? Lointaine, étrange.

– Étrange ?

– Oui. A quoi penses-tu ?

– A ce quelque chose qui nous cerne, dit-elle, et elle remonta ses genoux à hauteur de sa poitrine. Qui a sa vie propre.

– Sa vie propre ? et il la regarda d'un air inquiet. Qu'est-ce qui te fait l'effet d'avoir une vie propre ?

– Quelque chose… je ne saurais te le décrire. Oui, quelque chose… Ne le sens-tu pas respirer ? Croître ? Cela semble conscient, mais cela semble ignorer notre présence. Ou ne pas s'en soucier. Et cherchant son regard : Cela ne te pèse pas ?

– Quoi donc ? fit-il, cherchant désespérément à saisir sa pensée.

– Cette indifférence ?

– Indifférence ?

– Oui.

– Boucle-la, tu veux bien, Gladdy. Tu me donnes la chair de poule.

– Cela se fout éperdument de nous, reprit-elle sans même l'avoir entendu, plongée qu'elle était dans ses propres pensées. Elle éprouvait de la peur, mais très vite cette peur se transforma en colère. D'indignation, elle éleva la voix ; une voix qui déchira la nuit et se heurta aux épaisses ténèbres qui les cernaient de toutes parts. Elle devait s'être fait peur à elle-même, car c'est dans un chuchotement à peine perceptible qu'elle ajouta :

– Pour cette chose dont je te parle, nous n'avons pas plus d'importance que la moindre bestiole qui se terre dans la mousse. Et essayant de rencontrer son regard, en dépit de l'obscurité : Tu comprends ce que je veux dire ?

– Sûr, fit Freddy. Sûr, que je comprends, mais en réalité il ne comprenait rien du tout, et se sentait de plus en plus troublé et même effrayé Bien sûr que je comprends, mais l'instant d'après, il leva les bras au ciel et s'exclama : Mais avant tout, j'ai besoin d'un martini bien frais et d'un bon bain chaud.

Ils levèrent les yeux en entendant des bruissements et des craquements. Ollie Gelston s'amenait vers eux en foulant un tapis de feuilles mortes, et en écrasant des brindilles sous ses pieds. Elle avançait d'un air incertain et parut se ratatiner en arrivant auprès d'eux. Puis elle dit d'une voix pleurarde :

– Gladys. Puis-je te parler un instant ?

– A quel sujet ? fit Gladys, et elle fronça impatiemment les sourcils.

Ollie, postée devant elle, se tordait les mains et remuait les lèvres mais aucun son n'en sortait. On aurait dit qu'elle cherchait, par un immense effort de volonté, à rentrer sous terre.

– Je voulais seulement te demander… Tu ne pourrais pas venir avec moi un instant ?

Devant ce ton geignard et implorant, Gladys fronça de plus belle les sourcils.

– Pour aller où ?

– Ben, voilà… je…

– C'est un secret ? fit Freddy et il se pencha vers elle.

– Je ne peux pas…, marmonna Ollie, et brusquement, rouge et confuse, elle perdit contenance.

– Oh ! Seigneur ! s'exclama Gladys, saisie d'une brusque illumination. Tu pouvais pas le dire, que tu avais besoin de t'isoler ? Allez viens, suis-moi, et elle l'entraîna dans les fourrés comme une enfant arriérée.

Gage s'était installé à une vingtaine de pas de l'endroit où était étendu Rogers. Un bon poste d'observation. Il pouvait garder un œil sur l'arpenteur et en même temps surveiller le petit groupe qui s'était égaillé dans la clairière.

Il s'installa aussi confortablement que possible, adossé au tronc d'un énorme chêne. Il alluma sa pipe, et bientôt ferma les yeux, non pour dormir, mais pour se détendre, jouissant profondément du goût âcre et familier de son tabac, et du parfum de résine qu'exhalaient les pins tout autour de lui.

C'était bon de se détendre et cela lui arrivait rarement. Mais ce moment ne dura pas. De l'autre côté de la clairière, il vit Léo Garvix lui adresser des signes frénétiques.

– Harry… Harry… docteur Gage.

Cet appel avait quelque chose d'alarmant. Il se leva d'un bond, fit vivement le tour du feu qui se mourait et passa devant les corps étendus sur le sol tels des naufragés. Comme il passait, les têtes se tournèrent vers lui.

– Harry ? répéta Garvix s'efforçant de percer les ténèbres.

– Oui. J'arrive.

– Venez plus près. Je ne veux pas que les autres entendent.

Gage se pencha et scruta le visage aux traits épais, à l'expression brutale.

– Alors ?

– Mon cœur, lui murmura Garvix à l'oreille.

– Que ressentez-vous ?

– Des palpitations.

– Bon. Étendez-vous, fit Gage qui s'efforça avec douceur d'inciter Garvix à se coucher sur le dos, mais celui-ci résista et dit :

– Non, je préfère rester assis.

Il paraissait essoufflé, agité. Gage se pencha, lui prit le pouls. Il sentit deux jets d'un souffle chaud et humide sortant des narines de Garvix lui effleurer la joue, et il ne put se défendre d'un sentiment de dégoût.

– Il donne de véritables coups de marteau, dit-il, en souriant. Il est fort, mais parfaitement régulier. Vous avez été bouleversé par quelque chose ?

– Je ne sais pas, fit Garvix. J'ai l'impression de m'en aller en pièces et morceaux, et je n'arrive pas à retrouver mon souffle. Et il fit à Gage une démonstration en soufflant fort comme un cheval fourbu.

– Étendez-vous, répéta Gage.

Il avait parlé d'un ton professionnellement apaisant, mais ferme, et Garvix s'exécuta enfin comme un enfant rétif qu'on oblige à aller se coucher alors qu'il n'en a nulle envie. Le médecin ouvrit son col et l'aida à s'étendre aussi confortablement que possible.

– Mettez-vous devant moi afin que les autres ne me voient pas, chuchota Garvix en appuyant ses paroles d'un geste frénétique de la main.

– Et si c'était le cas ? Qu'est-ce que cela pourrait bien vous faire ?

– Je ne veux pas que ma femme me voie. Elle nous guette.

Il s'appuya sur une main et tendit le cou pour voir, à la droite de Gage, en un geste assez pitoyable où se trouvait Gladys.

– Elle n'est pas là, fit Gage. Elle s'est enfoncée dans les fourrés avec Miss Gelston.

– Si, elle est là, affirma Garvix, rageur. Juste en face de nous. Assise à côté de Jamison, la garce !

Il pesait de tout son poids contre Gage qui fut frappé par les énormes réserves de force que renfermait ce corps vaguement difforme. Puis Garvix poussa un long soupir, toute tension cessa en lui, et il se dégonfla comme une baudruche. Mou et suant, il se serra contre Gage comme un homme se cramponne à un rocher.

– Il ne va rien m'arriver ?

– Bien sûr que non. Ne vous tourmentez pas. Il ne vous arrivera rien. Détendez-vous.

Toujours mou et suant, Garvix se laissa retomber sur l'épaisse couche d'aiguilles de pin. Puis il leva sur Gage un regard morne de bovin malade. Mais le médecin, convaincu qu'il n'avait rien de sérieux, ne put s'empêcher de prendre l'air incrédule, et Garvix eut soudain honte de la lamentable petite comédie qu'il venait de jouer. Cette honte même lui rendit sa truculence habituelle.

– Elle continue d'allumer cette espèce de play-boy à la manque.

– Mais non, fit Gage, vous vous trompez. Allons, détendez-vous.

Il allait se relever, mais Garvix le retint d'une poigne de fer.

– Elle vous plaît, hein, ma femme ? fit-il d'un ton provocant. Je vous ai vu la reluquer. Un beau petit morceau... hein ?

– Elle est très charmante, en effet, dit froidement Gage.

Il dut détacher un à un les doigts de Garvix pour dégager son poignet. Et dans l'obscurité, le nabot le suivit d'un long regard rusé.

Ollie Gelston, accroupie près du feu, regardait John Bayles y lancer des brindilles.

– Si au moins Malty était ici avec nous, dit-elle d'un ton lugubre en essayant de percer l'obscurité.

Des ténèbres si épaisses qu'elles semblaient se coller à elle et lui murmurer à l'oreille des paroles séductrices.

– Je le souhaiterais moi aussi, dit Bayles. S'il était avec nous, la situation même nous paraîtrait moins désespérée et nous nous sentirions moins perdus.

– Perdus ?

Cette idée ne semblait pas lui être venue à l'esprit et Bayles regretta aussitôt d'avoir prononcé ce mot.

– Disons momentanément égarés, corrigea-t-il avec un petit rire gêné.

– Nous serons de retour chez nous demain.

– Sans aucun doute.

– Dans la matinée, a affirmé Léo, dit Ollie avec une puérile excitation.

– Oui, dans la matinée.

Il se rendit compte qu'il venait de lui répondre avec impatience et préféra se taire.

Il se leva brusquement, ramassa une pierre et la lança dans la direction des taillis. Ils l'entendirent rebondir sur le sol, écrasant au passage quelques fougères, tel un petit animal s'enfuyant dans les fourrés. Elle leva vers lui un regard interrogateur.

– Qu'est-ce qui te prend, John ?

– Je connaissais le chemin du retour, fit-il en frappant du poing dans la paume de sa main. Je le connaissais, je le connaissais… et j'ai manqué de…

Il continua de frapper du poing la paume de sa main bien après que l'écho de ses paroles se fut évanoui.

– Manqué de quoi ?…

– De confiance en moi.

– De confiance en toi ?

Exaspéré par son manque de compréhension, il la foudroya du regard.

– Je n'ai pas eu le cran de partir de mon côté.

Ces mots résonnèrent tristement dans la clairière et il resta posté là, image même du découragement et du désespoir.

– Ne soyez pas si dur envers vous-même, fit une voix sortant des ténèbres et, clignant des yeux, Bayles reconnut Gage adossé au tronc d'un gros chêne. Rares sont ceux qui, dans une telle situation, auraient agi différemment.

– Vous, oui.

– Vous me flattez, fit Gage avec un petit rire. Vous m'aviez convaincu et cependant j'ai suivi les autres. Expliquez ça comme vous pourrez.

– Vous voulez dire que vous avez suivi Garvix, fit Bayles fronçant les sourcils.

– Non. J'ai suivi les autres.

– C'est parfaitement vrai, reconnut Ollie. Nous avons tous suivi les autres.

Bayles fronça les sourcils de plus belle et regarda le docteur sans rien dire.

A cet instant, Tom Putney passa devant eux.

– Il dort ? demanda Gage.

– Ma foi non. Mais l'a pas l'air trop mal

– Il ira mieux demain, n'est-ce pas ? fit Ollie se tournant, pleine d'espoir, vers Gage.

– Je le crois. Une bonne nuit de repos devrait apporter à son état une amélioration spectaculaire. Je suis persuadé qu'il se remettra parfaitement.

– Non, vous n'en êtes pas sûr, docteur, ricana Bayles. Vous n'en êtes même pas sûr du tout. Pourquoi ne pas le reconnaître ? Pourquoi ne pas admettre que Rogers est fichu ? Qu'il nous a fait défaut et qu'il nous faudra nous-mêmes retrouver le chemin du retour ?

Avant même que Gage pût lui répondre, Putney se posta devant Bayles et le regarda avec haine. Le pauvre garçon était livide. Il grommela entre ses dents, d'un ton furieux :

– Retirez ce que vous venez de dire ! Vous m'entendez ?... Retirez ce que vous venez de dire !

Bayles le regarda d'un air gêné. Il mesurait au moins dix ou quinze centimètres de plus que Putney et n'aurait pas eu de peine à en faire façon. Mais embarrassé, confus, il pivota sur ses talons et s'éloigna. Le regard d'Ollie, qui semblait n'avoir rien compris à cette scène, allait de Putney à Gage.

Ils restèrent là, tous les trois, à écouter Bayles s'enfoncer dans les taillis d'un pas coléreux. Les autres l'avaient également vu partir et ils le suivirent d'un regard perplexe.

– Où va-t-il ? cria Garvix par-dessus les flammes.

– Faire un petit tour, je suppose, répondit Gage.

Garvix haussa les épaules et s'étendit à nouveau.

Putney remua les lèvres mais aucun son distinct ne sortit de sa bouche. Lorsque enfin il parla, le visage tourné dans la direction qu'avait prise Bayles, il sembla que ses paroles s'adressaient à cet homme qui déjà s'était fondu dans l'obscurité.

– Mr. Rogers, ça fait quinze ans que je le connais. J'étais comme un chien perdu et il m'a ramassé dans la rue. Il m'a donné un foyer et il m'a enseigné un métier. On faisait équipe. Le maître et l'apprenti. Il était comme un père pour moi. Il me traitait comme son fils. Et pendant tout ce temps – il levait sur Gage des yeux où se reflétaient les flammes – pendant tout ce temps, il m'a jamais menti et il m'a jamais trompé. Il m'a jamais fait défaut et il m'a jamais déçu. Non, jamais ! Pas une fois !

Il lança ces derniers mots avec défi comme si Bayles pouvait encore l'entendre.

Gage fut étrangement touché par ce témoignage.

– Moi, j'crois pas qu'il soit fichu, Mr. Rogers, reprit Tom. Il est vieux, bien sûr. En ce moment, il est un peu patraque. Mais j'le connais. J'suis prêt à parier que demain matin il sera de nouveau en pleine forme. Prêt à nous ramener chez nous.

Il se tut, honteux de s'être laissé entraîner et d'en avoir tant dit. D'autre part, il semblait soulagé. Ces derniers mots l'avaient lavé de toute colère et, calmé, il contempla, à travers la clairière, l'arpenteur toujours prostré qui paraissait dormir. Puis sans dire mot, il retourna auprès du vieil homme, et se remit, solitaire, à veiller sur lui.

Gage resta là un moment, à l'observer, trop ému pour parler. Il puisait dans la foi aveugle de ce garçon un certain réconfort.

Sybil Jamison se leva et cria dans la nuit :

– John… reviens ! Tu vas te perdre dans cette forêt !

– Je crois que je ferais bien d'aller à sa recherche avant qu'il s'enfonce trop profondément dans les fourrés, fit Gage en se levant à son tour.

– Qu'il s'en aille si ça lui chante ! s'exclama Garvix qui semblait avoir complètement dominé la panique qui s'était emparée de lui peu auparavant.

– Je ferais quand même mieux d'aller à sa recherche,

et Gage, pivotant sur lui-même, partit dans la direction qu'avait prise Bayles.

A nouveau le silence pesa sur la clairière. Le feu de camp craquait et sifflait. Des papillons de nuit, attirés par les flammes, venaient s'y brûler les ailes, et on entendait toujours ce bourdonnement d'insectes que dominaient les stridulations des grillons, et qui faisait penser au ronronnement d'une énorme génératrice. Du feu s'élevaient des étincelles qui retombaient en tourbillonnant.

Les bras étroitement croisés, Ollie Gelston s'approcha du feu à pas lents. Elle marchait comme en rêve, raide, absente, à peine consciente de la présence des autres. Elle s'assit parmi eux, puis dit, comme se parlant à elle-même :

– Je me sens dépossédée. Comme si je venais de perdre un être cher.

Freddy lui lança un regard exaspéré. Il avait horreur des étalages morbides de sentiments. Sybil Jamison, au contraire, se sentait pleine d'entrain.

– Je me sens merveilleusement bien, déclara-t-elle d'une voix chantante. Respirer de l'air pur, prendre de l'exercice. Voilà ce que nous devrions faire au moins une fois par an.

– Quelle bonne idée ! grommela Garvix, en levant les yeux au ciel.

– Je me suis rarement sentie aussi bien, chantonna à nouveau Sybil.

Gladys la regarda, avec un mélange d'amusement et de mépris, faire d'un pas onduleux de danseuse le tour de la clairière.

– Moi je ne ressens rien. Absolument rien, dit-elle enfin.

– Ça, ma fille, c'est ton problème, fit Sybil qui passait en glissant à côté d'elle.

Gladys resta un long moment à suivre d'un air rêveur le jeu des flammes dansantes, puis dit :

– Tu as raison, Sibby… c'est bien là mon problème.

Il n'y avait pas de rancœur dans sa voix, mais bien plutôt une nuance de regret.

Jamison lui lança un regard gêné. Une pensée obscure, informulée lui passa par l'esprit. Il était à la fois irrité et troublé.

– J'ai envie d'un bain chaud et d'un martini frais, dit-il avec nostalgie et il se massa l'estomac que son ulcère s'était remis à ronger.

– J'exige que tout le monde soit debout demain à l'aube, dit Garvix en se redressant brusquement.

– J'enverrai peut-être le récit de notre aventure au *Botanical Journal*, dit Sybil s'arrêtant au milieu d'une glissade. Ils adorent ce genre d'équipée.

– Il faut absolument que je sois rentré à temps pour recevoir ce coup de fil, fit Garvix qui suivait son idée.

– Un jour, à Vienne…, fit Sybil qui, elle aussi, suivait son idée.

– Si tu recommences à nous casser les oreilles avec ton sacré Vienne, je me mets à hurler, fit Gladys en se levant d'un bond. Je te le jure, je pousserai des cris à réveiller un mort.

Sybil sourit et dit avec une condescendance exaspérante :

– Figure-toi que je n'éprouve aucune honte à avoir reçu une parfaite éducation, pas plus que tu n'en éprouves à n'en avoir reçu aucune.

– J'en ai quand même assez pour me rendre compte que tu es la dernière des emmerdeuses, fit Gladys en élevant dangereusement la voix.

– Tu n'aurais jamais dû te joindre à nous, Gladys. A sa démarche onduleuse, élégante, avaient succédé des gestes désordonnés. Tu n'es pas des nôtres. Nous ne sommes pas faites de la même étoffe et nous n'avons pas les mêmes goûts.

– Au nom du ciel, Sybil ! gémit Freddy.

Il se tenait entre les deux femmes qui se mesuraient du regard par-dessus son épaule. Brusquement Gladys saisit

Freddy par le bras, le fit pivoter sur lui-même jusqu'à ce qu'il lui fît face et dit :

– Allez viens, Freddy. On va aller faire une balade, toi et moi.

Le visage accablé de Freddy s'illumina.

– Avec joie, mon chou et, bras dessus, bras dessous, ils sortirent de la clairière et s'enfoncèrent dans les taillis.

– Je te le cède avec plaisir, Gladys, leur cria Sybil. Vous êtes dignes l'un de l'autre.

Garvix se mit à rire. Doucement d'abord, puis de plus en plus fort, se balançant d'avant en arrière, se tapant sur les cuisses. Un rire déplaisant, creux, amer, et sifflant comme cela arrive souvent chez les hommes trop corpulents.

Pendant un long et pénible moment il résonna dans la clairière et jusque dans les futaies qui les entouraient. Puis Garvix, essoufflé d'avoir tant ri, s'étendit sur un lit de feuilles mortes, tel un gladiateur épuisé, et ne fit plus entendre que de petits gloussements.

Tom Putney, mal à l'aise, regardait autour de lui. Il se sentait désorienté et éprouvait le besoin de s'éloigner de cet endroit et de ces gens.

– Ce feu ne nous fera pas toute la nuit, dit-il en s'éloignant d'un pas. Je crois que je ferais bien d'aller ramasser une provision de bois.

– Laisse-moi t'aider, Tom, fit Sybil courant après lui. On trouvera bien de quoi se divertir.

Le jeune assistant lança à Garvix un regard implorant, puis partit à grands pas. Mais il n'en avait pas fait cinq que déjà Sybil le suivait.

Il ne restait plus, maintenant, que Garvix, Ollie et Rogers dans le petit cercle de chaude lumière. Le souffle des flammes se faisait plus assourdi, et le bois crépitait à peine. Le vaste murmure de la forêt les enveloppa… petite oasis de lumière mourante au cœur d'un océan de ténèbres.

Garvix, toujours étendu, continuait de glousser doucement. Ollie, qui s'était réfugiée, tremblante de peur, à l'orée de la clairière, les observait. Soudain Rogers s'agita et se mit à marmonner : *« 4 anges… 4 vents… »* Ollie s'approcha de lui. *« Hyacinthe… Soufre… Une femme vêtue de soleil… Un grand dragon rouge… Le cœur dénombré*, dit encore l'arpenteur essayant de se lever comme s'il répondait à un appel. *L'homme dénombré… 660… 6 degrés nord-ouest, 30 maillons… 5 perches… 2 chaînes…*

– Oh ! père ! gémit Ollie, s'efforçant de bercer l'arpenteur dans ses bras. Mais il était trop lourd pour elle et finalement elle s'agenouilla devant lui et blottit son visage contre son épaule. Oh ! père… console-moi. Réconforte-moi. Dis-moi que tout ira bien.

Mais Rogers n'avait pas conscience de la tête couchée sur son épaule. Il levait le visage vers les étoiles et ses yeux, maintenant grands ouverts, étincelaient.

– *18 degrés sud-sud-ouest… 12 degrés 30 minutes jusqu'au tronc du gros chêne… et la pierre marquée d'un Y.*

D'où il était Garvix observait cette étrange scène, et il se remit à glousser.

12

Willoughby Harold Gage était étendu sur la pelouse magnifiquement entretenue d'un immense domaine. Un château du XIVe siècle quelque part au bord de la Loire. Il n'y manquait rien, ni remparts, ni tours, ni créneaux. Dans les jardins à la française s'élevaient çà et là des statues de marbre. De hauts buis taillés, étonnantes créatures mythologiques, sortes d'êtres humains pétrifiés, victimes de quelque enchantement, y montaient la garde. Un peu plus loin, une orangerie aux arbres lourds de fruits mûrs bordait une pièce d'eau. Son toit en forme de pagode se reflétait, inversé, comme en un rêve, sur la lisse surface de l'eau. Au-delà du château se déroulaient à perte de vue douces collines et vignobles.

Personne en vue. Le château qui semblait inhabité dressait fièrement ses tours vers le ciel où couraient de tendres et floconneux nuages.

Gladys Garvix, les yeux clos, un sourire de plaisir anticipé aux lèvres, était étendue dans l'herbe, sa jupe relevée au-dessus des hanches, une petite culotte de fine lingerie tirée plus bas que les genoux, le visage de Gage enfoui entre ses cuisses à demi écartées. Il sentit sur sa langue un goût de sel et se souvint que du plus profond d'elle-même se dégageait une senteur marine. Il évoqua Vénus née de l'écume de la mer qui arrivait, bouillonnante, vers lui, par vagues successives.

A un moment donné, elle se retourna sur le ventre et il

lui arracha sa petite culotte de soie. Puis il la fit s'agenouillcr. Elle gémit doucement, baissa la tête jusqu'à appuyer sa joue sur le gazon. Ce geste aussi inattendu qu'éloquent fit crouler ses cheveux fauves qui retombèrent en cascade par-dessus ses épaules. Ainsi accroupie, le soleil brillant comme un phare entre ses cuisses, elle attendit.

Elle le serra enfin étroitement entre ses jambes, et ils firent l'amour lentement, majestueusement, telles deux énormes araignées unies en une fatale étreinte. Puis il l'emporta sur un lit de crocus et ils foulèrent et écrasèrent les frais et humides pétales sous leurs tumultueux ébats.

Lorsqu'il s'éveilla, il se crut d'abord dans la maison de sa mère, dans son propre lit, sous le plafond en pente d'une mansarde sans air qui sentait le moisi, où il avait couché il y avait presque trente ans. Il eut une impression de froid et d'humidité et esquissa machinalement le geste de ramener sur lui ses couvertures. Mieux réveillé, Gage se rendit compte qu'il bandait sous son slip mouillé. Il crut sentir sur son visage le poids d'un chiffon humide. Il cilla à plusieurs reprises, et ouvrant tout grands les yeux, découvrit qu'il s'agissait non d'un chiffon mais d'une épaisse nappe de brouillard d'un blanc nacré qui pesait sur lui comme un linceul. Buissons et branches semblaient ployer sous ce fardeau. Cette brume s'enroulait autour des arbres et montait en volutes jusqu'au faîte du haut mélèze qui perçait cette brume telle une lance pénètre dans le ventre blanc et mou d'un crapaud. Et il reconnut enfin le lieu où il se trouvait.

C'était cette heure imprécise qui n'annonce ni le lever ni le coucher du soleil ; où la lumière dénuée de toute couleur a la froideur grise du métal. Pas le moindre bruit. Les oiseaux eux-mêmes se taisaient. Tout comme le brouillard, un épais silence ouaté pesait sur ces lieux. Un silence si velouté, si doux qu'il sembla à Gage qu'il pourrait le caresser de la main comme on caresse la douce fourrure d'un gros chat.

Le feu s'était éteint depuis plusieurs heures déjà. Il n'en restait que les poudreuses formes des branches à demi consumées et une petite spirale de fumée qui s'élevait paresseusement dans les airs.

Il chercha les autres du regard. Leurs silhouettes recroquevillées, trempées, étaient éparpillées autour du tas de cendres telles des épaves. Et brusquement l'idée absurde qu'ils étaient tous morts lui traversa l'esprit.

Était-ce bien hier à midi qu'ils étaient partis pour cette expédition ? Cela lui paraissait difficile à croire. Il se rappela qu'étant en retard il s'était hâté de se rendre chez Garvix où ils avaient tous rendez-vous. C'était là leur point de départ.

Il se souvint d'avoir bringuebalé et cahoté sur une petite route de campagne pleine de creux et de bosses et parsemée des restes aplatis de crapauds incrustés dans le goudron par les pneus des voitures. Cette route contournait un bosquet de bouleaux, puis descendait à pic jusqu'à un petit hameau sommeillant avec ses sempiternels postes à essence, bazar et bureau de poste. Il embrassa le tout d'un seul regard et le hameau cessa d'exister pour lui.

Après avoir roulé quelques centaines de mètres encore, il passa, au-delà d'un carrefour, au pied d'une petite église de village, posée comme un jouet à flanc de colline. Une petite église d'un blanc immaculé, tel un gâteau de mariage, et dont la flèche se dressait haut dans le ciel.

La dépassant, il aperçut le minuscule cimetière qui la jouxtait, derrière sa grille de fer forgé. De nombreuses et vieilles stèles y étaient disposées sans ordre comme si quelqu'un avait jeté au hasard une poignée de dés. Nombre de ces pierres tombales étaient fissurées et couvertes de mousse. Certaines penchaient dangereusement ; d'autres, au cours des siècles, s'étaient enfoncées dans la terre et ressemblaient maintenant à des têtes de flèches brisées à demi ensevelies.

Pour quelque inexplicable raison, trois monticules herbeux semblaient monter la garde au-dessus du cimetière. Ils avaient quelque chose d'étrangement menaçant – tels des menhirs – et cependant sous leur pelage herbeux reposait la terre, sage, bonne, généreuse.

Il fit du regard le tour de l'endroit désolé où il se trouvait, et l'espace d'un instant il crut rêver encore. La journée qu'il avait vécue la veille lui semblait curieusement irréelle. La route de campagne, l'église, le cimetière, leur marche même à travers cette partie de la forêt qui probablement lui appartenait lui paraissaient, chose étrange, n'avoir jamais existé.

C'est alors qu'à moins de vingt pas de lui, dans la lumière grise de ce petit matin, il vit le petit tas brun que formait Gladys Garvix, repliée sur elle-même. Elle dormait, enveloppée dans les vastes plis de la veste de tweed de Freddy Jamison. Elle s'y blottissait, tel un petit animal, appuyée sur une hanche, un sein dressé. Elle dormait bouche ouverte, et entre ses incisives légèrement proéminentes, il aperçut sous son palais un reflet d'or. Il fut frappé par ses dents de carnassier, des dents capables de mordre et de déchiqueter sous l'empire de la colère. Il lui sembla qu'il venait de percer un de ses plus intimes secrets. Il se souvint alors de son slip mouillé et froid, et se détourna brusquement, confus et mortifié comme un homme surpris à reluquer sous les jupes d'une femme.

Les autres aussi semblaient dormir. Mais sur sa droite dans cette brume laiteuse, il distingua la silhouette fantomatique de Tom Putney. Adossé à un arbre, il montait la garde auprès de Rogers. Gage, raidi, courbatu, se leva péniblement. Puis se secouant et s'étirant, il se dirigea vers lui.

Comme il approchait, Putney lui accorda à peine un regard. Il y avait, dans son attitude, quelque chose de hargneux et de méfiant, comme s'il voyait en Gage un intrus. En le voyant approcher de plus près, il se raidit, et retourna s'adosser contre l'arbre. Gage eut l'impression qu'il veillait ainsi sans bouger depuis de nombreuses heures.

– Comment est-il ? demanda-t-il.

– Toujours la même chose.

– Ça ne te fait rien que je l'examine ?

Putney haussa les épaules, marmonna entre ses dents et recula de quelques pas. Cependant lorsque Gage s'agenouilla devant le corps prostré du vieillard, il sentit peser sur sa nuque le regard maussade et méfiant du jeune assistant.

Gage prit le poignet de l'arpenteur. Le pouls était fort et régulier. Un symptôme encourageant. Il n'y avait donc pas eu d'aggravation pendant la nuit. Mais on sentait le vieil homme incapable de sortir de sa torpeur.

Gage s'était adressé à Putney à voix basse. Il baissa encore la voix et dit dans un murmure pressant, insistant : « Mr. Rogers ! » N'obtenant aucune réaction, il dit à nouveau : « Mr. Rogers ! » Il le répéta à plusieurs reprises comme un abonné qui cherche vainement à établir une communication téléphonique. Mais l'arpenteur continuait d'être plongé dans une profonde torpeur... dormeur obstiné d'une nuit sans fin, incapable de se réveiller.

Il le secoua doucement. Les paupières battirent un instant et retombèrent. Il le secoua à nouveau. Cette fois les yeux s'ouvrirent tout grands, et Gage, stupéfait, plongea son regard dans des prunelles d'un bleu d'acier qui exprimaient une intelligence presque surnaturelle. L'espace d'un instant les nuages s'écartèrent et, dans cette éclaircie, il perçut, au fond de ces prunelles, l'inébranlable bon sens, fait de ruse et de sagesse, qui l'avait frappé la veille. Comme leurs regards se rencontraient, il crut même, un moment, que Rogers le reconnaissait et il aurait juré que le vieil arpenteur venait de lui adresser un clin d'œil.

Mais il comprit presque aussitôt que c'était là un effet de son imagination. Les yeux redevinrent vagues et voilés tout comme la surface d'un étang se couvre soudain d'une mince couche d'écume sale. Et c'est alors qu'il nota la très nette différence de dilatation entre les deux pupilles.

– Mr. Rogers ! dit-il une fois de plus, mais il savait que son effort était vain.

– Comment il va ? demanda Putney qui était venu se poster derrière lui.

– Pas de changement, répondit Gage qui savait cependant qu'il n'en était rien.

Il soupira, se leva.

Une heure plus tard, ils étaient tous debout. Le soleil était levé et la brume en grande partie dissipée. Le ciel était d'un bleu très pâle et la clairière retentissait du croassement des corneilles. L'air était délicieusement frais et d'une pureté édénique. Le faîte des grands arbres se balançait doucement et au parfum pénétrant des pins se mêlait celui du jasmin sauvage.

Gage s'était rendu avec Putney jusqu'à la petite rivière qui coulait à quelques centaines de mètres de leur campement improvisé. Ils y remplirent les gourdes, puis tombant sur un épais buisson de ronces, le dévastèrent, et bientôt le vieux feutre de Putney déborda de mûres savoureuses. Ils en mangeaient tout en les cueillant et égratignaient leurs mains rougies du jus de ces baies mûres à point.

De retour à la clairière, ils trouvèrent Garvix en train de se démener. Il frappait dans ses mains, lançait des ordres, bref régentait tout le monde.

– Allons-y !… On s'en va !… Suivez-moi !… Je n'ai pas de temps à perdre. L'envoyé de la SEC doit déjà être en train de m'attendre. Il éclata de rire, arpenta la clairière d'un air conquérant, puis reprit : Allons Freddy, grouille-toi, et il lui caressa les fesses du bout de son soulier.

– Va te faire foutre, Léo ! s'exclama Jamison. Il lui repoussa le pied et frotta ses yeux tout gonflés de sommeil.

Garvix éclata à nouveau de rire et traversa la clairière actionnant ses petites jambes comme des pistons, et frappant dans ses mains plus bruyamment que jamais.

– Qu'est-ce que tu fous, Sibby ? et il s'arrêta pile devant la jeune femme.

– Je débarrasse mes cheveux de tous les gratterons qui s'y sont collés, ce que n'importe quel imbécile pourrait constater s'il s'en donnait la peine. Elle fit la grimace en en arrachant un qui s'était pris dans une de ses mèches et aperçut à ce moment-là Gage et Putney qui débouchaient dans la clairière. Elle leur sourit et leur adressa de grands gestes de la main.

– Bonjour, docteur.

Gage cligna des yeux derrière ses verres teintés, puis la salua à son tour de la main.

Gladys Garvix qui massait sa nuque raidie lança entre ses dents une obscénité.

– Qu'est-ce qui te prend, Gladys ? fit Sybil en lui lançant un regard en coin.

– Rien, ma chère. Absolument rien, et elle continua de se masser la nuque en grommelant entre ses dents.

– Vous avez bien dormi ? demanda Gage et il tendait la main à Sybil pour l'aider à se lever.

– Merveilleusement bien.

– Ça tu peux le dire, lança Gladys. Tu as ronflé comme tout un bataillon d'infanterie.

– Ne faites pas attention à elle, docteur, dit Sybil, l'air dédaigneux.

Gage lui tendit le vieux feutre plein à ras bord de baies de ronces.

Elle y plongea son regard et se mit à battre des mains avec une joie enfantine.

– Un petit viatique avant de se mettre en route, lui dit le docteur.

– Elles sont merveilleuses, fit-elle en en prenant une poignée. A Vienne nous les mangions avec des montagnes de crème fraîche.

Les autres ne tardèrent pas à s'amener et piquèrent dans le vieux feutre avec avidité.

– Et vous, Mr. Garvix ? dit Gage en lui tendant le chapeau. Ça ne vous dit rien ?

Garvix qui se tenait à l'écart observait la scène avec un petit sourire énigmatique.

– Non, fit-il et il repoussa le récipient improvisé encore à demi plein de fruits. Je me réserve pour les œufs au bacon et le café bouillant que j'avalerai en rentrant chez moi.

Gage remarqua que Gladys elle aussi se tenait à l'écart. Il reprit le vieux feutre et le lui apporta en guise d'offrande. Elle l'écarta du revers de la main. Son regard se porta sur Rogers toujours adossé au tronc d'un arbre, puis elle dit :

– Il ne va pas mieux, hein ?

– Son état est stationnaire.

Le ton réservé de Gage ne lui avait pas échappé. Elle chercha son regard et dit :

– J'ai essayé de lui parler, tout à l'heure.

– Ah ! oui ?

– J'aurais aussi bien pu m'adresser à une bûche !

– Allons, allons, en route ! fit Garvix qui fit en frappant dans ses mains le tour de la clairière. Nous avons déjà perdu une bonne partie de la matinée.

Il allait de l'un à l'autre, les houspillait, les obligeait à s'activer. Passant devant Gage et Gladys, il leur adressa un sourire entendu dont l'expression ironique n'échappa pas à la jeune femme qui lui lança :

– Ça veut dire quoi, ce sourire ?

Mais déjà il s'éloignait en hochant sa grosse tête, et ses claquements de mains résonnèrent dans les taillis qui les entouraient.

– Allez ! Tout le monde debout ! Vous m'entendez ? Tout le monde debout ! Le monde appartient à ceux qui se lèvent tôt !...

– Oh ! la ferme, Léo !

Quand ils furent tous prêts à partir, il les fit s'aligner à l'orée de la clairière. Gage se trouva au côté de Freddy Jamison. Tous deux se sentaient légèrement dépassés par toute cette agitation. A ce moment le docteur vit, de l'autre côté de la clairière Tom qui, penché sur lui, s'efforçait de faire se lever l'arpenteur.

– Attendez, j'arrive. Je vais vous donner un coup de main ! cria-t-il, mais le jeune assistant repoussa cette offre d'un geste de la main.

– Je me charge de lui. J'en ai la responsabilité.

– A ta guise, fit Gage piqué par cette rebuffade. Mais Mr. Rogers est un homme grand et lourd. Appelle si tu as besoin d'aide.

Et soudain ils se trouvèrent tous rassemblés et prêts à partir.

– Bon, et maintenant quelle direction prenons-nous ?

– Suivez-moi, lança joyeusement Garvix, le bras levé vers le ciel. Je suis Moïse et je conduis mon peuple hors du désert.

Gage lança un regard à Rogers, qui, debout sur ses jambes qui le soutenaient à peine, s'appuyait de tout son poids sur Putney.

– Le plus vite sera le mieux, dit le médecin entre haut et bas.

– Quelle direction prenons-nous ? demanda à son tour Bayles, les yeux fixés sur Garvix.

– Droit vers l'ouest, fit celui-ci. Vous aurez le soleil dans le derrière.

Freddy et Putney éclatèrent de rire, mais Bayles, navré, secoua la tête.

– Vous n'êtes pas d'accord, Mr. Bayles, lui demanda Gage. Dans ce cas, c'est le moment ou jamais de le dire.

– Ou de nous foutre la paix définitivement, ajouta Garvix plein de venin.

– A dire vrai, je ne sais plus du tout où nous sommes, fit Bayles avec un air de chien battu.

– Dans ce cas, ferme ta gueule et suis-moi, tonna Garvix, parce que moi je sais où nous sommes.

Bayles cilla à plusieurs reprises. Il avait l'expression d'un homme qui vient de recevoir une gifle.

– Eh bien, moi, je te fiche mon billet que tu ne le sais pas plus que moi, Léo. Tu bluffes tant que ça peut. Mais tu ne le reconnaîtras jamais.

– Voilà le secret de la réussite, fit Garvix en lançant un clin d'œil aux autres. N'avouez jamais.

– Enfin, le savez-vous ou ne le savez-vous pas, Mr. Garvix ?

– Je sais ou je ne sais pas… quoi ?

– Où nous nous trouvons actuellement.

– Sur mes terres, fit Garvix avec un grand sourire.

– Je croyais que nous étions sur les miennes, fit Gage, soudain agressif.

– Oh ! Seigneur ! gémit Gladys, ne recommencez pas avec vos histoires de droits de propriétaires.

– Tout ce que je peux dire, fit Gage, c'est qu'il conviendrait de ramener Mr. Rogers chez lui le plus vite possible.

La petite colonne, telle une longue chenille, avançait par à-coups en direction ouest, à travers le sous-bois trempé de rosée. Sybil Jamison, qui précédait Gage, évitait, avec la grâce dégingandée d'un échassier, les souches à demi enfoncées dans le sol et foulait les hautes fougères, tandis que la voix claironnante de Garvix s'élevait dans l'air limpide de cette lumineuse matinée.

Ils marchaient depuis une dizaine de minutes, lorsque Gage, levant les yeux, s'aperçut que Garvix était venu se placer à ses côtés. Ce fut presque en un chuchotement qu'il dit :

– Je suis désolé de ce qui s'est passé hier soir.

– Je vous en prie.

– J'ai eu un malaise, et j'ai pris peur. Vous voyez ce que je veux dire. Mais je me sens beaucoup mieux maintenant. Il prit une profonde inspiration, se frappa le torse de ses poings : Je suis de nouveau en pleine forme.

– Bravo !

Ils marchèrent un moment en silence, puis Garvix ajouta du coin de la bouche :

– Je vous serais infiniment obligé d'oublier ce petit incident.

– C'est déjà fait, répliqua Gage.

Il se tut, ne trouvant rien d'autre à ajouter et Garvix, soulagé, reprit la tête de la colonne et se remit à lancer des directives d'une voix claironnante.

Gage admira ses talents de comédien. La veille au soir, effondré sur un tas d'aiguilles de pin, dans l'obscurité, cet homme n'était plus rien qu'un gamin hystérique et paniqué qui croyait déjà sentir sur lui l'étreinte glacée de la mort. Maintenant, sous la chaude lumière du soleil, il était redevenu lui-même, avec sa truculence, son exaspérante confiance en soi, bref tout ce qui le rendait odieux. A nouveau il émanait de lui un incurable, un aveugle optimisme. Gage le compara à l'entraîneur d'une équipe de football, et, chose étrange, il ne put s'empêcher d'éprouver pour lui une certaine sympathie.

– Et si vous veniez prendre le petit déjeuner chez nous, Harry, tout à l'heure ? Gladys réussit merveilleusement bien les crêpes, minces comme des dollars d'argent et dorées comme je les aime. Avec un mètre de saucisses et du café en abondance.

– Cela me semble appétissant, fit Gage.

– Malheureusement je ne pourrai pas vous consacrer beaucoup de temps, reprit Garvix jouant à nouveau les importants. J'en aurai pour toute la journée avec ce grand manitou de la SEC. Mais Gladys vous fera visiter les jardins. Et avec un petit sourire de connivence : Cela ne vous déplaira pas, hein ? Un programme attirant, non ? Et avec un rire éclatant : Et vous ne serez pas le premier.

Comme ils marchaient depuis une demi-heure et n'étaient encore arrivés nulle part, Garvix, qui en avait déjà parlé la veille, insista pour grimper à un arbre.

La scène prit un caractère irréel. Garvix, étreignant le tronc noueux et profondément fissuré d'un immense catalpa, essayait de s'y accrocher de ses petits bras trop courts, mais musclés et puissants, dans un grand déploiement de gestes désordonnés et ne parvenait à se hisser que de quelques centimètres au-dessus du sol. Il remit ça à plusieurs reprises, resta suspendu à une branche tel un quartier de bœuf, à quelques pieds, cette fois, au-dessus du sol. Puis il retomba tandis que ses compagnons hurlaient de joie, battaient des mains et lui lançaient encouragements et quolibets.

Le mépris qu'ils lui témoignaient fut pour Garvix un aiguillon. Il se hissa à nouveau à l'arbre tel un ours faisant son numéro dans un cirque, maladroitement suspendu à un trapèze, et s'efforçant en vain de jouer au ballon.

– Que diable espères-tu voir de là-haut ? lui cria Freddy, moqueur.

– L'homme de la SEC l'attendant sur le perron, déclara Gladys avec maussaderie, et tous éclatèrent de rire.

Garvix grommela des injures, puis tendit le bras pour saisir une plus haute branche. Il y parvint et se mit à se balancer dans les airs, à trois ou quatre pieds au-dessus du sol, comme un pendu. Comme il essayait de se hisser péniblement jusqu'à une branche plus haute encore, sa chemise sortit de son pantalon, exposant à la vue de tous sa panse d'un blanc bleuâtre.

Puis on entendit un craquement, la branche lâcha et Garvix tomba sur le sol avec un bruit mat et mou.

Il y resta, les genoux remontés contre la poitrine, se tenant la cheville avec une grimace de douleur. Mais en réalité il ne s'était rien foulé, et rires et quolibets résonnèrent à nouveau dans la forêt. Gladys s'agenouilla à côté de lui, mais il la repoussa brutalement et se préparait à reprendre son escalade. Mais cette fois Gage intervint et ce fut Tom Putney qui s'y lança.

Le jeune assistant s'éleva sans effort le long du tronc, posant une main au-dessus de l'autre, puis se hissa de branche en branche. Sybil Jamison, qui se tenait au pied de l'arbre, regardait avec un plaisir non dissimulé ses cuisses nerveuses et musclées étreindre le tronc. Il grimpa ainsi jusqu'au faîte du catalpa dont les plus hautes branches se mirent à se balancer sous son poids comme un vaste éventail.

– Que vois-tu de là-haut ? lui cria Garvix en mettant ses mains en cornet.

– Rien.

– Rien ? répéta Garvix.

Il paraissait un peu surpris, incrédule aussi, comme persuadé que Tom lui mentait.

– C'est exactement ce qu'il vient de dire, Léo, fit John Bayles qui buvait du petit lait.

– Regarde à l'ouest, lui cria Garvix.

– C'est bien c'que je fais.

– Tu n'aperçois pas la flèche de l'église ?

– Non.

– Bon Dieu… elle doit pourtant y être.

– Regarde dans toutes les directions, Tom, cria Gage à son tour. Tu ne vois vraiment rien ?

Tous se turent tandis que Putney, à quelque cinquante ou soixante pieds au-dessus d'eux, scrutait l'horizon.

– Tu ne vois rien du tout, Tom ? lança Sybil d'une voix haute et claire.

– Rien de rien, fit la voix tombant du ciel. Des arbres, des arbres et encore des arbres.

Un coup de vent passa sur l'endroit où ils se trouvaient. Il fit bruire et chuchoter les feuilles qui semblèrent se répondre à travers la forêt, puis il s'éloigna vers les immenses bois qui s'étendaient au nord. Gage crut sentir une main de glace lui étreindre le cœur.

Rogers, adossé à un arbre, laissa retomber sa tête sur sa poitrine. Il poussa un profond soupir, se mit à marmonner : *La fin sera le commencement… le commencement sera la fin… J'arrive…* et il gloussa doucement, comme pour lui-même.

Vers midi, le petit groupe d'errants – poussiéreux,

haletants, suants – déboucha dans le fond d'un ravin boisé et se laissa tomber sur le sol pour prendre quelque repos. Des pentes abruptes, couvertes d'une épaisse végétation, se dressaient, oppressantes, devant eux. Tous se taisaient. Et tous prirent leur gourde et se désaltérèrent avec avidité. Certains s'étaient étendus sur le dos; d'autres s'étaient accroupis, l'air maussade, d'autres enfin arpentaient le sol humide avec nervosité.

Freddy Jamison, congestionné, s'épongea la nuque de son foulard en loques.

– Un quart d'heure, hein, Léo ? C'est bien ce que tu avais dit ?

– En toute honnêteté, corrigea Bayles d'un ton sarcastique, il avait reconnu qu'il faudrait peut-être une demi-heure.

– Et cela se passait il y a trois heures, rappela Sybil.

– Où sommes-nous ? demanda Ollie d'une voix bêlante. Quelqu'un aurait-il l'obligeance de me le dire ?

– Sur mes terres, déclara Garvix. Nous avons dû dépasser ma maison. Nous allons revenir sur nos pas et nous serons rentrés en moins de temps qu'il n'en faut pour le dire.

Plein d'entrain il irradiait la confiance comme un phare son rayon.

– Alors là, permets-moi d'en douter, riposta Sybil. A dire vrai, j'ai plutôt l'impression que nous sommes sur nos propres terres. N'est-ce pas, Freddy ?

Jamison se contenta de grommeler entre ses dents.

– Vos terres, ricana Garvix.

– Oui, cette fameuse enclave.

– Allons donc ! éructa Garvix. Ce coin de forêt m'appartient.

– Tout appartient à Léo, fit Gladys englobant l'univers d'un large geste du bras. Non seulement tout, mais tout le monde. Nous tous, et la forêt.

Freddy grinça des dents et serra dans son poing ce qui restait de son foulard de soie.

– Qu'est-ce que ça peut foutre que ce coin de terre nous appartienne, à toi ou à nous. Pour moi ce ne sont jamais que des arbres à perte de vue, des souches et des fourrés. Mais comment diable sortir d'ici ? Voilà tout ce qui m'intéresse. Oui, rentrer chez nous et en vitesse. Je meurs de faim et mon ulcère me ronge. Il grimaça de douleur, pesa de ses deux mains couvertes de taches de rousseur sur son estomac et ajouta : Si je n'absorbe pas quelque nourriture…

– C'est vrai, docteur, fit Sybil en se tournant vers Gage. Il faudrait absolument qu'il mange quelque chose.

– Il aura tout ce qu'il lui faut d'ici une heure, fit Garvix. C'est moi qui vous le dis.

– Ah ! il y en a pour une heure, maintenant, Léo ? fit Bayles, plus sarcastique que jamais.

– Ta gueule ! aboya Garvix.

– Oui, il faut absolument, vu son état, que Freddy ait quelque chose à se mettre sous la dent.

– Dans ce cas, fit Gage, je propose que nous nous arrêtions ici un moment. Ce sera bien le diable si nous n'arrivons pas à lui improviser un repas de fortune.

Au cours de la demi-heure qui suivit, ils s'égaillèrent, et firent une nouvelle moisson de mûres sans compter les champignons qui abondaient dans le coin et qui, de l'avis de Sybil et de Gage, étaient parfaitement comestibles. Sybil avait lu, dans un de ses traités de botanique, qu'en faisant bouillir dans de l'eau de l'écorce de sassafras, on obtenait une excellente décoction. Or, dans les bois où ils se trouvaient, le sassafras ne manquait pas. En un rien de temps, ils eurent dépouillé de leur écorce quelques jeunes plants et quelques instants plus tard ils mangeaient champignons crus et baies de ronces arrosés de thé de sassafras bouillant.

Cette décoction, infusée dans les gourdes, avait un fort goût de métal, et quant aux champignons, s'ils étaient parfaitement comestibles ils n'en fleuraient pas moins la terre humide et la résine. Cependant tous burent et mangèrent. Garvix seul refusa d'avaler quoi que ce soit. Il déclara une fois de plus qu'il attendrait pour se restaurer d'être rentré chez lui, c'est-à-dire dans une heure au plus tard. Et c'est avec un sourire condescendant qu'il les regarda absorber ces frugales nourritures.

Au cours de ce modeste déjeuner, Sybil ne cessa pas de bavarder et de s'extasier. Elle se sentait brusquement importante et utile. Sa connaissance des ressources qu'offraient ces bois la rehaussait à ses propres yeux. Telle une lionne veillant sur ses lionceaux, elle alimentait le feu sur lequel bouillait l'écorce de sassafras, donnait à chacun des conseils sur la manière d'ingérer champignons et baies pour en tirer le maximum de bienfaits, le tout accompagné de considérations sur la technique à employer pour survivre en forêt lorsqu'on s'y égare. Mais à peine avait-elle fini de manger, qu'elle se leva brusquement, le visage convulsé.

– Ça ne va pas ? lui demanda Gage qui déjà s'approchait d'elle.

Son mouchoir pressé contre sa bouche, elle l'écarta d'un geste de la main, fila en toute hâte dans les fourrés tandis que ses compagnons, consternés, s'efforçaient de ne pas entendre les efforts qu'elle faisait pour vomir.

Peu de temps après, ils se remirent en route et gravirent la pente escarpée du ravin. Une ascension exténuante sous le soleil à son zénith. Comme l'avait suggéré Garvix, ils revenaient sur leurs pas. De légers et floconneux nuages passaient au-dessus d'eux tandis qu'ils se frayaient un chemin et remontaient péniblement la pente

Ils débouchèrent dans un sous-bois d'un caractère tout différent, rude et semé d'embûches. Les pentes étaient abruptes et rocheuses. Le granit affleurait de toutes parts sous forme de larges dalles ou de saillants qu'il fallait contourner. Les frondaisons mêmes se faisaient moins aimables, devenaient plus épaisses et plus grossières. Et à la douce lumière qui avait jusque-là baigné ces sous-bois avait succédé un jour verdâtre et glauque étrangement inhospitalier.

De hauts et sombres conifères se dressaient devant eux jusqu'au sommet d'une éminence et brusquement le soleil disparut. Dans un terrain détrempé se dressaient d'énormes chênes aux flottantes draperies de mousses. Des épicéas, vieux de plusieurs siècles, les dominaient de toute leur hauteur. Immenses, ils cachaient jusqu'à la vue du ciel. A leur ombre d'autres arbres ne pouvaient pousser. Ils restaient nains et leurs moignons étaient recouverts d'un épais lichen.

Ils continuaient d'avancer. Sous leurs pas, une terre noire et spongieuse faisait un bruit de succion. De merveilleuses orchidées sauvages poussaient à profusion sur ce sol humide, comme si elles y avaient été jetées en pluie de toute éternité. Elles jaillissaient de ce riche humus et des souches pourrissantes, et l'on ne percevait d'autre bruit que le bourdonnement des abeilles et des libellules qui les butinaient. Ce lieu semblait dormir comme sous la baguette d'un enchanteur. Quel mage, quelle sorcière régnait sur cette immense forêt ?

Comme ils s'y enfonçaient toujours davantage, Gage, le cœur serré, eut la brusque certitude que jamais leurs pas ne les avaient menés jusque-là.

13

Léo Garvix, en tête de colonne, accéléra le pas. Il semblait éprouver un certain soulagement à distancer ses compagnons et ses lèvres remuaient furieusement tandis qu'il peinait et fonçait entre les fûts élancés et les hautes molènes.

Les jeunes plants étaient en cette partie de la forêt si nombreux et si serrés qu'ils faisaient penser aux innombrables barreaux d'une immense cage. Garvix avançait rapidement, comme poussé par un mobile impératif. A un moment donné, une branche qu'il avait violemment repoussée revint sur elle-même comme un ressort et vint le frapper au-dessus de l'œil. Il saisit le jeune arbre à sa base et tenta de le déraciner, de l'arracher à la terre, mais il n'y parvint pas, et il se contenta de menacer du poing la branche qui l'avait frappé. « Salope ! s'exclama-t-il avec rage. Salope ! Salope ! Salo... » Cette litanie mourut sur ses lèvres et il repartit de l'avant en continuant de brandir les poings, tel un boxeur s'exerçant dans un gymnase.

Tom Putney avançait péniblement, chancelant sous le poids de l'arpenteur. Au cours de la trentaine d'heures qui venaient de s'écouler, il n'avait pour ainsi dire pas cessé de se tenir au côté de Rogers. Mais il lui était de plus en plus difficile de le soutenir et de le diriger dans ces taillis trop touffus et entre les arbres trop rapprochés. Il butait, chancelait et deux taches de sueur transperçaient sa chemise à la hauteur des omoplates.

A un moment donné, alors qu'il tentait de lui faire

contourner un haut rocher, Rogers lui échappa et s'écroula sur le sol.

– *9 degrés... 30 minutes... ouest-sud-ouest...*

Chiffres et mots tombaient des lèvres de l'arpenteur dans un mélange d'haleine âcre et d'écume. Putney dévissa sa gourde, s'agenouilla à côté du vieil homme.

– Tenez, buvez, dit-il.

Il prit dans le creux de son bras la tête de Rogers et tenta de lui faire avaler quelques gouttes de liquide, mais l'eau coula le long du menton de l'arpenteur et se répandit en ruisselets sur sa chemise. Putney jura entre ses dents et s'efforça de glisser le goulot de la gourde entre les lèvres desséchées de Rogers, en disant :

– Buvez, pour l'amour du ciel

– *6 perches... 3 chaînes...*

– Par le Christ ! s'exclama Putney, exaspéré.

Il s'épongea le front d'un geste rageur, regarda désespérément autour de lui dans l'espoir d'apercevoir Garvix, toujours en tête de colonne.

– Levez-vous, bon Dieu ! fit-il en serrant les dents et les poings. Levez-vous, je vous dis ! et il foudroya du regard le grand corps qui gisait à ses pieds.

– *7 perches... 9 chaînes... 6 minutes...*

L'espace d'un instant, un sourire vide et niais passa comme une ombre sur les traits figés de l'arpenteur.

Putney qui s'était relevé leva le poing au-dessus de la tête du vieil homme, mais il s'arrêta à temps. Il resta là, tremblant de rage, comme retenu par une force invisible.

– Oh ! et puis merde !...

Il pivota sur lui-même, tel un homme frappé par une balle, saisit Rogers par les revers de sa veste de toile, puis le releva brutalement. Mais les jambes du vieil homme se dérobaient sous lui, inertes et molles, semblables à celles d'une poupée de son.

Le jeune assistant tendit le cou et, saisi de panique, chercha entre les arbres la silhouette de Garvix, encore visible dans le lointain grâce à sa chemise d'un rouge vif.

– Hé… attendez-moi ! cria-t-il, et il reprit sa marche en avant, traînant péniblement la poupée de son grandeur nature.

Sybil Jamison les suivait d'assez près. Seule, l'air absent, elle marchait dans ce sous-bois avec une élégance incongrue. Elle avait cueilli une orchidée sauvage qu'elle planta dans ses cheveux. La brève et mortifiante nausée dont elle avait été victime une heure auparavant s'était dissipée, et d'une démarche aérienne, elle évitait, tel un gracieux échassier, souches et branches mortes.

Le docteur Harry Gage s'arrêta pour cueillir une fleur sauvage. Il l'examina un instant avec sa loupe de poche et décida que ce devait être un millepertuis, ou herbe de la Saint-Jean. Il prit dans son portefeuille une petite enveloppe de Cellophane, pleine déjà d'une douzaine d'autres spécimens, remit l'enveloppe dans son portefeuille et reprit sa marche.

Gladys Garvix le suivait à une certaine distance Elle ne le voyait pas mais savait néanmoins qu'il la précédait.

– Où diable êtes-vous ? cria-t-elle non à lui en particulier, mais à qui voulait bien l'entendre.

– Ici, cria Gage par-dessus son épaule.

Il la vit avant qu'elle le vît. Elle fit encore quelques pas, l'aperçut, lui fit un signe de la main et se dirigea vers lui.

Freddy Jamison s'arrêta pour s'éponger le front à l'aide de son foulard déchiré et crasseux, qui, tel un vieux pansement souillé, lui pendait autour du cou.

Il avait accroché aux épines une des manches de sa chemise de fine soie italienne. Elle pendait en lambeaux à son poignet et le pan de ladite chemise, sorti de son pantalon, lui battait les flancs. Tout en avançant il se massait l'estomac que son ulcère, telle une bête avide, rongeait sans merci.

Un taon se posa sur sa nuque et il l'écrasa de la main en s'écriant : « Je t'ai eue, sale bête ! » Et l'air triomphant, il prit entre ses deux doigts la bouillie verdâtre de ce qui avait été un taon.

De quelque part en avant d'eux la voix de Garvix tonna :

– Avancez ! Remuez-vous, bon Dieu ! Vous vous traînez comme des larves !

– Ta gueule, sale bouledogue, marmonna Freddy tout en réduisant le taon en poussière entre le pouce et l'index. Puis il hâta le pas en direction de Garvix, le pan de sa chemise de soie voletant derrière lui.

Ollie Gelston emprunta un étroit sentier à peine visible où elle avait aperçu Freddy Jamison un instant auparavant. Il y avait dans sa démarche quelque chose d'harassé et de furtif, et elle ne cessait de regarder par-dessus son épaule comme si elle craignait d'être poursuivie. Brusquement elle s'arrêta et regarda fixement devant elle, un peu sur la droite. Elle devait avoir vu quelque chose qui l'avait clouée sur place et sur quoi elle se concentrait. Comme pétrifiée, elle resta absolument immobile dans l'attitude à la fois tendue et gracieuse d'un chien d'arrêt. Puis elle tendit lentement le bras, en un geste large mais hésitant, vers le point qui la fascinait et allongea la main comme pour le toucher.

John Bayles qui émergeait d'un fourré la surprit dans cette position et s'arrêta pile lui aussi.

– Que diable ?…

– Oh !… s'exclama-t-elle en se tournant brusquement vers lui, l'air terrifié.

– Que se passe-t-il ? Et comme elle ne semblait pas comprendre sa question, il répéta : Ollie, que se passe-t-il ? Que regardes-tu si intensément ?

– Moi ? Je regarde ?…

– Oui, tu regardais quelque chose, là.

Elle tourna les yeux vers l'endroit qu'il indiquait… l'air à la fois étrange et pétrifié.

– Là ? fit-elle.

– Oui, là, et il continua de lui indiquer l'endroit du doigt.

Elle reprit son air furtif et dissimulé, comme si elle gardait pour elle quelque mystérieux et délicieux secret.

– Là ?... Oh ! il n'y a rien ! Rien du tout.

Elle prononça ces mots d'une voix enfantine, puis se mit à courir en riant pour rejoindre les autres, Bayles sur ses talons.

Garvix, toujours en tête, continuait de se frayer bruyamment un chemin à travers taillis et fourrés, Freddy Jamison droit derrière lui.

– Ne me suis pas de si près, bon Dieu, aboya Garvix par-dessus son épaule.

– Tu ne fais que nous dire de nous presser.

– C'est la deuxième fois que tu me marches sur les talons. Si tu remets ça, imbécile, je t'enroule autour d'un arbre.

– Tu nous as dit de nous presser, grogna Jamison, et par Dieu c'est ce que je fais.

Tom Putney continuait d'avancer, mais il chancelait sous son fardeau. Rogers semblait à moitié éveillé bien que toujours inconscient. Il faisait machinalement marcher ses jambes, plutôt par instinct que par raisonnement. De temps à autre, appuyé contre son jeune assistant, il baissait, puis relevait la tête, et son regard vide se portait vers le faîte des arbres. On aurait dit un ivrogne qu'on arrache aux délices d'une taverne pour le ramener chez lui.

Sybil Jamison serrait Tom de près, sous prétexte de le soulager de son fardeau.

– Ça suffit maintenant, fit-il en se retournant et en lui lançant un regard furieux.

Il avait la nuque violacée et des taches de sueur s'agrandissaient sur ses omoplates.

– Mais, petit, je ne cherche qu'à t'aider.

– J'ai pas besoin de votre aide ! Comme si je savais pas où vous voulez en venir !

Rogers gémit et glissa légèrement sur l'épaule de son jeune assistant. Au prix d'un immense effort, Putney parvint à l'appuyer sur son autre épaule.

– Je voulais simplement t'aider, reprit Sybil d'un ton implorant en se rapprochant à nouveau de Tom.

– Encore une fois, ça suffit.

– Je ne fais que te frôler.

– Je le sais bien que vous me frôlez. Mais j'aime pas que vous me frôliez à cet endroit-là.

– Hier, ça te plaisait, et elle lui adressa le sourire hardi et entendu d'une femme qui cherche à séduire.

– Bouclez-la ! Parlez plus de ça ! Et indiquant de la tête l'arpenteur : Il pourrait vous entendre.

– Dis-le quand même qu'hier ça t'a plu.

– Hier c'était hier ! s'exclama Tom qui écumait de rage. Maintenant, par le Christ, rien que d'y penser ça me fait mal au ventre ! et il entraîna brutalement Rogers.

– Voyons, petit, fit-elle d'une voix rauque pleine de reproche, et à nouveau elle le frôla.

Il se retourna si brusquement que pendant un instant, Rogers perdit l'équilibre, puis il se remit à marcher, traînant les pieds et marmonnant entre ses dents.

– Assez, que je vous dis !... Faut pas croire !... Il voit tout ce que vous faites.

– Ne fais pas l'idiot ! Il ne voit rien du tout.

Elle lui sourit et tendit vers lui une main hésitante comme quelqu'un qui s'apprête à caresser un chien méchant.

Tom la menaça du poing.

– Si vous ne cessez pas, mon poing vous l'aurez sur la gueule ! Et il ajouta sans beaucoup de conviction : C'est moi qui vous le dis !

Rogers gémit sourdement et une fois de plus la voix de Garvix tonna en tête de colonne. Ils écoutèrent cette voix rude se répercuter d'une colline à l'autre, puis Putney dit en se tournant vers Sybil :

– Retournez auprès de vot'mari. Vot'place est à côté de lui.

Il tendit l'oreille, puis partit dans la direction d'où leur parvenait la voix de Garvix, Sybil sur ses talons.

Gladys Garvix surgit d'un fourré où elle se dissimulait et arriva à l'endroit même que Sybil et Tom venaient de quitter. Elle les suivit du regard, et perçut la voix plaintive de Sybil qui répétait sans se lasser : « Tom… Tom… Oh Tom… »

De plus loin encore lui parvint celle de Garvix qui bramait comme un cerf. Les poings aux hanches, les jambes écartées, elle renversa la tête en arrière et lança vers le ciel pâle, vide et indifférent, de sonores éclats de rire.

– Il me semble que j'entends rire quelqu'un, fit John Bayles qui tendit son long cou bronzé et tanné pour scruter les épais taillis.

– Rire ? répéta Ollie qui peinait derrière lui.

– On dirait Gladys. Je crois avoir aperçu son chemisier il y a un instant.

– Ah ! fit-elle, l'air absent.

– Tu te sens bien ? demanda-t-il, vaguement inquiet.

– Moi ? Bien, très bien, même.

Elle le dépassa et il la suivit sans mot dire.

– Tu sais ce que je crois ? lui lança-t-elle par-dessus son épaule.

– Quoi donc ?

– Je crois qu'Albert nous en veut. Nous l'avons irrité en nous dressant les uns contre les autres et maintenant il se venge. Il fait semblant d'être malade pour nous laisser nous perdre dans cette forêt. Et tout ça parce que…

– Ollie !…

Elle se tourna vers lui, le visage blême et les lèvres tremblantes.

– Au nom du ciel, de quoi parles-tu ? reprit-il. Tu déraillles !

Elle laissa tomber son masque de défi, leva sur lui des yeux emplis d'angoisse, puis dit d'une voix implorante :

– On devrait bientôt émerger de ces bois… tu ne crois pas ?

– Mais oui, fit-il en détournant les yeux, incapable de soutenir son regard. Mais oui, on va bientôt en sortir.

Ils reprirent leur pénible marche. Bayles luttait contre la pitié qui l'envahissait. Une pitié mêlée de mépris pour cette femme-enfant. Pour ce pauvre être pitoyable et sans défense qui se mit à gémir.

– Ollie ? Qu'est-ce qu'il y a encore ?

– Rien, murmura-t-elle. Rien… si ce n'est que…

– Que quoi ?

– Qu'il m'est arrivé quelque chose…

– A toi ?

– Oui, et comme ils gravissaient une pente, elle se pencha en avant. Je sens comme des vagues… des vagues qui me submergent.

– Ollie…

– Et puis j'éprouve ce besoin…

– Le besoin de quoi faire ? fit Bayles qui s'arrêta et se pencha vers elle.

Du sommet de la colline leur parvint la voix de Garvix qui criait : « Allez ! Avancez ! Mettez-en un coup ! »

Ils se remirent à gravir la pente, peinant, s'appliquant, comme réconciliés avec leur sort.

– Ce besoin, reprit Bayles au bout d'un moment, quel est-il ? En quoi consiste-t-il ?

– J'éprouve le besoin irrésistible de courir, fit-elle en tournant la tête de gauche et de droite.

– De courir ?

– Oui, de courir, et elle sourit.

– Où ça ?

– Par là, et toujours souriante, elle embrassa le paysage d'un geste large du bras.

– Mais où exactement ? demanda Bayles que la vue de ces fourrés étouffants qui s'allongeaient à perte de vue accablait.

– N'importe où. Je voudrais courir à travers la forêt sans jamais m'arrêter.

Il grommela quelques mots inintelligibles et elle continua d'avancer sans l'entendre, l'air absent et la démarche raide d'une somnambule. Puis elle dit soudain :

– Cette nuit, j'ai rêvé que je mourais.

– Voyons, Ollie !...

– Je me voyais couchée sur le dos dans une clairière déserte. Le vent soulevait ma jupe...

– Pour l'amour du ciel !...

– Des mouches couraient sur mon visage. Vermine, petits rongeurs, vers de terre m'assaillaient. Je me sentais en état de putréfaction et la puanteur...

– Assez ! fit Bayles d'une voix forte, mais tremblante.

– Et je me suis dit qu'on allait me trouver dans cet état. La honte, la gêne que j'en éprouverais... J'en étais mortifiée d'avance. C'est Malty qui m'a découverte et...

– Ollie... tu veux bien m'écouter ?...

– Et tu sais ce que je me demande maintenant, John ? reprit-elle, ne pouvant s'arracher à cette atroce vision. Je me demande quel péché j'ai commis pour que Dieu juge nécessaire de me faire subir une telle humiliation.

– Tu n'as commis aucun péché, Ollie, fit Bayles plein de compassion. Et tu n'as aucune raison de te sentir humiliée, mon petit. Personne ne cherche à t'humilier.

– J'ai toujours cherché à être une bonne chrétienne. A écouter Sa parole et à suivre Ses commandements. Alors pourquoi ? reprit-elle, inconsolable, sans écouter un mot de ce qu'il lui disait. Pourquoi ?... et il y eut dans sa voix comme de la rancœur, pourquoi suis-je plus craintive que les autres qui... ne croient pas en Lui ? Qui n'écoutent pas Sa parole et ne suivent pas Ses commandements ? Pourquoi sont-ils plus forts et plus courageux que moi ?

– Ils ne le sont pas.

– Oh ! si ! Je le vois bien. Gladys, Sybil, tous, enfin...

– Foutaise, fit Bayles chez qui la pitié cédait la place à l'impatience.

– Est-ce que ça ne devrait pas être le contraire ?

– Le contraire de quoi ? demanda-t-il, ahuri. De quoi diable parles-tu ?

– Dans les périodes de calamités, ce sont les hérétiques qui tremblent et se cachent, non ? Alors que nous, les croyants, devrions trouver en nous-mêmes d'inépuisables sources de forces ? Elle eut un petit rire qui sonna si vide, si désolé que Bayles en eut froid dans le dos. Quelle injustice… quelle ironie !… Moi la croyante, la pratiquante… et, à nouveau, elle émit ce petit rire inquiétant. Me traîner ainsi dans ces bois… Trembler ainsi pour mon âme… ma malheureuse petite âme de lièvre effaré… Lutter contre le désir irrésistible de courir…

Bayles la prit dans ses bras. Elle se blottit contre sa poitrine, son corps frêle tout secoué de sanglots.

– Ollie… Ollie…

– Tu ne me laisseras pas…

– Non, non, bien sûr que non.

– Quelque chose me pousse… me pousse…

– Ne te tourmente pas. Je ne te laisserai pas partir, et il lui caressa maladroitement les cheveux.

– Serre-moi… serre-moi fort.

Ils furent soudain saisis, tous les deux, d'un incoercible tremblement. Un tremblement qui semblait monter du sol même, comme si la terre tout entière tremblait sous eux. Ils se raccrochèrent l'un à l'autre telles les dernières feuilles d'un arbre qui, prises dans une tempête à l'automne, se raccrochent désespérément à leur branche. Puis Bayles perçut le cliquetis assourdi de dés qu'on jette au hasard et il se rendit brusquement compte que quelqu'un claquait des dents. Mais il n'aurait pu dire si c'était elle ou lui.

Quand la terreur s'empara-t-elle de lui ? Un mille, quelques milles plus tôt ? Ils avançaient péniblement dans un étroit défilé. La tache rouge que faisait la chemise de Garvix, où s'étalaient, telles de monstrueuses fleurs, des taches de sueur, flottait devant lui telle une voile gonflée par le vent. Les autres suivaient, maussade et furieuse petite procession tirée par une invisible laisse que tenait celui qui les précédait.

Un nuage passa soudain devant le soleil. L'espace d'un instant le monde s'assombrit, puis le soleil se remit à briller avec plus d'intensité encore. Ils passèrent ainsi de l'ombre à la lumière. D'un coin de forêt, sombre et humide, aux troncs mangés de lichen, au sol spongieux d'où montait une âcre puanteur, ils parvinrent soudain à un plateau ensoleillé à la végétation moins touffue, aux arbres plus espacés et ils eurent l'impression de changer d'univers.

Bayles ne quittait pas des yeux une lointaine rangée de collines. Il lui semblait trouver, dans leur configuration même, quelque chose de familier. Du moins c'est ce qu'il pensait jusqu'au moment où la lumière changea. A chaque pas qu'il faisait la silhouette de ces collines, vue d'un angle différent, lui apparaissait sous un autre jour. Les points de repère qu'il s'était fixés, ces hautes collines qu'il n'avait pas quittées des yeux, révélèrent à leur pied une vallée ensoleillée qui lui était totalement étrangère.

Il se surprit à tourner sur lui-même comme un toton, à regarder un arbre, puis un autre, à fixer le soleil dont les rayons obliques emplissaient cette vallée d'une triste lumière jaunâtre. Son front se couvrit de gouttes d'une sueur glacée et il comprit qu'ils étaient perdus. Définitivement et irrémédiablement perdus.

Il savait pertinemment n'avoir jamais vu l'endroit où il se trouvait. Il savait également qu'ils étaient à des milles de la direction qu'ils auraient dû prendre et que leur seul espoir était qu'Albert Rogers retrouve ses sens et les remette dans la bonne voie. Mais il avait l'atroce certitude qu'une telle éventualité était des plus improbables. Ils pouvaient évidemment tomber par hasard sur… disons un camp de bûcherons, une ancienne piste à demi effacée, mais encore visible, sur un chemin de terre, même… bref quelque vestige de civilisation qui les ramènerait à leur point de départ. Mais John connaissait assez ces bois – dans toute leur froide et hostile immensité – pour savoir que cette possibilité était également des plus improbables. La pensée lui vint qu'ils allaient indubitablement à leur perte. Il pensa à la bande de rats couinant et trottinant que le petit Joueur de Flûte entraîne à sa suite vers des lieux déserts et inconnus. Ils iraient ainsi jusqu'au bout de la terre et plus jamais on n'entendrait parler d'eux.

Il laissa errer son regard sur ces bois profonds, hostiles, impénétrables qui semblaient sans issue. C'est alors que, pour la première fois, il fut pris de panique. Le soleil lui écorchait la nuque. Ses jambes se dérobaient sous lui et il éprouva soudain une délirante brûlure à l'aine… Enfant déjà il avait ressenti de façon aiguë cette brusque et inquiétante chaleur à l'aine… comparable à celle qui précède le coït.

Il se revit, enfant, se réveiller en pleine obscurité d'un sommeil agité. Des entrailles de la vaste et sombre demeure où aucune lumière ne brillait, un infernal tintamarre montait jusqu'à lui, fait de coups de gong ou de cymbales violemment frappés par quelque invisible chaudronnier. Puis soudain les lumières s'allument. Il entend devant sa porte des pas furtifs. Puis il se tient, recroquevillé sur lui-même, tel un minuscule fantôme, en haut de l'escalier, claquant des dents, tendant l'oreille aux injonctions tantôt sévères, tantôt apaisantes qui lui parviennent, assourdies, à travers les murs.

Le petit garçon dévale un escalier qui lui paraît sans fin et débouche au cœur de cet enfer qu'est devenue la cuisine, où un être déchaîné, inconnu de lui, perché sur un haut tabouret, roule les yeux. Cette créature brandit une lourde louche de fonte et l'abat, produisant un bruit assourdissant, sur une longue rangée de casseroles de cuivre.

L'être juché sur le tabouret frappe ces casseroles les unes après les autres, le regard curieusement fixe, tel un joueur de tympanon soudain saisi de folie. Ses yeux égarés qui roulent dans leurs orbites tombent sur le petit garçon blotti dans un coin, et c'est à l'instant où leurs regards se rencontrent que l'enfant ressent cette étrange chaleur entre les jambes.

Sa mère et quelques servantes tournent autour du haut tabouret, tels des chiens qui traquent un ours.

Ce fut la dernière fois qu'il vit son père vivant.

14

Vers le milieu de l'après-midi, ils firent demi-tour et revinrent sur leurs pas. Comme le suggérait Garvix ils s'engagèrent sur la piste qu'ils avaient suivie, la perdirent et se mirent à errer à la recherche du sentier qu'ils avaient emprunté vers midi.

Ils en trouvèrent un autre que Garvix prétendit connaître. Ils accueillirent cette déclaration avec scepticisme, mais Garvix manifestait un tel enthousiasme qu'aucun d'eux n'eut à cœur d'en discuter avec lui. Ils avancèrent ainsi péniblement le long d'une sente à peine tracée, pendant près d'une demi-heure. Et soudain se dressa devant Garvix un arbre au tronc duquel était noué un galon rouge vif. Ce fut pour eux comme un phare, un poteau indicateur.

– Ouais, c'est bien un de ceux qu'on a marqués hier, déclara Tom Putney qui surgit à ce moment-là, un drôle de petit sourire aux lèvres.

– Vous voyez bien ! s'écria Garvix rayonnant de joie et de fierté.

Il avait tout d'un suspect qu'on vient de reconnaître innocent. Ce tronc marqué prouvait de façon évidente qu'ils se trouvaient bien à l'intérieur de leurs bornages, qu'ils étaient tombés sur une piste qui les ramènerait chez eux. Garvix ne s'était donc pas trompé. Leur méfiance se dissipa, et tous le regardèrent avec reconnaissance. Seul John Bayles, et il se reprocha ce sentiment mesquin, éprouva une certaine déception à voir Garvix regagner la confiance de ses compagnons.

Ils repartirent de l'avant. La chance leur souriait enfin. Le temps s'était lui aussi montré clément. Le soleil, encore dans tout son éclat commençait de décliner à l'ouest et dans le ciel d'un bleu d'émail on distinguait un minuscule croissant de lune. Ils peinaient, certes, mais ne souffraient plus de la chaleur. Une légère brise soufflait à travers la forêt. Ils bavardaient, se taquinaient, riaient à propos de tout et de rien et faisaient déjà des plans pour le dîner et la soirée.

– Je ne peux plus attendre le moment de me plonger dans un bain chaud, déclara Freddy Jamison. Avec à portée de la main un cruchon de martini.

– Tu me feras une petite place dans ta baignoire, chéri, lui dit Sybil. Je n'ai pas l'intention d'attendre que tu en sortes !

Tous gloussèrent de rire en évoquant le tableau qu'offriraient Freddy et Sybil trempant ensemble dans un bain chaud, des martinis à portée de main.

Pendant un moment l'animosité qui les avait dressés les uns contre les autres se dissipa et ils éprouvèrent ce sentiment chaleureux des gens qui ont subi ensemble une épreuve.

Mais bientôt, bavardages, rires, plaisanteries se firent plus rares, puis cessèrent complètement. Ils ne se rendirent même pas compte du silence qui était tombé sur eux. Le cruel plaisir qu'ils avaient pris la veille à se déchirer les uns les autres avait perdu pour eux tout attrait. Ils avançaient machinalement, péniblement, avec résignation. Ils ne demandaient qu'une chose, rentrer chez eux, et espéraient apercevoir, d'un instant à l'autre, les trois tourelles du manoir de Garvix.

A plusieurs reprises, au cours de l'après-midi, Garvix ordonna une halte et demanda à Tom Putney de grimper au sommet de l'arbre le plus haut pour tâcher de les repérer.

– Tu vois quelque chose ? lui criait-il de sa voix de stentor.

– Rien de rien, répondait Tom qui redescendait de son perchoir, haletant, les lèvres pâlies, ses côtes soulevées par l'effort qu'il venait de donner et par le fardeau qu'il traînait avec lui.

– Pourquoi ne laisses-tu pas quelqu'un d'autre se charger de lui ? demanda Sybil en voyant le jeune assistant se baisser pour soulever à nouveau l'arpenteur.

– Je ne demande que ça, fit Gage en faisant un pas en avant mais Putney l'écarta de la main et s'appropria Rogers comme s'il s'agissait d'un objet de prix.

– Je m'charge de lui, je vous dis. C'est moi qui en ai la responsabilité.

Il parlait d'une voix aiguë, tendue. Gage comprit que le jeune assistant était à bout de force, mais ne se donna pas la peine d'insister comme il l'avait fait auparavant à plusieurs reprises.

Ils se remirent en route. Au cours des heures qui suivirent, Putney grimpa à nouveau au faîte de plusieurs hauts arbres tandis que les autres l'attendaient sans se plaindre. Mais pas une fois Tom n'aperçut la flèche de l'église ou les trois tours de la résidence de Garvix. Il dégringolait de l'arbre sans dire mot, et sans dire mot tous reprenaient leur pénible marche.

Chose curieuse, aucun d'eux ne semblait mettre en doute les assertions de Garvix. Freddy, Gladys, John Bayles lui-même avaient cessé de lui lancer des piques et des quolibets bien qu'aucune de ses promesses ne se fût jusque-là réalisée. Ces promesses, il les leur faisait avec une telle conviction, une telle assurance que les mettre en doute leur aurait paru ingrat et même grossier. Et bien entendu aucun d'eux ne lui disputait le rôle de chef qu'il s'était attribué. Spécialement après l'épisode de l'arbre cerclé de rouge. Car pour mettre en doute ses qualités de chef – lui lancer un véritable défi – il aurait fallu avoir quelque chose de positif à proposer, une nouvelle direction à prendre, une nouvelle manière de résoudre leurs difficultés. Et cela, aucun d'eux ne s'en sentait capable. Pas même Bayles qui, dès le début, avait douté du bien-fondé des assertions de Garvix, puis s'était rendu compte que ce dernier s'était complètement fourvoyé. Aucun différend ne s'éleva cet après-midi-là. Comme si par un accord tacite ils avaient signé un pacte, ou décidé d'observer une trêve. « Laissons Léo en faire à sa tête, se disaient-ils sans doute. Le galon rouge noué autour du tronc de l'arbre lui avait au moins rapporté cela. On verra bien… »

Peu après quatre heures, cet après-midi-là, un cri s'éleva. Presque immédiatement – ils étaient à ce moment-là assez proches les uns des autres – tous se précipitèrent vers l'endroit d'où avait jailli ce cri. Ollie Geslton, penchée sur une masse informe, se tordait les mains. Cette masse était faite du corps affaissé et distordu d'Albert Rogers qui avait entraîné dans sa chute Tom Putney, et celui-ci, littéralement écrasé sous le poids énorme de l'arpenteur, semblait évanoui.

Un tableau qui eût été comique s'il n'avait été aussi lamentable. Putney, blanc comme un linge, les yeux clos, ses paupières frémissant comme des ailes de papillon, les bras en croix tel un crucifié, gisait sous la masse inerte de l'arpenteur.

Rogers était couché sur le ventre, en travers de Putney tombé sous lui. Ils avaient dû s'écrouler comme des dominos. Puis Rogers roula sur lui-même, le visage tourné vers le ciel. Sa poitrine se soulevait convulsivement. On aurait dit qu'un oiseau sauvage y était enfermé et se débattait désespérément pour se libérer. Ses yeux grands ouverts fixaient le soleil qui déclinait à l'horizon. Une bouffée d'une haleine aigre s'échappa de sa bouche à la mâchoire tombante où remuait sa langue desséchée. Il s'efforça visiblement de parler mais seuls quelques mots incompréhensibles, mêlés de bave, sortirent de sa bouche, tandis qu'un râle affreux lui déchirait la gorge.

Ils délivrèrent le pauvre Tom Putney, toujours inconscient, du fardeau qu'était pour lui Rogers qu'ils adossèrent à un arbre. Gage examina d'abord le vieil homme, puis se tourna vivement vers Putney. Au bout d'un instant il leva les yeux sur ses compagnons qui, disposés autour de lui en demi-cercle, attendaient son verdict.

– Je crains bien qu'il ne puisse plus continuer.

– Qui ça ? aboya Jamison. Qui donc ne peut plus avancer ?

– Tom, imbécile ! lui lança Sybil.

– Non, ce garçon ne va pas tarder à revenir à lui, mais Rogers..., fit Gage qui tamponnait le visage de Putney avec un mouchoir humide.

– Rogers n'a rien de grave, affirma Sybil. Il est un peu patraque, voilà tout.

– C'est un homme d'une force peu commune, murmura Ollie Gelston.

– Ça, tu peux le dire, renchérit Sybil. Je suis sûre que demain matin, il se réveillera en pleine forme.

Elle parlait d'une voix aiguë et d'un ton accusateur.

– Qu'il aille se faire foutre ! siffla Bayles entre ses dents.

Il lança au vieil homme un regard de mépris et s'écarta de lui.

15

Ils décidèrent de camper là pour la nuit. Ils n'avaient d'ailleurs pas le choix. Ils s'y résignèrent sans trop rechigner, bien décidés à arriver chez Garvix le lendemain matin à la première heure. Garvix, leur rappelant le tronc ceinturé de rouge, leur affirma qu'ils n'étaient plus maintenant qu'à environ deux milles de chez lui.

Ils se préoccupèrent ensuite de leur dîner. Ils n'avaient d'ailleurs pas grand-chose d'autre à faire. Une fois de plus, ce fut grâce à Sybil Jamison qu'ils eurent quelque chose à se mettre sous la dent. Les tournesols sauvages poussaient en abondance dans ce coin de forêt. Le cœur, leur expliqua-t-elle, était comestible. On les appelait d'ailleurs artichauts de Jérusalem. Une fois bouillis puis écrasés, ils rappelaient un peu la purée de pommes de terre.

Après en avoir cueilli une brassée, elle les prépara selon ce procédé et les servit dans les gobelets des gourdes, accompagnés de thé de sassafras et des sempiternelles baies de ronces. Vu le petit incident de midi, ils renoncèrent d'un commun accord aux champignons.

Ils mangèrent dans un silence presque total que seul rompait le heurt des gobelets de métal contre les gourdes. Déjà le crépuscule envahissait la clairière où un feu de camp crépitait gaiement.

Sybil se montrait moins exubérante que la veille au soir. Le plaisir qu'elle prenait à être à la fois leur diététicienne et leur animatrice avait perdu de son attrait. Mais elle fit néanmoins un effort. Alors que ses compagnons mâchaient sans enthousiasme leur purée d'artichauts de Jérusalem et avalaient leur fade décoction de sassafras, elle ne cessa de bavarder.

– Alors que pensez-vous du repas que je vous ai improvisé ? demanda-t-elle en se tournant pleine d'entrain vers ses compagnons, et comme aucun d'eux ne partageait son enthousiasme elle dit, s'adressant à son mari :

– Et toi, chéri, qu'en penses-tu ?

– Merveilleux, fit-il en ingurgitant bien à contrecœur cette peu ragoûtante purée.

– Cela a au moins le mérite de calmer ton ulcère.

– Laisse mon ulcère tranquille.

– Il n'y a vraiment pas de quoi prendre la mouche. Et ce que nous mangeons là est très nourrissant. Et toi, Léo, qu'en penses-tu ?

Garvix avait enfin consenti à rompre son jeûne en avalant cette purée de cœurs de tournesols. Il leva les yeux, l'air surpris, un peu de purée collée à sa lèvre supérieure.

– Ce que je pense de quoi ?

– De ce dîner improvisé ? fit Sybil d'un ton engageant.

Pour toute réponse, Garvix se contenta de grommeler et d'éructer. Puis se penchant sur son gobelet, il en gratta le fond avec un appétit qu'elle trouva plutôt flatteur.

– Moi je trouve que cela a bon goût, fit Gage avec gentillesse, mais son enthousiasme n'éveilla aucun écho, car le découragement s'était emparé de tous, et même de Sybil.

John Bayles mangea à peine, Ollie Gelston, rien du tout. A nouveau elle gardait les yeux fixés sur un point bien déterminé. Elle donnait l'impression de regarder quelque chose qu'elle seule pouvait voir, quelque chose qui la fascinait.

Gladys Garvix s'était installée un peu en dehors du cercle de lumière projeté par le feu, à côté de Rogers, adossé à un arbre. Gage la regarda enfourner dans la bouche de l'arpenteur de petites cuillerées de cette purée. La plus grande partie lui coulait sur le menton. Elle l'essuyait alors soigneusement avec un mouchoir humide, puis recommençait.

C'est un curieux spectacle, se dit-il, de la voir donner la becquée et essuyer le menton de l'arpenteur, telle une mère prodiguant ses soins à un enfant inadapté d'une taille monstrueuse. C'était inattendu, pour ne pas dire plus. Chose étrange, Rogers se laissait faire, inconscient, l'œil vitreux, et si la plus grande partie de cette mixture coulait sur sa barbe et sa chemise, il n'en mâchait pas moins, lentement, machinalement, comme un bœuf qui rumine.

Lorsqu'ils eurent fini de manger, il ne leur resta rien d'autre à faire que de regarder les ombres s'allonger dans la forêt. La lumière passa du vert au violet, puis à l'indigo, et brusquement la nuit tomba sur eux.

Dans l'étroite clairière le feu se mourait. Tom se leva, s'étira, puis dit :

– Je vais aller ramasser une provision de bois.

– Pour quoi faire ? grommela Garvix. Il ne fait pas froid.

– C'est réconfortant d'en voir briller les flammes dans la nuit, dit Ollie d'un air rêveur.

– Dis-toi bien, Léo, que ce combustible-là tu n'auras pas à le payer, lui lança Gladys.

Garvix fit entendre un grognement désapprobateur et Putney sortait déjà de la clairière lorsque Gage lui cria :

– Tu as besoin d'un coup de main, Tom ?

Putney marmonna entre ses dents et fit de la main un signe négatif.

– Moi je vais aller l'aider, fit Sybil et elle se leva mais Freddy l'obligea à se rasseoir en disant d'un ton sans réplique :

– Reste ici.

Un moment de pénible tension régna. Freddy et Sybil se mesuraient du regard tandis que Garvix les observait, un sourire narquois aux lèvres.

Pendant un long moment, Gage, installé tout près du feu, se mit, à la lueur dansante des flammes, à lire et à relire l'étrange et mystérieuse énumération que comportaient ses titres de propriété. Il les lisait, les relisait afin de se pénétrer de leur sens, de leurs nuances et il évoqua des tablettes où de mystérieux voyageurs, des bandits de grand chemin avaient, au cours des siècles, gravé les signes cabalistiques de quelque langue perdue à jamais.

Bordé au nord par les terres de Jackson Hubbel et Delezon Hungerford.
A l'est par la propriété Sealy de Henry Briggs Junior.
Au sud par les terres de Levi Stuart et Sheba T. Osborne.
A l'ouest par le domaine de Malty G. Gelston.

Les veufs et veuves, héritiers, représentants, créanciers de :

Charles E. Mosher, décédé,
Sarah E. Mosher, décédée,
Jane E. Dourland, décédée,
Rachel Hungerford, décédée,
Asa Carl Bayles, décédé,
Drexel H. Calder, décédé,
Isobel Calder, décédée.

Puis il se replongea dans la minutieuse description des bornages, s'efforçant de s'y retrouver dans les limites qui séparaient ses terres de celles d'autres propriétaires terriens ; ces limites qui donnaient forme et dimension à son propre domaine et, chose curieuse, de façon indéfinissable, à lui-même.

… un peu au sud de celle mentionnée plus haut. Partant d'un tas de pierres, à la limite du terrain ayant appartenu à Isaac et Sheba. T. Osborne, à l'angle sud-ouest des terres de Levi Stuart (décédé) ; de là, 6 degrés, 30 minutes au sud, et 7 chaînes et 30 maillons à l'est d'un tas de pierres marquant l'angle nord-est d'une parcelle appartenant à John O. Northrop ; de là, en direction est, 18 chaînes et 44 maillons jusqu'à un grand noyer et un tas de pierres formant talus ; de là, en direction nord, 88 degrés et 40 minutes ouest, 12 chaînes et 96 maillons jusqu'à la première borne proche d'un jeune bouleau.

Comme il levait les yeux, il vit ses compagnons échoués comme des épaves autour du feu de camp et se rappela où il se trouvait. Mais pourquoi s'y trouvait-il – dans cette situation ridicule, prisonnier de ces bois qui peut-être, comble de l'ironie, lui appartenaient – il ne pouvait l'imaginer. C'en était risible, et même grotesque. Et pourquoi partageait-il le sort de cette bande de déséquilibrés, constamment dressés les uns contre les autres, cela non plus il ne le savait pas.

Il se revoyait quelques mois plus tôt dans la salle d'opération d'un vaste hôpital, trois cents paires d'yeux fixées sur lui du haut d'une galerie. Il tenait à la main un froid bistouri et regardait battre le cœur d'un homme jeune encore, un pic à glace fiché dans un des deux ventricules. Comme à l'aide de son bistouri il tranchait en pleine chair il comprit soudain que cette chair ne signifiait rien pour lui ; que ce cœur ne signifiait rien pour lui ; que cette vie qu'il tenait entre ses mains – cette merveille, ce miracle – ne signifiait rien pour lui. Ce qui s'appelle rien.

Puis il reçut l'annonce de la mort de son père. Le docteur Cornelius Gage vivait depuis près de trente-cinq ans dans un splendide isolement, sur l'ancien domaine Stuart. Mais après la mort de sa femme, il y avait maintenant douze ans, à ce splendide isolement avait succédé un goût morbide de la solitude. Il ne voyait plus personne – ni amis ni parents – et encore moins son fils Harry avec qui il était incapable de s'entretenir, et ne s'entretenait d'ailleurs plus depuis des années.

La mort de Cornelius Gage eut sur son fils un effet curieusement libérateur. Un peu comme un coup de lancette sur un anthrax qui se vide de son pus, et qui, à peine disparu, est totalement oublié.

Il ferma son cabinet, fit couper le téléphone et monta dans sa voiture. Il roula en direction nord pendant neuf heures et se présenta chez l'agent immobilier cinq minutes avant la fermeture des bureaux. Il déclina son identité, montra à l'agent les actes et titres de propriété ainsi que la lettre solennelle d'un avoué, portant un en-tête tout aussi solennel. L'agent, fatigué, ahuri, ne faisait que hocher gravement la tête, et finit à contrecœur par lui remettre les clés et par l'accompagner jusqu'à la propriété du vieux Stuart. En effet pour quelque incompréhensible raison, les Gage continuaient de l'appeler le domaine du vieux Stuart, bien qu'ils en fussent propriétaires depuis trente ans, comme s'ils se prenaient encore pour des intrus. Cela faisait près de douze ans que Harry Gage n'y était plus revenu. Lorsque son père vivait encore, il pouvait à peine prendre sur lui de franchir le seuil de la maison. Mais ce jour-là, lorsqu'il poussa les larges portes-fenêtres qui s'ouvraient sur la terrasse, alors que la mort qui venait de frapper hantait encore ce salon aux meubles recouverts de housses semblables à des linceuls, Gage comprit brusquement qu'il était enfin rentré chez lui.

Il n'eut pas de peine à s'adapter. Il n'était pas le premier à changer de vie, à se déraciner. A décider de tenter autre chose. Et ce fut pour lui plus facile que pour bien d'autres. Il avait plus d'argent qu'il ne lui en fallait. Pas de famille. Ni femme ni enfant. Il ne s'était jamais marié. Il était, il le savait maintenant, l'homme d'un seul amour, et il ne l'avait pleinement compris que lorsqu'elle était morte. Il y avait peu de chances pour qu'il aimât à nouveau. Il n'était pas homme à ça.

Pourquoi se dérobait-il ainsi devant les choses de la vie ? Pourquoi refusait-il de s'engager, de se laisser pétrifier tel un fossile dans un bloc d'ambre ? Sa profession même, dont il avait atteint le sommet, incroyablement jeune encore, lui laissait dans la bouche un goût de cendre. Au moment où des universités, des fondations aux moyens illimités le recherchaient, il se dérobait, par peur d'être dévoré. Il lui fallait trancher dans le vif, et au plus vite, et avoir hérité du domaine Stuart lui en offrait la possibilité.

Et voilà que d'une manière inexplicable il était perdu dans ces bois immenses et sans issue, en compagnie de huit étrangers dont l'un d'eux, un vieil homme, se mourait. Qu'étaient-ils pour lui, Et lui, qu'était-il pour eux ? Il l'ignorait. Mais de façon insidieuse, leur vie et la sienne se trouvaient maintenant inextricablement mêlées.

Il regarda un moment danser les flammes qui lui procuraient un agréable sentiment de confort. Bien que les circonstances fussent difficiles, chose étrange, il ne se sentait nullement malheureux. « Bien plus heureux, se dit-il, que dans le bloc opératoire de ce grand hôpital. »

Il fourra le document dans sa poche, puis s'étendit sur le côté. Aussitôt il sentit contre sa cuisse quelque chose de froid. Il plongea la main dans sa poche et en sortit la boussole de Rogers. Il se souvint alors que pour plus de sûreté il l'avait reprise à Jamison.

Il l'étudia un moment, dans la pénombre, posée sur la paume de sa main, la fit pivoter, regarda l'aiguille osciller selon l'inclinaison qu'il lui donnait. Elle passa successivement sur N. O.-O. N. O.-N. N. O.-O. puis irrésistiblement attirée par le pôle, l'aiguille aimantée marqua résolument le nord.

Il s'émerveilla de l'ingéniosité de celui qui avait inventé ce petit instrument qui permettait aux marins de se guider sur les mers, et aux nomades, dans le désert. Puis il pensa aux Anciens qui, privés d'un tel instrument, se guidaient uniquement sur les étoiles. De célestes navigateurs.

Quelle pâle figure ils faisaient, eux qui, munis de cette précieuse boussole, trouvaient moyen de se perdre sur leurs propres terres.

Sur la boussole de Rogers, aiguille et cadran étaient phosphorescents, et maintenant que la nuit était tombée les petites lettres brillaient d'un étrange éclat verdâtre. On pouvait donc consulter cette boussole dans l'obscurité, mais comme ils ignoraient où ils se trouvaient et où ils devaient se diriger, ce miraculeux petit instrument ne leur était d'aucune aide. Cette pensée le fit sourire.

Comme il levait les yeux, il vit John Bayles penché sur lui, et lui trouva une curieuse expression.

– Ça ne va pas ? lui demanda-t-il.

– Si ça ne va pas ? fit Bayles qui le foudroya du regard, puis éclata de rire. Vous être drôle, vous ! Presque autant que lui, et il désigna Rogers du menton.

– Je ne lui trouve rien de drôle, fit Gage, la mâchoire crispée.

– Moi, oui ! Je le trouve même franchement comique !

– Vous le blâmez de nous avoir entraînés dans une telle aventure ?

– Ce n'est pas lui que je blâme, c'est nous d'avoir été assez idiots pour le suivre aveuglément.

– Pourquoi le détestez-vous ainsi ? fit Gage qui sentait la colère monter en Bayles.

– Le détester ? fit Bayles avec un rire bref et plein de rancœur. Je ne le déteste pas. Je le hais.

– C'est bien ce que je pensais. Mais pour quelle raison ?

– Pour quelle raison ?

Bayles parut stupéfait de cette question, tant la réponse lui paraissait évidente. Il hésita un instant, partagé entre l'envie de se dérober et la tentation de parler, puis dit enfin :

– Si je réponds à votre question, répondrez-vous à celle que je vous poserai ?

– Cela me semble équitable.

Bayles parut déconcerté. Il s'assura que personne ne pouvait les entendre avant de reprendre à voix basse :

– Imaginez un enfant de neuf ou dix ans en adoration devant un homme dans la pleine force de l'âge. Le suivant partout comme un chiot fidèle. Imaginez cet homme enseignant à ce petit garçon toutes les merveilles de la nature... Comment reconnaître l'étoile polaire ; comment distinguer l'aconit de l'ancolie ; comment inciser l'écorce de l'érable pour que coule la sève ; et même, comment affronter la mort.

Gage l'observait, un peu surpris.

– Lorsque ma mère mourut, reprit Bayles, j'étais seul dans la maison. C'est alors que survint Albert Rogers. Comme tous les enfants, je n'avais aucune connaissance de la mort. J'étais persuadé qu'elle ne frappait que les autres et elle me terrifiait.

Bayles sourit avec une sorte de tendresse. Tout en parlant avec Gage, à la lueur dansante des flammes, il se reportait bien des années auparavant et se revoyait, vingt-cinq ans plus tôt, au pied d'un escalier, le regard levé vers le haut des marches, Albert Rogers à ses côtés. Ils gravirent lentement l'escalier jusqu'à la chambre aménagée dans la vieille tour où sa mère avait passé ses derniers jours. Entraîné par Rogers – sa petite main tremblante blottie avec confiance dans cette poigne chaude et rassurante –, il pénétra dans cette pièce où sa mère venait d'expirer. Et là, dans cette chambre à l'air confiné où, à l'odeur de la mort se mêlaient celles du camphre, du sucre brûlé et des médicaments... il la vit. Non pas directement. Il n'en avait pas le courage. C'est dans le grand miroir qui se dressait en face du lit qu'il vit ce visage cireux, ce visage de marbre apaisé par la mort.

Rogers sourit au petit garçon ; l'obligea doucement à porter les yeux vers le lit et dit : « Regarde, maintenant. Je veux que tu comprennes ce qu'est la mort. »

Bayles, qui gardait aux lèvres un sourire d'une tendresse ineffable, reprit :

– De ce jour-là, je n'ai plus pensé à la mort comme à une chose terrifiante, mais bien plutôt comme à une étape dans un inévitable processus biologique.

– Vous avez beaucoup de chance, lui fit observer Gage qui mâchonnait machinalement le tuyau de sa pipe froide. Rares sont les gens qui envisagent leur fin avec une telle sérénité. Pour moi Rogers vous a rendu un grand service. Et il n'y avait vraiment pas là de quoi le haïr.

– Ce n'est pas pour cette raison que je le hais, fit Bayles à nouveau saisi de colère. Il a fait enfermer mon père. C'est sur son témoignage que mon père m'a été arraché. Voilà pourquoi j'ai grandi comme un orphelin au foyer de Malty Gelston... Puis pivotant vivement sur lui-même : Et maintenant à votre tour de répondre à ma question.

– Entendu, fit Gage prêt à tenir parole.

Bayles parut hésiter, puis surmonta cette hésitation. Il se redressa, carra les épaules, prit une profonde inspiration et dit enfin :

– Si un des deux parents d'un enfant meurt fou, jusqu'à quel point cet enfant risque-t-il de sombrer, lui aussi, dans la folie ?

Il avait posé cette question avec un parfait détachement comme s'il s'adressait à un professeur faisant un cours sur la folie.

– C'est donc cela que vous redoutez ?

– Peu importe ce que je redoute. Répondez à ma question.

Cette rebuffade indisposa Gage.

– Il ne fait aucun doute, déclara-t-il, prenant sans même en avoir conscience un ton doctoral, que l'étiologie de certaines psychoses est d'origine génétique. Cela, nous le savons. Nous l'avons constaté à maintes et maintes reprises.

Il parlait gravement, cherchant à répondre à cette question sans adopter un ton pédant, mais déjà Bayles ne l'écoutait plus, les yeux fixés sur le feu qui pétillait gaiement dans la nuit d'un noir velouté. Il se détourna puis s'éloigna à pas lents, sans dire mot.

Gage s'étira, se leva, et se mit à arpenter la clairière. Du coin de l'œil il avait aperçu Gladys Garvix, toujours accroupie auprès de l'arpenteur, dans la position qu'elle avait adoptée une heure plus tôt. Il se dirigea vers elle.

– Comment va-t-il ?

– A vous de me le dire, répliqua-t-elle sèchement, sans quitter Rogers des yeux.

Dans l'obscurité, il se laissa tomber à côté d'elle et prit le pouls du vieil homme. Elle s'agenouilla, respirant fort, la tête penchée en avant, comme si elle voulait, elle aussi, entendre battre le cœur de Rogers. Son bras effleura celui de Gage et pendant un instant il respira l'odeur musquée et secrète de ce corps de femme – ce parfum qui montait de ses cheveux, de sa peau, de sa sueur même – et par une normale réaction masculine, il en fut excité.

– Alors ? demanda-t-elle au bout d'un moment.

Le pouls s'était ralenti et les battements avaient passé de soixante-huit à quarante par minute. A la pâleur cireuse du visage de Rogers, à la position de son corps, Gage aurait parié que sa tension avait également baissé. Impossible de dire jusqu'à quel point sans tensiomètre. Les réflexes rotuliens étaient anormalement lents. D'après ces observations et les quelques contrôles qu'il pouvait effectuer dans de telles conditions, Gage déduisit que l'état de Rogers s'aggravait nettement.

– Sera-t-il capable de se remettre en marche demain matin ?

– Peut-être, répondit-il sans grande conviction, et il comprit qu'elle en doutait, elle aussi.

Elle soupira, se leva. Il la sentit se pencher sur lui et crut qu'elle allait dire quelque chose, mais elle ne prononça aucune parole. Au lieu de cela, elle se détourna et s'éloigna à pas lents. Il se leva, lui aussi, la rejoignit et ils se mirent à marcher dans la clairière comme des gens qui se promènent dans un parc.

– Tom ne peut plus le porter, dit-elle au bout d'un moment.

– A lui tout seul, certainement pas.

– Il faudra bien, maintenant, qu'il accepte qu'on l'aide.

– Je pense qu'il s'y résignera plus facilement.

Elle lui lança un vif regard, saisit sa pensée. Puis ils se remirent à marcher. Ce qu'il avait constaté, elle l'avait remarqué, elle aussi. Au cours des dernières quarante-huit heures de larges brèches s'étaient ouvertes dans cette muraille de loyalisme que Tom Putney était parvenu à dresser autour de l'arpenteur.

– Trouvez-vous indiqué de l'obliger à se remettre en route ?

– Non, ce n'est pas indiqué. Mais nous n'avons pas le choix. Nous ne pouvons pas prendre racine ici.

– Et nous ne pouvons pas l'abandonner, ajouta-t-elle vivement, comme si elle le soupçonnait d'en avoir l'intention.

– Évidemment pas, fit Gage qui avait très bien saisi son arrière-pensée.

Ils flânèrent encore un moment, faisant le tour de la clairière, puis Gladys dit enfin :

– Par contre, l'un d'entre nous pourrait rester avec lui.

– A votre idée, qui s'offrirait à rester auprès de lui ?

Gage avait adopté un ton plaisant qu'il regretta aussitôt. C'était d'un cynisme impardonnable. Elle buta, se reprit et il sentit le mépris monter en elle.

Ils passèrent devant Freddy Jamison qui, assis par terre, déchaussé, faisait couler de sa gourde un filet d'eau sur ses pieds et les massait. En les voyant, il leva les yeux, l'air maussade, les observa un moment, puis se remit à soigner ses pieds douloureux.

– Quelle place occupez-vous dans tout ça ? demanda soudain Gage.

– Dans tout ça ?

– Oui. Je veux dire, parmi tous ces gens.

– Qu'entendez-vous par là ?

– Comment vous intégrez-vous dans leur groupe ?

– Je ne m'y intègre pas, fit-elle avec un petit rire amer. Vous ne l'aviez pas remarqué ? Et comme il se taisait, déconcerté par cette façon abrupte de répondre, elle ajouta, en riant : J'étais celle qui n'en faisait pas partie. La gamine, la petite pauvresse. Tout le monde se plaît à dire que j'ai eu beaucoup de chance. Vous vous rendez compte ? La chance de tomber sur Léo !

Son rire rauque et bas était plein d'amertume et son regard empli d'une infinie tristesse.

– Vous ne vous souvenez pas de moi ? demanda-t-elle brusquement.

– Non.

– Moi, je me souviens de vous. Nous avons joué une ou deux fois ensemble.

– Ah, oui ? fit-il, intrigué. Quand ça ?

– Il y a des siècles. Vous n'étiez alors qu'un sale petit morveux et vous veniez aux vacances d'été.

– J'étais vraiment un sale petit morveux ? fit-il en riant.

– Vous ne vouliez jamais jouer avec nous... Vous restiez toujours dans votre coin. Ma mère, c'était Ann Bailey, la gouvernante de maison des Hungerford.

– Les Hungerford ?

– Oui, les parents de Sybil. Les Hungerford, y en a partout. Ils grouillent, dans le coin.

– Mais oui, évidemment... ça me revient maintenant, fit Gage, l'air pensif.

– Et mon père, reprit-elle, quand il n'était pas saoul, faisait office de jardinier. C'est ainsi que j'ai connu Sybil. Ma mère me prenait avec elle pendant les vacances d'été. Nous habitions un petit cottage derrière la vieille demeure des Hungerford et nous prenions nos repas à la cuisine de la grande maison. C'est ainsi que

Sybil et moi sommes devenues amies. Elle était plus âgée que moi c'est pourquoi nous ne nous sommes jamais vraiment liées. Mais bien entendu il n'y avait pas que l'âge qui nous séparait.

Ils firent quelques pas. Visiblement évoquer son enfance lui était pénible, et cependant elle semblait éprouver un amer plaisir à en relater les circonstances.

– Après ce premier été, reprit-elle, et au cours des années qui suivirent, je recevais à Noël et à Pâques un joli petit ballot des Hungerford… les vêtements que Sybil ne portait plus.

Léo Garvix surgit brusquement devant eux, masse puissante et trapue se détachant dans l'obscurité.

– Elle est en train de sortir du placard tous les squelettes de la famille, Harry ? demanda-t-il avec un petit rire paillard comme s'il les surprenait dans une situation compromettante. Avec tous les détails sordides à l'appui, bien entendu ?

– Je racontais tout simplement au docteur comment j'ai connu Sybil, fit Gladys, l'air excédé.

– Chez les Hungerford, dit Garvix avec entrain, comme s'il ne se fiait pas à sa femme pour dire la vérité. Et c'est également chez eux que nous nous sommes connus, Gladys et moi. Sybil et moi sommes cousins germains.

– Je ne m'étais pas rendu compte de cela, fit Gage.

– Et pourtant, c'est ainsi, lança Garvix avec exubérance. Nos deux familles furent parmi les premières à se fixer dans la région. La mère de Sybil, Nell Hungerford, était la propre sœur de la mienne.

– Vous m'en direz tant ! fit Gage qui se croyait obligé d'avoir l'air impressionné.

– John Bayles et moi sommes cousins issus de germains, reprit Garvix, mondain. Mais c'est un point que nous soulevons rarement, n'est-ce pas, Glad ? et il lui cligna de l'œil.

– Une grande et heureuse famille, lança-t-elle du ton sarcastique qui lui était particulier.

– Moi, j'étais la brebis galeuse de la famille, fit Garvix en ricanant. Le bon à rien même pas capable de finir ses études. On sentait qu'il se délectait à se montrer sous son pire jour, et c'est avec un petit rire satisfait qu'il ajouta : Moi qui n'avais pas le moindre diplôme, je suis allé plus loin qu'eux tous. Et avec un clin d'œil complice à Gage : Vous a-t-elle raconté comment elle s'était montrée nue à George Buchner et moi, dans le garage de mon oncle Thornley ?

Il éclata d'un rire tonitruant. Gage sentit Gladys se raidir, et elle recula d'un pas pour se rapprocher de lui. Elle regardait Garvix avec appréhension et, pour la première fois depuis qu'il les connaissait, Gage comprit qu'elle avait peur de son mari.

– Elle n'avait que quatorze ans, reprit Garvix, mais des quatorze ans qui se posaient un peu là ! Pas vrai, Gladdy ? Déjà femme !

– Léo…

Elle n'en dit pas plus, mais à la lueur des flammes Gage vit qu'elle rougissait. Garvix qui continuait de rire cligna à nouveau de l'œil.

– Je trouve que…

Gage allait protester, mais Garvix lui coupa la parole bien décidé à humilier sa femme.

– Elle n'éprouvait pas la moindre honte. C'est elle qui m'a demandé si ça me ferait plaisir de la voir nue, et bien entendu je n'ai pas refusé. Je lui ai demandé si George Buchner pouvait lui aussi profiter de ce spectacle et elle m'a assuré que cela lui était complètement égal. Ce n'était d'ailleurs pas à George Buchner qu'elle s'intéressait, mais à moi. George se trouvait là par hasard et il en a profité. Elle nous a fait une jolie petite exhibition ce jour-là, pas vrai, Gladdy ?

Gage la regarda, et tous les autres en firent autant, car ils n'avaient pas pu faire autrement que d'entendre les paroles qu'avait prononcées Garvix d'une voix claironnante.

A la lumière du feu de camp, Gage vit que Gladys

avait les yeux rougis et il comprit qu'elle pleurait. Et il comprit également, non sans en ressentir de la honte, qu'il aurait dû obliger Garvix à se taire et qu'il n'en avait rien fait… Pour quelle raison, il aurait été incapable de le dire.

– J'ai toujours pensé que sa mère l'y avait poussée, reprit Garvix. Qu'en penses-tu ? Ma mère en était d'ailleurs persuadée.

Freddy Jamison se leva d'un bond, et marcha à pas pesants sur Garvix. « Salaud ! » hurla-t-il et il leva la main. Garvix ne broncha pas.

Sybil traversa la clairière et s'approcha d'eux, ses longues jambes éclairées par le feu. Sa démarche était toute grâce et légèreté.

– Cette fois, ça commence à aller vraiment trop loin ! lança-t-elle.

– C'est bien mon avis, renchérit Freddy. Bougrement trop loin !

Gladys, qui avait surmonté son court moment de faiblesse, s'était ressaisie et foudroyait Garvix du regard.

– Qu'est-ce que nous foutons ici ? s'exclama-t-elle. Que diable sommes-nous venus foutre ici ?…

– Je me le demande bien, fit Sybil. C'était amusant, au début. Mais maintenant tout s'est…

– C'est de la démence ! cria Freddy d'une voix rauque. C'est tout simplement démentiel. Enfin, Léo, quand vas-tu nous sortir d'ici ?

Garvix ne répondit pas. Il arborait le petit sourire en coin d'un homme qui détient un agréable secret d'une importance considérable.

– Tu n'en sais foutrement rien, Léo ! lui lança Gladys les bras croisés sur sa poitrine. Alors ne fais pas semblant de le savoir !

Du plus profond de lui jaillit un son rauque et guttural. Garvix riait.

– Que diable trouves-tu là de si comique ? lui demanda

Freddy Dis-tu la vérité, Léo ? Sais-tu réellement où nous sommes ? Par le Christ, le sais-tu, ou ne le sais-tu pas ?

Garvix avait le visage congestionné et son rire s'était fait sifflant, le rire d'un homme gros et asthmatique.

– Je veux rentrer chez moi ! gémit Ollie. Je veux rentrer chez moi maintenant, tout de suite !

– Nous serons de retour demain au début de la matinée, affirma Gage avec une telle force et une telle emphase que cela mit fin, momentanément du moins, à toute protestation.

John Bayles, assis au pied d'un arbre contre lequel il s'adossait, les genoux relevés, regardait sans dire mot danser les flammes. Puis il leva brusquement les yeux vers Gage.

– Cela fait maintenant trente ans que je parcours ces bois. Je connais mes terres aussi bien que le dos de ma main. Et je connais presque aussi bien les vôtres à tous. Je puis affirmer sans le moindre doute que je ne suis jamais venu dans cette partie de la forêt. Il fit du regard le tour de ses compagnons d'infortune, groupés en demi-cercle, et ajouta : Le moment est venu de regarder les choses en face.

– Tout à fait son père, gloussa Garvix. Un véritable Jérémie… avec ses pleurs et ses lamentations.

– Nous nous sommes égarés, dit Bayles d'une voix dure. Et il est possible qu'on ne nous retrouve jamais.

– Ne dis pas de conneries, John ! lui lança Freddy. Nous serons chez nous demain. Tu oublies l'arbre ceinturé de rouge que nous avons vu hier…

– Eh oui ! je l'avais oublié, fit Sybil s'illuminant.

– C'est vrai, dit Ollie. C'est parfaitement vrai.

Le rappel de ce galon rouge leur remonta le moral. Il leur donnait au moins l'assurance qu'ils se trouvaient bien dans les limites de leurs terres. Cette impression de soulagement les rapprocha, et Bayles fut soudain seul de son bord.

– Il n'y a rien d'impossible, fit-il observer, à ce que Léo ait noué lui-même, hier, ce galon autour de l'arbre.

– Seigneur ! s'exclama Sybil en levant les bras au ciel.

– Il était seul quand il a découvert ce fameux galon, reprit Bayles avec conviction. Tom a très bien pu le lui passer, et…

– Encore une fois, assez de conneries ! dit Freddy en grinçant des dents. Tout ça c'est de la…

– Cela ne m'étonnerait pas, fit Gladys. Il en est parfaitement capable.

Ollie Gelston se boucha les oreilles à deux mains et dit d'un ton implorant :

– Taisez-vous ! Par pitié, taisez-vous !

– Je voulais simplement dire, reprit Bayles s'efforçant de dominer ses nerfs, que nous ne devrions plus nous leurrer.

Le rire de Garvix se répandit en vagues à travers la forêt.

– Non, mais regardez-moi ce type ! Il a au moins quarante ans et il fait dans ses culottes comme un gamin !

Sous l'insulte, Bayles se raidit. Le rire méprisant de Garvix ne fit qu'augmenter. Aux oreilles de Gage il résonna comme une menace, et comme une intrusion dans ce paisible domaine forestier.

– Un pauvre petit pétochard qui fait dans ses culottes, reprit Garvix en hoquetant. Non, mais regardez-le ! Il fait peine à voir !

– Cela suffit ! s'exclama Gage se décidant à intervenir en faveur de Bayles. Cela commence à bien faire !

Mais Bayles ne désirait nullement que l'on intervienne en sa faveur. Le fait d'être seul de son avis semblait fortifier sa résolution. Et ce fut avec le plus grand calme qu'il dit :

– Tu t'es trompé de direction, Léo. Tu t'es égaré à un tel point que tu ne t'en rends même plus compte.

– Non, je ne me suis pas égaré, fit Garvix. Tu te crois perdu, et les autres aussi, ajouta-t-il en les désignant de sa grosse patte velue. Mais moi je sais exactement où je suis. Je sais exactement quelle direction prendre. Et je l'ai toujours su.

L'œil brillant il adressa un mauvais sourire d'abord à Bayles, puis aux autres. Un sourire qui fit passer un frisson dans le dos de Gage. En effet, dès l'aube, celui-ci avait remarqué que chez Garvix un certain changement, subtil mais significatif, s'était effectué au cours de la nuit. Dès l'instant où ils s'étaient tous remis en route, et où Garvix était venu le rejoindre et lui avait demandé, humble et contrit : « Vous voulez bien oublier l'incident de cette nuit ? », le nabot avait retrouvé toute sa superbe.

Il émanait de lui, maintenant, une force aussi étrange que déconcertante. Une véritable résurrection ! Il semblait qu'après avoir, au cours de la nuit, cédé à la panique, puis l'avoir combattue jusqu'à l'aube, il s'était réveillé, en cette fraîche matinée, sous un brillant soleil, foulant au pied tous ses démons. On le sentait détendu, sûr de lui, et prêt à jouir pleinement de la situation. Ironique, méprisant, il traitait de haut ses compagnons. A croire qu'il avait établi un plan précis qui se déroulait selon ses prévisions et que tous, d'une manière ou d'une autre, s'y inscrivaient. Cependant, la coopération de Gage lui était indispensable. Il ne fallait à aucun prix que les autres aient vent de son instant de faiblesse de la nuit. Sinon son image pâlirait et il perdrait son ascendant sur eux. Cela, il ne le supporterait pas. Il devait donc s'assurer le silence de Gage. Pour le moment, il se l'était acquis.

Or, Garvix venait de déclarer : « Je sais exactement où je suis. Je l'ai toujours su. » Gage fut soudain envahi d'un horrible doute. L'idée traversa son esprit que Garvix disait vrai. Qu'il les avait délibérément menés se perdre… qu'il les avait à ce point égarés qu'ils ne pourraient retrouver leur chemin qu'en se livrant à lui pieds et poings liés.

– Nous serons tous rentrés chez nous demain vers midi, déclara-t-il gaiement.

Tous se rangèrent à son avis, alors que la veille au soir il leur avait affirmé qu'ils n'étaient plus qu'à un quart d'heure de marche de chez lui. Maintenant il parlait de quelques heures. Pas une question ne s'éleva. Pas une protestation. Il avait lancé cette affirmation d'un ton si ferme et avec une telle assurance, que Gage lui-même découvrit avec horreur qu'il faisait confiance à cet homme et ne demandait qu'à le croire.

– Mais c'est l'évidence même, fit Sybil.

Elle poussa un soupir de soulagement, rassembla les gobelets des gourdes où collaient encore quelques bribes desséchées de purée d'artichauts de Jérusalem.

– Sommes-nous mardi, ou mercredi ? demanda Freddy.

– Mercredi, je crois, fit Gage.

– Je me suis inscrit pour un parcours de golf, fit Freddy en se grattant la tête. Et il se leva, et se mit à exercer son drive.

– Malty sera de retour à la maison, s'écria Ollie avec une joie enfantine.

– L'agent de la SEC sera probablement rentré à Washington, déclara Garvix. La première chose que je ferai demain matin, c'est l'appeler au téléphone.

Ils semblaient tous détendus et faisaient déjà des projets pour le lendemain et les jours suivants.

Mais John Bayles, qui n'ouvrit pas la bouche et ne quittait pas Garvix des yeux, dit brusquement :

– Tu t'es complètement fourvoyé.

Il avait prononcé avec un profond découragement ces mots qui jetèrent un froid parmi ses compagnons. Ils ne protestèrent pas, mais continuèrent de s'activer en évitant son regard.

– Ce que tu peux ressembler à ton père ! s'exclama Garvix qui cette fois ne riait plus. Le même et craintif ver de terre !

Gage et Gladys se tournèrent vers Bayles d'un même mouvement. Le docteur lut la peur dans les yeux de la jeune femme. Mais déjà Garvix reprenait :

– Oui, un ver de terre. C'est bien pour ça qu'il a perdu la raison. Toi aussi tu n'es qu'un ver et il t'arrivera la même…

Gage se leva d'un bond sans quitter Bayles du regard. Il vit les muscles de sa mâchoire se contracter puis une lueur meurtrière s'allumer dans ses yeux. Gage se trouvait placé entre les deux hommes. Il respira un bon coup et enfonça ses talons dans le sol meuble, prêt à intervenir. Mais il ne se passa rien. La lueur qui avait brillé un instant dans les yeux de Bayles se retira comme une vague à marée basse. Le visage impassible, vide même, il dit d'une voix dangereusement calme :

– Si tu te permets encore une seule fois de faire allusion à mon père, je te tuerai.

Pendant un moment ils s'affrontèrent et l'on n'entendit d'autre bruit que celui du vent soufflant sur les collines. Puis un craquement de brindilles et de feuilles mortes les fit se retourner juste à temps pour voir Tom Putney pénétrer dans la clairière, chargé d'une brassée de bois mort. Les gourdes qu'il portait en bandoulière venaient battre ses hanches. Il y avait déjà un moment qu'il était à les écouter sans être vu. Pénétrant dans le cercle qu'ils formaient, son regard alla lentement de l'un à l'autre. Puis il chercha des yeux la grande forme prostrée de l'arpenteur qui gisait dans l'ombre.

– Vous l'oubliez, dit-il sans s'adresser à personne en particulier. Lui, il pourra jamais repartir demain matin.

Ils le considérèrent comme s'il tombait de la lune et s'adressait à eux dans une langue inconnue.

Ollie, qui jusque-là était restée assise, maussade, immobile, se leva d'un bond puis se mit à tournoyer sur elle-même et à décrire de petits cercles d'un côté puis d'un autre, comme un oiseau blessé par quelque invisible chasseur.

– Je ne passerai pas une nuit de plus dans ces bois ! cria-t-elle. Je ne le supporterai pas ! Je veux rentrer auprès de mon père !

Gage s'avança lentement, prudemment vers elle, tel un chasseur de papillons à l'affût d'un spécimen des plus rares.

– Vous nous aviez dit que votre père était en voyage, lui fit-il observer avec bonté et d'un ton apaisant.

– C'est vrai, répondit-elle vivement, mais l'incohérence de ses propos ne la frappa pas. Elle se remit à tournoyer de plus belle.

– Daddy... Daddy... Daddy !... gémit-elle et sa voix tel un poignard trancha dans l'obscurité. Puis elle se mit, comme une chauve-souris, à décrire des cercles autour du foyer lumineux, en répétant : Daddy... Daddy !...

– Seigneur !... murmura Freddy.

Gage voulut s'emparer d'elle, mais il buta contre une souche.

– Attrapez-la ! cria-t-il.

Ils se mirent tous à courir de-ci de-là dans la clairière, se heurtant au passage. Comme Ollie passait près de Garvix, il fonça sur elle tel un gros ours furieux irrité par une souris des champs. Il la saisit par le bras, ou du moins ses doigts d'acier s'enfoncèrent dans sa chair, et déchirèrent sa manche. Un instant ils restèrent en face l'un de l'autre, haletants, surpris eux-mêmes de se trouver dans une telle position. Ils se mirent à exécuter une série de feintes et de dérobades tout en s'efforçant de se dégager l'un de l'autre. Puis d'un mouvement très lent, tandis que les autres les regardaient, comme hypnotisés, Garvix la fit pivoter sur son bras, comme un pêcheur qui cherche à fatiguer un gros poisson. Enfin il la colla contre sa poitrine, et ces deux qui n'en faisaient plus qu'un exécutèrent, toujours haletants, une étrange danse.

– Je veux rentrer à la maison ! gémit Ollie, sa voix étouffée contre cette puissante poitrine qu'elle râpait désespérément de ses petits poings. Il faut que je rentre à la maison. Je l'ai promis à Malty.

Jamison sautillait sur place en poussant de petits cris

inarticulés. Bayles tournait autour des deux danseurs qu'il suivait d'un regard effrayé.

Comme ils passaient à sa portée, Gage sauta sur eux, s'efforçant de les séparer et cria :

– Arrêtez-vous ! Cela suffit, maintenant !

Ollie avait dû deviner une menace dans cette voix, car elle s'abandonna, toute molle, dans les bras de Garvix. Elle se laissa aller contre lui qui la gifla aller et retour.

Il avait frappé durement, méchamment. Le coup ne la calma pas, mais il l'étourdit. Ses compagnons étaient cloués sur place.

– Voilà un geste bien inutile, fit Gage, les joues en feu. Oui, vraiment bien inutile.

Garvix la tenait toujours contre lui, comme une poupée de son en loques que des enfants viennent de se disputer.

– Elle faisait une crise d'hystérie, dit-il pour se justifier.

Bayles s'approcha, détacha d'elle les bras de Garvix, et dit :

– Elle ne se débattait plus quand tu l'as frappée.

– Comme personne n'avait réussi à se saisir d'elle, il a bien fallu que je m'en charge, dit Garvix. A la lumière capricieuse du feu, il chercha du regard ses compagnons, puis dit, conscient d'avoir commis une erreur, et cherchant à se justifier : Vous savez tous comment elle est.

– Tu n'as pas pu résister au plaisir de la frapper, lui lança Bayles, qui, après avoir mis un peu d'ordre dans les vêtements d'Ollie, l'emmena par la main comme une enfant docile.

TROISIÈME PARTIE

16

C'était l'heure grise et froide qui précède l'aube. Les premiers oiseaux faisaient entendre de timides et sporadiques pépiements. La brume, en longues écharpes de gaze grise, s'enroulait aux branches des arbres et flottait en spirales au-dessus du sol.

Au cœur de la clairière, le feu qui se mourait lançait encore quelques étincelles et quelques craquements. Les promeneurs égarés, aux vêtements trempés de rosée, étaient étendus en cercles autour de ce feu, telles des épaves. Ils s'agitaient, se tournaient dans ce demi-sommeil proche du réveil. Ils semblaient hors du temps. On aurait dit qu'ils dormaient, rêvaient là depuis des siècles, des millénaires, dans l'attente du coup de baguette magique qui les réveillerait. Mais rien n'était venu, et ne viendrait, semblait-il, rompre leur enchantement.

John Bayles, cependant, ne dormait pas. Il avait passé toute la nuit, adossé contre un arbre, à ruminer de sombres pensées… les yeux fixés sur Olivia Gelston. Couchée sur le dos, telle une marionnette, le torse curieusement dévié, bras et jambes raidis, on la sentait tendue comme si même dans son sommeil l'angoisse la tenaillait.

Il ne l'avait pas quittée des yeux de toute la nuit. Il ne se l'était pas permis, car il craignait qu'elle se lève et s'enfonce furtivement dans les fourrés obscurs où il serait quasi impossible de la retrouver.

A plusieurs reprises, au cours de cette nuit, Rogers avait

parlé dans son sommeil. Sa voix lui parvenait, étouffée, distante, comme celle d'un homme qui appellerait du fond d'une grotte. A chaque fois Bayles s'était précipité, de l'autre côté de la clairière, à l'endroit où gisait l'arpenteur qui, à chaque fois, se redressait légèrement et marmonnait des paroles incohérentes. Ses lèvres remuaient inutilement, puis il retombait sur le dos et dans une obscure et lointaine région, inaccessible à tous, sauf à lui-même.

Penché sur cette forme inconsciente, Bayles s'émerveillait devant ce géant, aux membres et aux mains immenses, dont la poitrine se soulevait et retombait doucement telle une mer étale, impressionnant gisant sculpté dans le granit.

A un moment donné l'idée lui était apparue avec une clarté aveuglante qu'il pourrait aisément assassiner ce géant endormi. Rien de plus aisé et de plus simple à faire. Une lourde pierre et... Il y pensa, et pensa également à l'exquis sentiment de délivrance qu'un tel geste lui procurerait. Une fois, cependant, au cours de ces sombres ruminations, il surprit, en levant les yeux, le regard de Tom Putney fixé sur lui, comme s'il lisait dans ses pensées et attendait qu'il fît le geste. Bayles retourna alors s'adosser contre l'arbre et reprit son poste, veillant sur le sommeil crispé d'Ollie Gelston.

L'aube était proche. Le soleil n'allait pas tarder à se lever sur un jour nouveau. Les lambeaux de brume commençaient de se dissiper. Bayles, qui n'avait pas dormi de la nuit, avait les yeux rouges et brûlants. Il les frotta, bâilla. Comme il laissait retomber ses mains, son regard, encore brouillé, distingua la silhouette imprécise d'un cerf, immense fantôme à la robe fauve, aux bois magnifiques, qui, de l'orée de la clairière, le regardait, les oreilles dressées, à ce point immobile qu'on aurait pu le prendre pour une de ces sculptures qui ornent les jardins. Ses naseaux se dilatèrent, il fit, dans la direction de Bayles, quelques pas prudents comme pour observer de plus près cet intrus qui se permettait de violer son domaine. Tout cela ne dura que l'espace d'un instant. Le dix-cors renifla, tourna sur lui-même, et s'enfonça par bonds dans les taillis, comme englouti par la brume et la forêt.

Une voix douce s'éleva dans son dos.

– John…

Il se retourna et vit Ollie, accoudée, qui le regardait. En deux ou trois longues enjambées, il traversa la clairière et s'agenouilla auprès d'elle.

– Comment te sens-tu ? demanda-t-il.

– Bien… je crois, et là-dessus elle bâilla et se frotta les yeux.

Il l'examina attentivement et fut sur le point de la croire. Son regard, bien qu'encore embrumé de sommeil, semblait clair et vif, et non vide et fixe comme la veille au soir. Elle paraissait avoir pris immédiatement conscience de son entourage et de lui-même.

– Pourquoi me regardes-tu ainsi ? demanda-t-elle avec irritation.

– Sans raison aucune, lui assura-t-il en se retenant de rire. C'est bon de te revoir. Bonjour ! et il eut pour elle un élan inattendu de tendresse.

– Bonjour, répondit-elle, plus surprise que jamais par son étrange attitude. Et lui indiquant du menton l'arpenteur : Comment est-il ?

– Il me donne l'impression d'être redevenu conscient… conscient en tout cas de ce qui l'entoure. Si au moins…

– Au moins quoi ?…

– Rien, et il haussa les épaules. Commence de te préparer. Le jour ne va pas tarder à se lever.

– Quelle heure est-il ?

Garvix avait roulé sur lui-même et les regardait. Des brins d'herbe s'étaient accrochés à ses cheveux et dans le chaume de son visage pas rasé. Il avait tout d'un Poséidon émergeant, couronné d'algues, des profondeurs de la mer.

– Près de cinq heures, fit Bayles après avoir consulté sa montre, un magnifique chronomètre italien, cadeau de son père.

Ces mots eurent le don de faire se déchaîner Garvix. Il se dressa comme un ressort et se mit à frapper dans ses mains si fort qu'on aurait dit que des coups de fusil résonnaient dans la forêt. Deux corbeaux y répondirent par de furieux croassements.

– Debout tout le monde ! Debout !

Jamison marmonna entre ses dents quelques mots orduriers et se rendormit. Garvix se mit à foncer à travers la clairière comme un cheval emporté, obligeant ses compagnons à reprendre bien à contrecœur conscience de leur situation.

– Debout, je vous dis ! Debout ! bande de paresseux ! L'avenir appartient à ceux qui se lèvent tôt !

Et à nouveau ses claquements de mains se répercutèrent dans les taillis comme des coups de fusil.

– Oh ! Seigneur !... gémit Gladys Garvix, couchée sur le dos, les bras en croix, en prenant le ciel à témoin.

Tom Putney qui frissonnait alla se réchauffer près des quelques braises qui rougeoyaient encore.

– Bonjour, fit Gage en levant la tête, à l'adresse de tous. Vous êtes réveillés depuis longtemps ?

– Depuis trop longtemps, fit Garvix qui se remit à claquer dans ses mains avec impatience.

– Bon Dieu, vas-tu bientôt cesser de faire tout ce raffut ! lui lança Gladys, exaspérée. Elle se massa la nuque et ajouta : Je ne peux plus tourner la tête.

– Une simple raideur de nuque, dit Gage.

– Pas possible ! fit-elle, sarcastique, et confus de s'être montré aussi stupide, Gage s'empourpra.

– Le thé doit être prêt, dit Bayles. Il y a au moins une heure que je l'ai mis sur le feu.

– Du thé ? fit Jamison plus lugubre que jamais, en se mouchant dans son foulard. Tu oses appeler du thé cette immonde décoction d'écorce et de fiente d'oiseau ?

– Pas question de boire du thé maintenant, déclara Garvix. Nous n'avons pas de temps à perdre.

Gladys ferma les yeux et se mordilla la lèvre. Elle semblait adresser au ciel une prière désespérée.

– Pas de changement ? demanda Gage à Bayles qui s'était agenouillé auprès de l'arpenteur.

– Non, pas de changement. Le croyez-vous en état de se remettre en route ?

– Et comment ? Ils se retournèrent, virent Garvix surgir derrière eux… Salut, Albert ! reprit-il d'une voix claironnante, et il lui chatouilla les côtes du bout de sa chaussure. Comment vas-tu, Albert ?

– Ce n'est pas une chose à faire, s'écria Gage qui pour une fois ne dissimula pas son irritation.

– Quoi ? Lui chatouiller les côtes ! tonna Garvix. Mais moi, ce que j'aimerais, c'est lui enfoncer un bâton de dynamite dans le derrière ! C'est de ça qu'il a besoin ! Et maintenant, en route, et à nouveau il frappa dans ses mains.

Rogers ouvrit les yeux, cilla. Il regarda de droite à gauche et de gauche à droite sans bouger la tête : *18 degrés sud-sud-ouest, 30 minutes… 12 secondes… jusqu'à… jusqu'à…*

Tous se rapprochèrent de lui. Il ressemblait à un ballon sur le point de se dégonfler.

– *… Une pierre marquée Y*, marmonna-t-il encore.

– Oh ! qu'il la boucle ! lança Gladys, qui, exaspérée, leva les bras au ciel tandis que les autres resserraient leur cercle autour de l'arpenteur, comme des loups autour d'un cerf blessé.

– Il est comme ça depuis des heures, dit Bayles.

Gage colla son oreille contre la poitrine de Rogers, lui prit le pouls.

– Il a l'air d'aller mieux, fit-il, visiblement stupéfait de la forte constitution du vieil homme. Il respire mieux. Son pouls est plus fort. Oui, il semble mieux. C'est vraiment extraordinaire.

– Mais c'est un homme extraordinaire, fit Sybil avec fierté comme si c'était à elle qu'il devait ses extraordinaires qualités.

– Nous vous l'avions bien dit, docteur, dit Ollie, radieuse. C'est un homme remarquable que notre Albert.

– Ça, il faut le reconnaître, fit Jamison qui paraissait, lui aussi, soulagé. Le vieux, c'est quelqu'un.

– Seulement, voilà, y a plus personne, fit Gladys avec l'humour noir qui la caractérisait, mais cette remarque ne parvint pas à ébranler l'espoir qui renaissait au cœur de ses compagnons.

– Il nous faut le ramener chez lui au plus vite, dit Gage.

A cet instant, une mèche de cheveux blancs, agitée par la brise, retomba sur les yeux de Rogers. Gage tendit la main pour l'écarter, mais aussitôt Ollie poussa une sourde exclamation.

Gage leva les yeux et l'entendit s'exclamer :

– Votre main !

– Ma main ? fit-il, ne comprenant pas où elle voulait en venir.

– Elle saigne ! fit-elle, et elle se recroquevilla sur elle-même.

Gage examina sa main, froidement, calmement, comme s'il s'agissait du membre d'un pauvre bougre qu'on amène à la salle des urgences d'un hôpital.

– Oh ! fit-il avec un petit rire étranglé. J'ai dû me blesser en dormant.

– En dormant ? fit Sybil, sceptique. Ça ne vous fait pas mal ?

– Pas le moins du monde, déclara Gage, et c'était la vérité.

Il ne ressentait en effet aucune douleur et ne se souvenait pas de s'être blessé. L'entaille était petite, mais profonde, et dangereusement proche d'une veine. De petites bulles rouges en sortaient à intervalles réguliers, au rythme même de son pouls. Il se leva, se retourna vivement, et faillit trébucher sur Ollie Gelston.

– Pouvez-vous me donner un coup de main ? et il lui mit sous le nez la blessure saignante.

– Un coup de main ? et elle pâlit.

– Oui, improviser une sorte de bandage.

– Non… fit-elle en étouffant un cri et en reculant. Je… Je ne peux pas supporter la vue du sang…

– Oh ! pour l'amour du ciel ! s'exclama Gladys, qui s'était approchée de Gage. Passe-moi ta gourde.

– Bon Dieu ! s'exclama Garvix, furieux. Un nouveau retard !

– Boucle-la, Léo, fit Gladys.

Déjà elle s'activait, de façon rapide et efficace. Elle lava la blessure, fit une sorte de cataplasme à l'aide de feuilles humides. Puis d'un geste vif, elle souleva sa jupe et arracha de son slip la dentelle qui le bordait. Les autres la regardèrent, muets de surprise, recouvrir le cataplasme improvisé et bander la main blessée à l'aide de la dentelle.

– Votre technique est impressionnante, lui déclara Gage.

Garvix avait observé de très près cette petite scène et une lueur lubrique et mauvaise s'alluma dans ses yeux.

– Gladys s'y entend à prendre soin des types jeunes, fit-il. Pas vrai, Glad ?

– Cela devrait tenir, dit-elle comme si elle n'avait pas entendu la remarque de son mari.

Elle se savait incapable de le contrer. Elle s'y était essayée plusieurs fois et cela avait abouti à des scènes démentielles. Elle acheva de fixer le pansement. Gage brandit sa main pour que tous puissent l'admirer, puis dit, plein d'entrain :

– Alors ? On y va ?

– Et lui ? fit Freddy, montrant Rogers.

– Quoi, lui ? demanda Garvix.

– Est-il en état de marcher ?

– Je le crois, dit Gage. A condition que nous allions lentement et que nous le laissions de temps à autre se reposer.

– Il n'y arrivera pas, déclara Putney.

– Je vais rester avec lui, fit Gladys. Aussitôt rentrés, vous nous enverrez chercher avec un brancard.

– C'est très généreux de votre part de faire une telle

proposition, Mrs. Garvix, dit Gage. Mais je ne pense pas que ce serait sage.

– Pourquoi ? fit-elle d'un ton tellement agressif qu'il se sentit rougir.

« Pourquoi ? » se dit-il. Est-ce possible qu'elle ne le comprenne pas ? Dans ce cas, ce n'était pas à lui de le lui expliquer... de lui dire brutalement, devant tous les autres, que s'ils la laissaient derrière eux, auprès de l'arpenteur, il était des plus improbables qu'ils retrouvent le coin de forêt où ils se trouvaient actuellement... à condition bien entendu qu'eux-mêmes parviennent à rentrer chez eux. Si elle ne le comprenait pas, alors ma foi...

– Ce ne serait pas raisonnable, dit-il non sans irritation, et de plus, nous ne pouvons pas le laisser vivre plus longtemps à la belle étoile.

– En tout cas, fit Putney d'un ton traînard et insolent, faut plus compter sur moi pour continuer à le traîner.

– Personne ne te l'avait demandé, fit Gage qui pouvait de moins en moins dissimuler son irritation. N'oublie pas que c'est toi qui nous l'avais proposé.

– C'est parfaitement vrai, fit Jamison. Tu voulais jouer au héros. Tu vois où ça mène de jouer au héros.

Il accompagna cette sortie d'un petit rire malveillant. Il n'était pas sans avoir remarqué les avances que faisait Sybil à ce garçon.

Putney eut brusquement l'air d'une bête traquée.

– Alors ? fit Gage au bout d'un moment. Quelle direction prenons-nous ?

– Droit à l'ouest, fit Garvix. Avec le soleil dans le dos.

– Cela fait deux jours que nous nous dirigeons droit vers l'ouest.

– Trois, rectifia Freddy.

– Non, deux, chéri, affirma Sybil.

Il la regarda d'un air soupçonneux, tel un client qui craint d'avoir été floué par un chauffeur de taxi dans un pays étranger, puis dit, irrité lui aussi :

– Eh bien, moi, il m'a semblé qu'il s'était passé au

moins trois jours. Quoi qu'il en soit, ajouta-t-il en consultant sa montre-bracelet, j'ai rendez-vous au golf cet après-midi. Tu crois que j'y serai à temps ?

– Sans aucun doute, fit Garvix. Nous serons rentrés vers midi.

Gage sentait l'angoisse monter en lui. Il se surprit à faire un réel effort pour empêcher sa voix de trembler.

– En effet, dit-il aussi calmement qu'il le put, nous nous sommes continuellement dirigés vers l'ouest. L'un de vous aurait-il une autre proposition à faire ?

Non sans un certain espoir, il consulta du regard ses compagnons. Il se cramponnait encore à l'idée que le meilleur moyen de trouver une solution à leur problème serait de tenir conseil. Des gens ayant la tête sur les épaules, discutant avec calme et se rangeant à l'opinion de la majorité. Mais il se heurta à un glacial silence, à leur hostilité, comme s'ils lui en voulaient de les avoir consultés. Gage étouffa un soupir, se tourna vers Garvix :

– Bon ! Le sort en est jeté ! Puisque ouest il y a, prenons la direction de l'ouest.

– Allez, garçons et filles, en selle ! lança Garvix en frappant à nouveau dans ses mains.

Aussitôt tous se levèrent, comme les musiciens sur le coup de baguette du chef d'orchestre… engourdis, courbatus, grommelant, exprimant entre haut et bas leur mécontentement. Ils boutonnèrent leurs vestes, enfilèrent leurs sweaters, mirent leurs gourdes en bandoulière, et recouvrirent de cendre les braises.

– Qui se charge de lui ? fit Garvix en désignant Rogers.

Putney recula ostensiblement d'un pas.

– Freddy, fit vivement Sybil, ce qui fit sursauter Jamison.

– Je… j'ai bien peur de n'être pas, ce matin, en état de le faire, dit-il avec un petit sourire gêné.

– Je m'en charge, firent Gage et Bayles simultanément, mais Bayles fut le premier à s'approcher de l'arpenteur, à le soulever et à l'appuyer à la fois contre son épaule et contre sa hanche. Je le prends d'abord, dit-il à Gage, puis vous me relaierez.

– Parfait ! tonna Garvix comme s'il s'apprêtait à entraîner une meute de chiens. En route, les gens du voyage !

– Attendez ! cria Jamison.

– Qu'est-ce qui t'arrive encore ? fit Garvix en lui lançant un regard noir.

Jamison prit l'air ulcéré. Tournant sur lui-même, il fonça dans les fourrés.

– C'est bon, fit Garvix. Si vous avez besoin de vous isoler, autant le faire avant de se remettre en route, et il le considéra avec un souverain mépris. Parce que nous ne nous arrêterons pas à tout bout de champ.

Aucun ne broncha. Ils restèrent là, maussades, sans voix, visiblement domptés… attendant le retour de Jamison. Lorsqu'il revint, dix minutes plus tard, il paraissait vraiment souffrant, le visage bouffi, couleur de pâte mal levée.

– Allons, avancez, avancez, je vous dis ! cria Garvix dont la voix leur parvenait à travers les arbres. Avancez ! Vous vous traînez comme des limaces. Et ne vous dispersez pas comme ça !

C'était exact. Une fois de plus, ces malheureux errants ne marchaient plus à la file, mais formaient de petites planètes bien distinctes tournant autour d'un soleil unique. Cela faisait maintenant plus d'une heure qu'ils avaient repris la route. Freddy et Gladys marchaient de concert sans échanger la moindre parole. Freddy, très pâle, avait l'air hagard. Son élégant foulard de soie, tout déchiré, lui pendait autour du cou comme une loque. La semelle de sa chaussure s'était séparée de l'empeigne et frappait le sol à chaque pas, comme la nageoire d'un phoque. Il grimaça soudain et porta la main à son estomac, l'endroit où son ulcère lui rongeait les entrailles.

– Tu as très mal ? lui demanda Gladys qui l'avait vu grimacer de douleur.

– A peine, fit Jamison avec amertume. J'ai simplement l'impression qu'un rat me grignote la rate.

Blanc comme un linge, il respirait fort.

– Tu veux t'arrêter ?

Ils s'étaient vus obligés de s'arrêter à plusieurs reprises au cours de la matinée, le temps qu'il s'isole dans les fourrés pour se soulager. Tout malade qu'il était, il se sentait mortifié à l'idée de leur demander de faire halte à nouveau. Il fit signe à Gladys de continuer d'avancer.

– Tu tiens drôlement bien le coup, Glad, fit-il tandis qu'une douleur le transperçait comme un coup de poignard. Un vrai petit soldat. Bon Dieu si seulement je pouvais… si j'avais le courage de… Cette façon qu'il a de me harceler, de m'insulter… De rage, il cracha, et ajouta : Et les autres qui me regardent avec condescendance…

– Je me fous éperdument de leurs regards condescendants, dit Gladys avec hargne, et elle chercha du regard Sybil qu'ils apercevaient entre les arbres, un peu en avant d'eux.

Freddy qui avait parfaitement saisi sa pensée l'approuva d'un signe de tête et s'exclama :

– Sybil et sa bon Dieu d'éducation européenne ! Chaque fois qu'elle remet ça, j'ai envie de lui fourrer une chaussette au fond de la gorge.

Ils éclatèrent de rire et, pendant un instant, se sentirent très proches l'un de l'autre.

– Et cette Ollie ! reprit-il, laissant sa rancœur prendre le dessus. Cette vierge desséchée qui en nous regardant a toujours l'air de renifler de mauvaises odeurs ! Il cracha à nouveau. Quelle bande de minables ! Tu peux me croire, Glad – je te le jure – je te tire mon chapeau. Y en a pas un qui soit digne de cirer tes chaussures.

– Oh ! ça va !…

– Je le pense sincèrement. Tu es trop modeste pour accepter des éloges. Mais je n'en pense pas moins.

– Bon, fit-elle. Bon. Et sentant l'irritation monter en elle : Mais encore un fois, ça va.

Il ne s'expliqua pas cette irritation. Il croyait lui avoir fait un compliment. Elle aurait dû en être contente. Il eut l'impression qu'il ne faisait, au contraire, qu'aggraver les choses. A court de paroles, il cracha à nouveau.

– Dieu que j'ai un mauvais goût dans la bouche ! Je ne sais ce que je donnerais pour de la pâte dentifrice, de la crème à raser et de l'eau chaude !

Sur ce, il porta la main à son estomac et fila une fois de plus dans les fourrés.

Gladys fit signe aux autres de s'arrêter. Ils se rassemblèrent et attendirent que Jamison reparût. Mais cette fois, lorsqu'il sortit en chancelant des taillis, malade et mortifié par leurs regards accusateurs, Garvix ne put contenir plus longtemps son impatience, et s'écria :

– Mais nom de nom, qu'est-ce que tu as, à la fin ?

– En effet, chéri, fit Sybil. Qu'est-ce que tu as ?

– Puisque tu tiens absolument à le savoir, ma chère, j'ai la chiasse.

– Freddy ! fit Sybil, grimaçant de dégoût.

– Et même une chiasse royale, reprit Freddy, qui n'en était plus à employer des euphémismes. Et ça, grâce à tes foutus artichauts d'Israël, ou je ne sais comment tu les appelles. Je pourrai encore me considérer heureux si mon ulcère ne me provoque pas une bonne petite hémorragie.

– Peu importe tout ça ! gueula Garvix. On y va, oui ou non ?

Jamison reprit en grommelant sa place dans la file et bientôt la petite colonne de promeneurs exténués reprit sa marche en avant… le massif, solide, infatigable Garvix à leur tête… le pâle et fantomatique soleil du matin dans leur dos.

– Parfait ! Bien, très bien, fit Gage qui gravissait avec peine une petite pente tout en soutenant Rogers de son mieux. L'arpenteur avait passé son bras autour du cou du médecin et les deux hommes, qui peinaient sur cette pente de rien du tout, avaient quelque chose de vaguement comique. Bravo, Mr. Rogers ! C'est bien ! C'est très bien ! Vous serez bientôt rentré chez vous.

Cela faisait maintenant trois quarts d'heure que Gage avait relayé Bayles, et il n'en pouvait plus. Ses jambes, son dos étaient douloureux. Le visage d'une pâleur de cendre, il respirait difficilement. Une sueur glacée lui coulait sur tout le corps.

– Bravo ! s'entendit-il dire à Rogers, et il lui sembla que sa propre voix venait de très loin. Bien ! Très bien ! Encore un petit effort…

– 18 degrés… sud-sud-ouest, marmonna Rogers entre ses lèvres parcheminées. *30 minutes… 12 secondes…*

Les mots lui sortaient de la bouche avec un filet de bave, et à peine les eut-il prononcés qu'il retomba dans son apathie habituelle. Ses jambes le soutenaient à peine. Elles ne pouvaient plus supporter le poids de ce géant et il tomba, entraînant Gage avec lui.

Ils tombèrent l'un sur l'autre, se cramponnant l'un à l'autre, haletant comme des chiens courants à l'arrêt. Pour se remettre en marche, Gage dut prendre l'arpenteur sous les bras et le tirer, tandis que ses jambes, telle de la cire molle, traînaient derrière lui.

– Attention à votre tête ! fit Gage s'adressant à ce grand corps inerte. Il souleva une branche basse, fit passer Rogers dessous, puis reprit : Là ! Parfait ! Encore un petit effort. Vous vous en tirez très bien.

Il éprouvait le besoin de réconforter le vieil homme, de l'encourager à chaque pas.

Rogers se redressa un instant comme un homme qui s'éveille, puis ses prunelles, tournées vers le ciel, roulèrent dans leurs orbites.

– 7 anges… 7 plaies… 7 bols d'or… 7 agneaux… 10 cornes…

Ce que Gage lut dans les yeux de l'arpenteur l'alarma.

Cette absence de regard, il l'avait vue nombre de fois au cours de sa vie. Et cependant à chaque fois qu'il voyait des yeux rouler ainsi dans leurs orbites, la pupille n'apparaissant que par éclairs entre les paupières, il était saisi d'un sombre pressentiment.

– Aimeriez-vous vous reposer un moment ? demanda Gage qui ne savait plus très bien s'il s'adressait à Rogers ou à lui-même, en admettant que le vieil homme l'entendît encore.

– *Des harpistes jouant de leurs harpes...*, murmura Rogers d'un ton rêveur.

– Je crois que le moment est venu pour nous de faire halte, lui dit Gage, inutilement d'ailleurs, car à nouveau inconscient, il pesait cruellement, de tout son poids mort, sur la nuque du médecin.

– Ohé ! cria-t-il d'une voix étranglée, à l'adresse des autres. Ohé !

– Ohé ! répondit Garvix d'une voix tonnante, du haut de la colline.

– Nous sommes obligés de nous arrêter un moment ! cria Gage.

Il haletait, à bout de force.

Il étendit Rogers au pied d'un arbre, lui prit immédiatement le pouls. Cette fois il n'y avait pas à s'y tromper, il battait de façon désordonnée. C'était l'arrêt obligatoire. Le médecin en lui savait que ce n'était plus qu'une question de temps.

A nouveau, les paupières cillèrent sur des pupilles jaunâtres.

– *Mystère... Babylone la Grande... Mère des Prostituées.*

Il y eut des craquements dans les fourrés et Garvix surgit :

– Qui a pris la décision de faire une halte ?

– Moi, riposta Gage qui, étendu sur le dos, s'efforçait de reprendre son souffle. Il est à bout de force.

– Ce ne serait pas plutôt vous qui seriez à bout de force ?

– Comme vous préférez... D'ailleurs je n'en disconviens pas. De toute façon nous ne sommes plus en état, lui et moi, de poursuivre notre route. Si vous êtes si anxieux d'aller de l'avant, pourquoi ne vous chargez-vous pas de lui à votre tour ?

– Que voulez-vous dire par « plus en état » ?

– Tout simplement qu'il est près de la fin.

L'espace d'un éclair, Gage crut voir se dessiner l'ombre d'un sourire sur le visage brutal de Garvix, puis il douta du témoignage de ses propres yeux. Garvix était maintenant planté devant l'arpenteur, un peu comme un chasseur qui se fait photographier, un pied posé sur son trophée.

Bayles et Ollie apparurent, bientôt suivis par Sybil Jamison et Tom Putney. Quelques instants plus tard, Gladys et Freddy émergèrent des taillis.

– Tiens, fit Freddy, vous êtes tous là ?

– Comment est-il ? demanda Bayles, qui semblait vraiment anxieux.

– Il a absolument besoin de repos, déclara Gage.

– C'est vrai qu'il a l'air mal en point, le pauvre vieux, fit Gladys avec un petit claquement de langue d'impatience. Quand va-t-il se décider à claquer, qu'on en finisse avec tout ça ?

– D'un instant à l'autre, dit Garvix. Il est d'une pâleur !...

– Il me semble au contraire qu'il a l'air mieux, dit Ollie, en jetant un regard implorant à Gage. Vous ne trouvez pas, docteur ?

Gage fut sur le point de lui dire le fond de sa pensée, mais il sentit peser sur lui le regard insistant de Garvix.

– Je ne peux pas me prononcer, et il se détourna.

Sybil regardait autour d'elle d'un air perdu.

– Est-ce que nous ne sommes pas déjà passés par ici ? demanda-t-elle.

– Quand ça ? fit Bayles.

– Hier... Avant-hier... Je ne sais plus.

– Pour moi, tous ces bois se ressemblent, assura Gladys.

– Dieu que j'ai faim ! s'exclama Garvix qui, se débarrassant de sa gourde, se laissa tomber à côté de Rogers.

– Je serais capable d'avaler n'importe quoi, déclara Tom Putney.

La simple mention d'une quelconque nourriture fit verdir Jamison qui dit, en lançant à Sybil un regard noir :

– Pour rien au monde on ne me ferait avaler cette foutue purée d'artichauts.

– Mais il te faut manger si tu veux garder des forces, mon chéri, lui dit Sybil de la voix suave que l'on prend pour calmer un fou. Et puis pense à ton ulcère.

– Fous-moi la paix avec mon ulcère, lui lança Jamison, le visage cramoisi. Je ne veux plus en entendre parler. Compris ?

– Oui, mon chéri.

– D'ailleurs ce n'est pas mon ulcère dont je souffre le plus. Mais de mes intestins que tu as complètement démolis.

Garvix frappa du poing dans la paume de sa main, lança un regard malveillant à Rogers, et marmonna :

– Il faut absolument que je me mette quelque chose sous la dent.

Le claquement de ce poing contre cette paume arracha Ollie à ses rêveries, et elle dit d'un ton rêveur :

– Pierre l'Ermite a vécu dans cette forêt pendant des années, si je ne me trompe. Il se nourrissait de larves et de baies.

– Des larves ! s'exclama Gladys que ce simple mot écœurait.

– Oui, de larves d'insectes, assura Gage.

– Pouah ! et Gladys fit une moue de dégoût.

Garvix marchait nerveusement de long en large. Il s'immobilisa brusquement, le regard fixé sur une petite tache rousse qui se détachait sur le vert des feuilles. Il s'accroupit pour mieux distinguer de quoi il s'agissait, puis, à l'insu de ses compagnons, s'en approcha prudemment.

Quant à Freddy Jamison, étalé sur le dos, il parlait dans le vide, en direction du ciel.

– J'ai rêvé, hier soir, que je me trouvais dans un petit

restaurant corse que je fréquentais dans les années 40. Je mangeais du canard froid que j'accompagnais de Suova bien frais.

Sybil soupira et regarda tristement ses mains vides.

– Il y avait là une petite serveuse sarde, reprit Freddy avec nostalgie, qui était aux petits soins pour moi. Elle avait de grands yeux noirs, de vrais grains de raisin muscat…

– Tu as fini ? fit Gladys. Moi qui crève de faim !

Gage sortit du fond de sa poche une poignée de pastilles noires, un peu gluantes, auxquelles adhéraient des brins d'ouate.

– Tenez, dit-il en les lui tendant, goûtez-moi ça.

Il les lui offrait, sur sa paume ouverte, telles qu'elles étaient, et son geste un peu brusque la fit reculer d'un pas. Mais se ressaisissant, elle s'approcha à nouveau, et regarda les pastilles d'un air méfiant, comme si elle s'attendait à les voir se tortiller.

– Qu'est-ce que c'est ? demanda-t-elle.

– Des pastilles de réglisse, fit Gage avec un sourire béat de gamin. Je les ai retrouvées ce matin au fond de ma poche.

Tous se pressèrent autour de lui avec une sorte de respect, comme si cette demi-douzaine de pastilles de réglisse étaient plus précieuses que des pierres de grand prix.

– J'adore le réglisse, fit Gladys qui s'en fourra une dans la bouche avec ravissement.

– Vous croyez qu'elles sont encore bonnes ? demanda Freddy, méfiant.

– Excellentes ! affirma Gage. J'en ai déjà sucé deux.

– Vous en avez sucé deux ! s'exclama Freddy en haussant les sourcils.

– Oui… Ça vous dérange ?

– Et comment que ça me dérange ! fit Jamison en rougissant de colère. Et qui nous dit que vous n'en avez sucé que deux. Vous en avez peut-être dégusté une douzaine.

– Pour l'amour du ciel, Freddy ! lui lança Sybil. Après tout, ces pastilles de réglisse lui appartiennent.

– Ça, je m'en fous ! s'écria Jamison, indigné. Dans la situation où nous nous trouvons nous devons tout partager.

– Bonté divine ! fit Gladys en se tapant le front de la paume de la main, tandis que Bayles faisait entendre son petit rire rauque et triste.

Garvix, accroupi au pied d'un arbre, fixait avec intensité quelque chose qui remuait dans les branches, juste au-dessus de lui. Il restait là, immobile, tel un personnage de bas-relief. Puis très lentement il s'agenouilla, et sans quitter des yeux la petite forme qui s'agitait dans les branches, il referma la main sur une grosse pierre.

– Je me demande ce qu'est devenue cette petite Sarde, reprit Jamison qui continuait de remuer des souvenirs tout en suçant d'un air morose sa pastille de réglisse.

Garvix se mit à tourner lentement autour de l'arbre, les yeux rivés sur la proie qu'il convoitait.

– On se faisait les yeux doux, continua Freddy, mais on ne s'est jamais adressé la parole. C'est pas l'envie qui m'en manquait, mais c'était une serveuse et…

Brusquement le bras de Garvix se leva puis s'abaissa comme un ressort et Gage vit du coin de l'œil passer une pierre qui semblait projetée par une fronde.

– Je l'ai eu ! Je l'ai eu ! gueula Garvix.

Il s'enfonça dans les fourrés, ses exubérantes exclamations retentissant à travers la forêt.

– Qu'est-ce qu'il a bien pu attraper ? demanda Sybil sur la défensive. Et de quoi peut-il bien parler ?

– Il a fait dégringoler quelque chose d'un arbre, dit Tom.

– Oui, en effet, j'ai vu tomber quelque chose.

– Où ça ? demanda Freddy, en se redressant.

– Là-bas, et Tom indiqua du doigt Garvix penché sur on ne savait quoi.

– Oh ! mon Dieu ! gémit Sybil.

Déjà Garvix fonçait vers eux entre les arbres, en poussant des cris de fou comme à son habitude. Il s'arrêta pile à l'orée de la clairière et les regarda d'un air triomphant, une petite forme se débattant à la hauteur de sa hanche.

– Voilà notre dîner ! lança-t-il d'un ton lyrique en esquissant une petite gigue autour de la clairière, puis il s'approcha d'eux, tenant par la queue un écureuil roux qui se débattait comme un diable.

Sybil porta vivement ses mains à sa bouche, recula, les yeux fixés sur la petite bête affolée et cria :

– Lâchez-le !

– Avais-tu vraiment besoin de faire ça ? demanda Bayles, consterné. Était-ce bien nécessaire ?

– J'ai faim, rétorqua Garvix. Et pour garder mes forces, il faut que je mange.

– Il était là, à sauter de branche en branche, reprit Bayles. Il ne faisait de mal à personne et jouissait de la vie.

– Je regrette que sa vie se soit terminée de cette façon, fit Garvix avec une lourde ironie. C'était son destin, que veux-tu… Nous devons tous l'affronter un jour ou l'autre.

L'écureuil, qui n'avait été qu'étourdi par la pierre, se mit à pousser des petits cris plaintifs en se débattant de plus belle.

– Lâche-le ! répéta Sybil.

– Tu parles que je vais le lâcher ! fit Garvix en éclatant de rire. Je vais le faire rôtir et le manger.

Tous restèrent silencieux, frappés de stupeur. Jamison verdit et dit en bégayant :

– Tu… tu ne vas tout de même pas le faire cuire ici,… devant nous.

– Et pourquoi pas ? Où voudrais-tu que j'aille pour le faire rôtir ? demanda Garvix qui continuait de rire et les regardait, l'air surpris. Je ne regrette rien. Je ne suis ni un criminel ni un monstre. J'ai faim et voilà tout !

– Il est beau et bien dodu, fit Tom qui semblait fasciné par la petite bête sauvage qui continuait de se débattre.

– Rends-lui la liberté, implora Sybil d'une voix aiguë

et elle tendit la main pour attraper l'écureuil, mais Garvix le cacha derrière son dos, en disant :

– Mais enfin, qu'est-ce qui te prend ?

– Lâche-le ! Laisse-le partir ! fit Sybil le poursuivant, son regard fixé, comme fasciné, sur la malheureuse petite bête.

– Personne ne t'oblige à en manger, fit Garvix tenant toujours l'écureuil dans son dos, hors de sa portée. Je me charge d'avaler ta part.

– Non, mais regardez-le gigoter ! fit Tom, l'air ravi.

– Je t'en supplie, rends-lui la liberté, implora Sybil, hors d'elle... prête à faire un geste inconsidéré.

Garvix lui-même s'en rendit compte. Et comme l'écureuil se débattait violemment, il prit son élan et fracassa la tête du petit animal contre le tronc d'un arbre.

Les petits cris plaintifs cessèrent instantanément. Un grand silence plana sur la clairière tandis que tous regardaient avec pitié les derniers sursauts de l'écureuil. Deux minces filets de sang coulaient de ses narines. Il était mort, mais ses yeux restés grands ouverts donnaient l'impression qu'il était resté conscient jusqu'à la fin.

Sybil fit entendre une sorte de hoquet et se laissa tomber sur les genoux. Quant à Gladys elle regardait Garvix avec une véritable haine. Et c'est avec un calme inquiétant qu'elle lui lança :

– Et maintenant, fais-moi le plaisir d'emporter où tu voudras cette foutue bestiole et de ne pas la manger sous nos yeux.

L'espace d'un instant, devant cette ferme injonction, Garvix parut surpris et perdit de sa superbe.

– Et où veux-tu que j'aille ? demanda-t-il, prêt à lui faire une concession.

– N'importe où. Mais pas ici.

– Aucun de vous ne désire en manger ? fit Garvix, l'air ulcéré.

Pour toute réponse, tous regardèrent en silence l'écureuil qui, tête en bas, se balançait au bout de sa main.

– Moi j'en veux bien, dit enfin Tom.

Le visage de Garvix s'illumina.

– Suis-moi, mon garçon. On va s'offrir un bon petit ragoût, toi et moi.

Ravi, il prit Putney par l'épaule, jeta un regard aux autres, lança : « Qu'ils aillent se faire foutre ! », éclata d'un rire tonitruant qui exprimait à la fois plaisir et défi, puis tous deux, bras dessus, bras dessous, s'enfoncèrent dans les taillis.

Lorsqu'ils se furent éloignés, un grand silence tomba sur la clairière, uniquement rompu par Sybil qui, toujours agenouillée, sanglotait à corps perdu.

Au bout d'un moment, Bayles se leva, s'approcha d'elle, lui posa gentiment la main sur l'épaule. Elle leva sur lui son visage maculé de larmes et de poussière.

– Nous n'en sortirons jamais, dit-elle à voix basse. Nous allons marcher, marcher sans fin. Et tourner en rond… tourner en rond…

Et comme Gage lui répondait d'un ton rassurant :

– Mais non, nous allons certainement nous en sortir, Gladys lui lança :

– Eh bien, partons et sur-le-champ !

– Partir ? fit Sybil. Mais comment ?

– Partir, tout simplement.

– Mais pour aller où ?

– N'importe où ! fit Gladys, surexcitée. Mais éloignons-nous d'eux, et elle désigna du pouce les taillis où s'étaient enfoncés Garvix et Putney.

– Tu veux dire… les abandonner ? demanda Ollie, effarée.

– Pourquoi pas, fit Gladys en hochant frénétiquement la tête, un petit sourire aux lèvres. Mettons le plus de distance possible entre eux et nous. Et se tournant, implorante, vers Gage : C'est notre seule chance ! Comme il ne répondait pas : Vous ne comprenez donc pas ? dit-elle dans un effort désespéré de lui faire partager sa conviction. Nous pouvons encore nous en sortir. Mais à condition de partir de notre côté.

Ollie étouffa une exclamation, comme si Gladys venait de prononcer devant elle un épouvantable blasphème.

– Je crains bien que nous ne puissions faire une chose pareille, dit Gage de son ton habituel, calme et raisonnable.

– Et pourquoi pas ? répliqua-t-elle violemment.

Comme Gage s'apprêtait à lui répondre, Rogers se remit à marmonner. Tous tournèrent la tête vers lui, se rappelant brusquement qu'il était encore là. Gage esquissa un sourire. Rogers venait de leur rappeler son existence – un facteur avec lequel il fallait compter –, une des raisons qui les empêchaient de filer de leur côté.

Brusquement, le visage de Gage s'illumina. Il leur sourit à tous et dit, plein d'entrain :

– Je ne saurais dire pourquoi, mais j'ai l'impression que nous ne sommes plus très loin de chez nous. Qu'au prochain tournant, nous verrons se dresser une maison. C'est ainsi que les choses se passent quand on s'est égaré. En réalité, on n'est jamais tout à fait aussi perdu qu'on le croit.

– Vous n'avez pas bientôt fini ! lui lança Gladys exaspérée.

– Fini de quoi faire ? demanda Gage avec l'air stupéfait d'un homme qui vient, sans raison, de recevoir une gifle.

– De nous parler comme à des enfants.

– Des enfants ? fit-il, déconcerté.

– Oui. Et nous ne sommes pas des enfants.

Mais juste à cet instant, elle avait vraiment l'air d'une enfant… d'une petite fille rageuse qui tape du pied, le visage maculé, les vêtements froissés pour avoir trop joué. Et sa petite culotte, dont elle avait arraché la dentelle pour lui bander la main, lui tombait jusqu'aux genoux.

– Je n'ai jamais dit que vous étiez des enfants.

– Possible, mais c'est ce que vous pensez depuis le début. Et vous nous traitez comme des enfants.

– Ça tu peux le dire, fit Jamison venant à la rescousse. Ces airs pompeux et solennels qu'il se donne. Et ces cours qu'il nous faits sur l'eau, les aliments et Dieu sait quoi encore.

– Mais c'est grotesque ! se récria Gage.

– C'est comme ça que vous nous traitez, fit Gladys qui s'obstinait. Et bon Dieu, j'en ai ras le bol ! Je vous entends déclarer à un de vos patients qui est en train de passer l'arme à gauche : « Certes votre état est curieux, mais j'ai eu des exemples de rémissions quasi miraculeuses. »

Elle avait pris, pour l'imiter, un ton tout à la fois solennel et comique.

Leurs yeux se rencontrèrent et Gage soutint fermement son regard. C'est avec une patience résignée qu'il lui répondit, car tout son corps lui faisait mal :

– C'est exact. C'est en effet ce qu'il m'arrivait de leur dire. Et pourquoi pas ? Je leur donnais de l'espoir et j'en tirais moi-même une sorte de réconfort. Du point de vue thérapeutique, Mrs. Garvix, l'espoir est un facteur d'une extrême importance. Il est presque impossible de guérir un malade si ce facteur-là fait entièrement défaut.

– Ce n'est pas d'espoir que j'ai besoin, mais de vérité. Je veux des faits et des chiffres. Je veux savoir combien de temps l'homme peut survivre sans s'alimenter normalement. Je veux savoir combien de temps il peut supporter les nuits froides et humides. Voilà ce que je veux savoir. Et si la mort vient, je veux savoir si elle sera pénible, ou si je m'endormirai paisiblement, comme un enfant.

– Je pourrais évidemment vous citer certaines statistiques, fit, d'un air las, Gage qui ne désirait nullement s'appesantir sur la question. Mais…

Rogers se redressa brusquement, comme frappé par la foudre, et dans ses yeux grands ouverts passa une lueur de lucidité.

– 7 têtes qui sont 7 collines… Alléluia… La salvation… Le lac de feu… La nuit vaincue… La fiancée…

L'épouse de l'agneau... 12 portes... 12 anges... 12 tribus... 12 apôtres... Là est le tabernacle...

Sa voix rauque résonna à travers la clairière.

Ils accoururent tous vers lui, tels de minces filets d'eau qui viennent grossir un torrent. Mais déjà Rogers était retombé sur le dos, sur cette terre prête à l'engloutir. Et une fois de plus il leur échappa et sombra dans l'inconscience.

Ils se pressèrent autour de lui, se tordant les mains, piétinant sur place, écoutant sa respiration bruyante et difficile. Puis lentement, un à un, ils s'éloignèrent et allèrent se réfugier chacun dans son coin, dans l'attente d'on ne savait quoi.

Bayles, cependant, resta auprès de l'arpenteur. Sur son visage se lisait une étrange expression faite à la fois d'étonnement et d'attente, comme s'il cherchait à s'expliquer le lien mystérieux qui avait existé pendant tant d'années entre le vieil homme et lui, à trouver la clé qui lui permettrait d'ouvrir la porte qu'il pourrait enfin franchir.

Au bout d'un moment, Bayles se leva et alla en boitillant se réfugier dans un coin éloigné de la clairière. Ils étaient tous assis maintenant, en un vaste cercle, attendant que Garvix et Putney en aient fini avec leur festin ; attendant, du moins ils le supposaient, de prendre le chemin du retour.

De gros nuages noirs s'étaient amoncelés au-dessus de leur tête. Il tomba d'abord un petit crachin, puis de grosses gouttes de pluie, tièdes, espacées, se mirent à tomber lentement, paresseusement. Peu à peu, leur rythme s'accéléra et bientôt ils furent pris dans une averse torrentielle. Mais cette pluie, à la fois tiède et rafraîchissante, avait quelque chose d'agréable et de vivifiant. Ils la subirent sans bouger, passifs et résignés, comme des bœufs sous le joug.

Comme elle redoublait, Sybil se leva et se précipita vers l'arpenteur. Son corps filiforme ployait sous ce rideau de pluie. A plusieurs reprises son pied glissa sur le sol noirâtre et spongieux. A peine arrivée auprès de lui, elle s'agenouilla et lui recouvrit le torse de sa veste.

Elle s'aperçut alors que, les yeux grands ouverts, il la regardait calmement. Et elle crut même lire dans ses yeux une infinie compassion.

– *Harpistes... Anges... Lacs de feu...*, murmura-t-il et il referma les yeux.

– Albert, implora-t-elle, penchée sur lui.

– *18 sud... sud-ouest... 30 minutes... 12 secondes...*

La pluie lui tombait dans les yeux et coulait en petites rigoles dans les rides profondes qui se creusaient de ses joues à son menton. Sybil s'efforça de son mieux de l'abriter de son corps.

– *Hyacinthe... Chrysolite... Chrysoprase...*

– Albert... dites-moi... Dites-moi ce que j'aspire à savoir.

Il murmura des mots sans suite. Elle se pencha plus bas encore pour percevoir sa voix malgré le crépitement de la pluie.

– Ce que je souhaitais entendre depuis si longtemps.

– *Chrysolite... Sardonyx...*

A nouveau, ses paupières se soulevèrent et il resta là, les yeux grands ouverts sous la pluie qui tombait toujours. Elle lui prit le visage entre ses mains et repoussa avec tendresse une lourde mèche grise et mouillée qui lui retombait sur le front.

– Dites-le-moi, reprit-elle, suppliante, et je vous promets de n'avoir plus jamais peur.

La pluie qui tombait maintenant en oblique les giflait, mais Sybil ne semblait même pas s'en apercevoir, et elle répéta, insistante :

– Dites-le. Dites : « Je suis ton père. » Dites-le et je vous jure que je ne le répéterai à âme qui vive. Dites-le, je vous en supplie... Je l'ai toujours su, mais ce serait une telle joie pour moi de vous l'entendre dire. Cela restera notre secret et je serais prête à mourir ici avec bonheur.

– *Émeraude... Sardonyx... Sardoine... 18 sud... 30... 12...*

Elle ne se rendait même pas compte qu'elle pleurait, et ce fut d'un ton plus pressant encore qu'elle le dit :

– Si vous n'avez pas la force de parler, faites un simple signe de tête et je comprendrai. Albert, je vous en prie, mon chéri, dites-le. Dites : « Je suis ton père. »

– *Chrysolite... Béryl... Topaze...*

Sa voix se fit soudain plus haute et les mots se pressèrent sur ses lèvres. Il essaya de se soulever. Elle s'efforça de le maintenir étendu et ils roulèrent dans la boue en une étroite et étrange étreinte.

– *Hyacinthe... Chrysolite... Chrysoprase...*, proclama-t-il d'une voix tonnante.

Bayles arriva le premier auprès d'eux. Il tenta de les séparer, mais fut entraîné à terre lui aussi.

– *12 sud... sud-ouest... 30... 18... jusqu'à une pierre marquée Y.*

Rogers était maintenant à moitié dressé sur un genou, tandis que Bayles et Sybil, tels des serpents, s'enroulaient à son cou.

Gage arriva en courant de l'autre bout de la clairière écartant de son coude le rideau de pluie qui lui fouettait le visage.

– *Plus de lampes... Pour toujours et à jamais... 18 sud... 30... 12...*

Garvix et Putney surgirent soudain des fourrés. Ils étaient tous debout, maintenant, et couraient sous la pluie vers ces trois corps qui se débattaient.

– *Sardonyx... Sardoine... Chrysoprase...*

– Au secours ! hurlait Sybil.

– *Hyacinthe... Améthyste... Je viens...*

17

Peu après que la pluie se fut arrêtée de tomber, le soleil se remit à briller dans un ciel sans nuages et ce fut à la lumière de ses derniers rayons qu'ils enterrèrent Albert Rogers. Ils l'enterrèrent à l'endroit même où il avait rendu le dernier soupir. Ils creusèrent une fosse peu profonde à l'aide de branches, de pierres, bref de tout ce qu'ils trouvèrent sous leur main qui permettait d'entamer le sol.

Ils vécurent là un moment étrange. Les femmes creusaient tout autant que les hommes. Il n'y eut ni larmes ni manifestations de chagrin. Simplement un lourd silence que rompaient seuls les grognements et les soupirs d'un effort prolongé. On aurait dit qu'ayant accepté la mort d'Albert Rogers comme un fait inéluctable, ils éprouvaient l'ardent désir de le soustraire à leur vue, d'effacer de lui toute trace – et jusqu'à son souvenir – et ce, le plus rapidement possible.

Côte à côte, dans leurs vêtements trempés et dégoulinants, ils travaillèrent d'arrache-pied, et le crépuscule venu, jugeant la fosse assez profonde, ils y couchèrent l'arpenteur. Puis avec l'accompagnement des gouttes de pluie qui tombaient des branches et frappaient le sol avec un bruit de glas, ils se hâtèrent de le recouvrir d'un petit monticule de terre.

– Il nous faut marquer l'emplacement, dit Ollie qui déjà s'activait, à l'aide de deux branches, à former une croix rudimentaire.

– Non, fit Garvix en lui retenant la main. Pas de

marque. Et comme elle allait protester, il lui posa le doigt sur les lèvres et répéta : Pas de marque.

Elle céda et recula devant lui, comme en transe. Et les autres n'élevèrent aucune protestation.

Cependant, dans la forêt, les ombres s'épaississaient, les encerclaient. Pendant un moment, ils restèrent assis, silencieux, devant la fosse fraîchement comblée, tandis que les branches s'égouttaient tout autour d'eux.

– Et maintenant, où en sommes-nous ? demanda Bayles et sa voix les fit tous sursauter.

– Ou en sommes-nous, en effet ? demanda Gage qui mordillait, l'air pensif, le tuyau de sa pipe.

Il avait, au petit matin, épuisé sa provision de tabac. Jamison les regarda tous d'un air piteux et dolent, puis dit avec un petit rire :

– Eh bien, moi je vais vous dire où nous en sommes. Nous sommes foutus. Il lança un regard désespéré vers la fosse où reposait Rogers et ajouta : Lui seul connaissait le chemin du retour. Lui seul savait…

– Oui, sans lui, nous ne nous en sortirons jamais, renchérit Sybil.

Ollie éclata en sanglots. Et tandis que les ombres s'épaississaient et que le cri nostalgique des nocturnes chouettes, tel l'appel d'âmes errantes venues de quelque région infernale, peuplait la forêt, Léo Garvix étouffa un petit rire.

Ils tentèrent, ce soir-là, d'allumer un feu, mais le bois trempé de pluie ne s'y prêtait pas. Ils ne purent donc préparer aucune boisson chaude, aucune nourriture, et quand commença de tomber une nuit froide et sans lune, ils se serrèrent les uns contre les autres, tant ils craignaient, s'ils s'éloignaient, ne fût-ce que d'un pas, de ne plus se retrouver. Quelque part dans la forêt ils entendirent l'aigu et bref glapissement d'un renard, suivi de l'étrange petit sanglot qui le caractérise. Ils perçurent également le bruit furtif que faisaient autour d'eux d'autres petites bêtes sauvages, et ils s'entretinrent à voix basse, non tant pour faire la conversation, ou passer le temps, que pour garder le contact.

Cette nuit-là, ce fut principalement Garvix qui fit les frais de la conversation. Les autres se contentèrent de l'écouter. Il parla des Garvix Enterprises et fit de lourdes plaisanteries dont il était à peu près le seul à rire. La longue nuit obscure se traînait.

John Bayles et Gladys Garvix ne se donnaient même pas la peine d'écouter ces vantardises et ces mauvaises plaisanteries. Ils nourrissaient peu d'espoir, et eux qui au cours de ces trois jours avaient tout juste échangé quelques mots de politesse, nouèrent, dans cette nuit d'encre, une étrange camaraderie.

– Que vois-tu ici, John ? lui demanda-t-elle. C'était de sa part une simple plaisanterie, car dans une telle obscurité on ne discernait absolument rien. Elle ne voyait même pas son compagnon qui n'était qu'à un ou deux pas d'elle.

– Dieu, répondit-il gravement.

– Oh, oh !... Dieu ! Rien que ça !

– Ne ris pas. Il est là, présent.

– Comment le sais-tu ?

– Je sens Sa présence.

Elle fut sur le point de se mettre à rire, puis se rendit compte brusquement qu'elle n'avait pas envie de plaisanter et c'est avec gravité qu'elle murmura :

– Et que te dit-Il ?

– Que nous sommes perdus.

– Nous n'avions pas besoin de Lui pour nous en rendre compte, fit Gladys agacée.

– En réalité, nous ne le savons réellement que depuis un moment. Et comme il la sentait en pleine confusion, il ajouta : Irrémédiablement perdus. Ce matin encore nous aurions peut-être retrouvé le chemin du retour. Mais maintenant, c'est sans espoir.

– Depuis quand ? Depuis la mort d'Albert ?

– Non, déjà avant. Au début de l'après-midi, la lumière

a changé et j'ai acquis la certitude que nous allions errer ainsi jusqu'au jour de notre mort.

– Et c'est tout ? fit-elle avec un petit rire. Je m'attendais à quelque affreuse révélation. Elle sentit que, dans l'obscurité, il la cherchait du regard, et elle ajouta : Mais avant de venir ici, nous ne faisions que cela, et tous les jours de notre vie.

– Quoi donc ?

– Errer. Et comme il ne disait rien, elle reprit : Quelle différence y a-t-il entre errer dans une forêt ou dans une ville ? Ou même du salon à la cuisine ? C'est toujours le même labyrinthe et cela finit toujours de la même façon.

Bayles sourit dans l'obscurité, et il eut l'étrange impression que le visage qui souriait ne lui appartenait pas.

– Tu as raison, dit-il et brusquement il se mit à rire.

– Qu'y a-t-il là de comique ?

– De le savoir enfin. De savoir qu'il y a à tout un point final.

– Ce que tu dis est complètement fou.

– Ne crois pas ça, et il repartit à rire. Qu'il en soit ainsi, en fin de compte, voilà qui est comique.

– Follement ! fit Gladys qui ne s'en sentait pas mieux pour tout ça.

– Ça l'est. Je te dis que ça l'est.

– Tu trouves comique que nous soyons perdus ?

– Non… pas perdus… retrouvés.

Elle fronça les sourcils dans l'obscurité, de plus en plus perplexe. Et elle fut à son tour prise d'un rire irrépressible.

– Qu'y a-t-il donc de si comique ? leur cria Garvix.

– Nous ne demandons qu'à rire, nous aussi, lança Freddy Jamison.

– Oui, nous en aurions bien besoin, renchérit Sybil.

– John Bayles prétend que tout va bien pour nous maintenant, leur lança Gladys. Nous sommes, paraît-il, retrouvés. Il dit que c'est quand on se croit perdu qu'on se retrouve.

Bayles perçut un ricanement qu'il attribua à Jamison.

Brusquement une flamme baigna la clairière d'une lumière verdâtre et surnaturelle. Tom Putney venait de se dresser au milieu d'eux, brandissant au-dessus de sa tête une torche faite d'une branche autour de laquelle il avait enroulé son maillot de corps.

Le jeune homme les regarda tous d'un air confus, plus surpris qu'eux, semblait-il, de voir s'élever cette flamme. Puis il dit, comme s'il s'excusait :

– J'aurais pas pu rester une minute de plus dans le noir.

– Voilà ce que j'appellerai un garçon plein de ressources, s'exclama Garvix, ravi.

La torche se consumait, crépitait, lançait des étincelles vers le ciel obscur où pas une étoile ne brillait. Elle donnait peu de chaleur et n'ajoutait guère à leur confort. Mais cette faible lumière était en elle-même la bienvenue, et bientôt en séchant à son contact brindilles et branches, puis en les embrasant, ils obtinrent enfin un feu joyeux et réconfortant.

Ce feu leur remonta le moral. Garvix se vanta à nouveau de l'importance qu'allaient prendre ses affaires. Il leur raconta que son père lui avait refusé fonds et garantie, et qu'il s'était lancé dans le commerce avec les économies qu'il avait réussi à amasser. Qu'il avait commencé dans un grenier qui se trouvait au-dessus d'un petit bureau de poste de village. Et que sous sa direction ses affaires avaient prospéré et pris de l'ampleur. Puis il leur parla des plans qu'il formait pour créer un vaste complexe international. Et l'entendre évoquer devant eux un avenir souriant et prospère eut sur leur moral un effet salutaire.

Enthousiasmé par sa propre vision d'un colossal empire industriel, Garvix allait continuer à pérorer lorsque du coin de l'œil il vit Tom Putney accroupi à côté de la tombe de l'arpenteur. Il se leva vivement et alla le rejoindre. Dans son dos, Freddy Jamison se vantait de ses prouesses au golf, énumérait les joueurs qu'il se sentait capable de battre malgré les handicaps dont ils bénéficiaient.

– Allons viens, maintenant, fit Garvix qui arrivé auprès du jeune assistant lui posa rudement la main sur l'épaule.

– Il m'a menti, dit Putney, les yeux rivés sur le monticule de terre fraîchement retournée. John Bayles a raison. C'était rien d'autre qu'un menteur.

– Allons viens, répéta Garvix, cherchant à l'entraîner, mais Tom lui résista.

– Il m'avait dit qu'il pourrait encore avoir une de ses attaques. Mais il m'avait promis que même si elle était grave, il s'en sortirait et qu'il serait comme avant. Ça, il me l'avait promis.

– Tout ça, maintenant, c'est fini, fit Garvix. Alors n'y pense plus.

– Il était comme un père pour moi, reprit Tom d'une voix chantante d'enfant. J'avais jamais eu de père. Il m'avait promis et il m'a menti. Il m'avait jamais menti auparavant.

– Ça t'apprendra à ne dépendre de rien ni de personne, fit Garvix en s'accroupissant à côté de lui. De toute ma vie, je n'ai jamais dépendu que de moi-même, et c'est comme ça que je suis arrivé où j'en suis aujourd'hui.

Putney n'entendait pas un mot de ce que lui disait Garvix. D'ailleurs, il ne l'écoutait pas. Il continuait de divaguer et d'adresser au vieil homme, étendu sous une mince couche de terre, de naïfs reproches.

– Il m'avait dit qu'il ferait de moi un arpenteur ; que quand il prendrait sa retraite, c'est moi qui serais l'arpenteur de tout le comté. Oui, c'est ça qu'il m'avait promis, et il leva vers Garvix un regard brillant de larmes contenues.

– Oublie tout ça, maintenant, dit Garvix avec impatience. Et oublie-le, lui aussi. Tout ça, c'est du passé. Tu ne peux pas le ramener à la vie. Ce qui compte, maintenant, c'est toi. Et le prenant par l'épaule : Comme on dit, c'est la question numéro un. Y a que ça qui compte. La façon dont tu vas sortir de ce mauvais pas.

Garvix regarda autour de lui pour s'assurer que les autres ne l'entendaient pas, puis il se tourna vers Putney et le scruta intensément. Chose curieuse, dans son regard, il y avait de la compassion. Il sourit, prit Putney par les épaules, le serra contre lui comme un gros ours.

– Tu sais ce que je pense, lui dit-il à l'oreille. Je pense qu'à l'exception de toi et moi, ils sont tous cinglés. Et avec un petit rire complice : Il n'y a que toi et moi qui ayons la tête sur les épaules.

Putney l'écoutait maintenant, les yeux rivés sur lui, comme hypnotisé par lui.

– Je t'ai bien observé, Tom. Tu es plein d'un solide bon sens. J'ai aimé la façon dont tu es arrivé à allumer du feu ce soir. Cela prouve que tu es un garçon plein de ressources. Aucun d'eux n'y aurait pensé. Cela m'a frappé. Voilà, me suis-je dit, un garçon qui ne manque pas d'idées, qui ne perd pas de vue ses propres intérêts, et qui a de l'ambition. Tandis que les autres… regarde-les – et il ricana de mépris. Une bande de geignards et de pleurnicheurs, tous tant qu'ils sont. Dès qu'on les sort de leur routine quotidienne, ils se sentent perdus. Ils se mettent à faire dans leur culotte. Tu veux que je te dise… ils sont tout juste bons pour l'asile psychiatrique. Il éclata d'un rire dur et cynique, saisit à nouveau le garçon par les épaules et reprit : Tu sais ce que je vais faire de toi, Tom ? Et observant avec un malin plaisir la lueur cupide qui s'était allumée dans les yeux du jeune assistant : A peine on sera sortis de ces foutus bois, je t'embauche dans les Garvix Enterprises. Qu'en penses-tu ? Et je ne te donnerai pas un malheureux poste d'arpenteur. Ce n'est pas digne de toi. Non, tu auras une situation en or. Tu seras à la tête du département des bois de charpente.

A ce moment, Garvix se rendit compte que le regard de Putney s'était à nouveau tourné vers l'étroite tombe. Il le secoua vivement et s'exclama :

– Oublie tout cela maintenant. C'est du passé. Moi, je représente l'avenir. Tu m'entends, petit… Tom ?

Mais le regard de Putney restait rivé sur le monticule de terre fraîchement retournée.

– Il m'a menti, répéta-t-il inconsolable. Il était comme un père pour moi, et il m'a menti.

– A quoi faisais-tu allusion, l'autre soir ? demanda Freddy s'efforçant de scruter le visage de Gladys dans l'obscurité.

– L'autre soir ?

– Oui, tu as parlé de tes problèmes. A quoi se rapportaient-ils ?

Gladys savait parfaitement de quoi il s'agissait, mais elle éluda la question.

– Ils étaient tous en train d'analyser les sentiments qu'ils éprouvaient à voir Rogers perdre la raison, reprit Freddy avec ardeur, et toi tu as déclaré que tu ne ressentais *rien*. Et tu as ajouté : « C'est en cela que réside mon problème. » Ce sont tes propres mots.

– Ah ! oui ? fit-elle, l'air lointain.

– Que voulais-tu dire par là ?

– Je ne sais plus… rien, probablement.

– Sois gentille, Glad… dis-le-moi.

– Je ne m'en souviens pas.

– Ce n'est plus le moment de faire des cachotteries.

– Je te dis que je ne m'en souviens plus, lui lança-t-elle d'une voix si dure qu'il se recroquevilla sur lui-même. Ma foi, reprit-elle, se laissant attendrir, j'ai voulu dire, je suppose, que ma vie me fait horreur. Je ne crois à rien… et pire encore, je ne ressens rien.

Le visage pâle et bouffi de Jamison s'éclaira d'un faible sourire et il demanda humblement :

– Pas même un peu d'affection pour un vieil admirateur ?

– Rien ! affirma-t-elle d'un ton si définitif qu'il en était cruel. Rien ! Rien ne me touche. Ni joie ni tristesse.

Rien ! Lorsque j'ai épousé Léo, je n'ai rien ressenti, sauf peut-être le soulagement de n'avoir plus à compter à un sou près.

– C'est exactement ce que j'ai éprouvé quand j'ai épousé Sybil, dit en gloussant Freddy, ravi d'avoir en commun avec elle la même expérience. Puis, vaguement gêné, il ajouta : En somme, il n'y a pas de mal à ça.

– Quand mon père est mort, reprit-elle comme si elle n'avait pas entendu, je n'ai pas versé une larme alors que tous, autour de moi – mes frères, mes sœurs –, pleuraient comme des veaux. Ma mère me reprocha amèrement mon manque de cœur. Elle estimait sans doute que par respect pour la mémoire de mon père j'aurais dû en faire autant, et aujourd'hui encore elle ne me l'a pas pardonné… Elle se tut, puis avec un sourire cynique, ajouta : Tu sais, ce qu'a dit hier Léo, c'était vrai.

– Quoi donc ?

– Ce qu'il a dit au sujet de ma mère… Qu'elle m'avait jetée dans ses bras pour qu'il m'épouse. C'est exact. C'est ce qu'elle a fait. Elle me brossait un tableau idyllique de la vie qui m'attendait si je l'épousais. Elle m'avait fourré ça dans la tête depuis l'âge de dix ans. Elle lança la tête en arrière, rit bruyamment. Nous nous sommes mariés au cours d'un week-end. Nous sommes allés en voiture jusque dans le Maryland. Tu aurais dû voir la tête des Garvix quand il m'a ramenée chez ses parents. La vieille Edith Garvix en a piqué une crise à ébranler le plafond. Elle voulait qu'on annule le mariage sur-le-champ… cette sale bique !

Elle jeta de nouveau la tête en arrière et éclata d'un rire amer et vindicatif. Puis elle sembla se rappeler brusquement que Jamison était à son côté, son regard s'assombrit, et elle reprit :

– Pendant tant d'années j'ai souhaité pouvoir pleurer sur lui !…

– Sur ton père ? demanda Freddy qui ne s'y retrouvait plus.

– Oui. Et pas une fois… non pas une fois je n'y suis parvenue.

Freddy réfléchit un moment à ce qu'elle venait de lui dire et chercha désespérément les paroles réconfortantes qu'il pourrait lui adresser. Malgré les crampes qui le martyrisaient, il dit d'un ton enjoué, et même gai :

– Moi, c'est tout le contraire. Un rien me fait pleurer. Je suis bien le plus grand pleurnicheur du monde. Je pleure pour un oui ou un non. Pour une mélodie sentimentale, un film à l'eau de rose… Et évoquant un souvenir lointain : Il m'est même arrivé, une fois, de pleurer à un match de football, tant le pauvre petit gardien de but – qui s'était montré héroïque – me faisait de peine.

– Ça n'a aucun rapport.

– Ah ! fit-il ulcéré par la sécheresse de sa rebuffade.

– Ce sont de tout autres larmes… Tu ne le comprends donc pas ?

– Je ne sais trop que te dire, fit-il plus désarçonné que jamais. J'ai toujours été un peu bouché pour ce genre de choses.

– Oh ! Freddy ! dit-elle touchée, car l'aveu même qu'il lui faisait de ses manques l'émouvait.

– C'est vrai, Glad, inutile de me le dissimuler, si tu savais ce que je me trouve bête !

– Voyons, Freddy, fit-elle, et elle lui couvrit les yeux de sa main comme pour retenir les larmes, chaudes de honte, qui y montaient.

– Je ne peux pas m'en empêcher, reprit-il. Je suis terrifié. Et regardant autour de lui : Ces foutus bois me jouent sur les nerfs. Il renifla, se moucha bruyamment dans son foulard en loques, puis reprit : Mais qu'est-ce que j'ai ? En quoi suis-je différent d'un Gage, d'un Bayles, et même de Léo… cette outre pleine de vent. Est-ce qu'ils ont peur, eux ?

– Naturellement qu'ils ont peur… mais ils le dissimulent mieux que toi.

Il la prit par les bras, la tourna vers lui.

– Enfuyons-nous ensemble, n'importe où… à Paris, à Londres… n'importe où, mais loin de ce nid à rats… de cet enfer !

Il voulut l'étreindre, mais elle le repoussa et se leva. Il se leva à son tour et la rattrapa par sa manche. Elle chancela et tomba contre lui. Il l'entraîna dans les fourrés, en bordure de la clairière et colla brutalement sa bouche sur la sienne… lui meurtrissant les lèvres, la sentant grincer des dents.

– Idiot !… ils pourraient nous voir.

– Pars avec moi, Gladys, fit-il, les yeux rougis et la voix implorante.

– Et on vivrait de quoi ? De ta pension alimentaire et de la mienne ? On n'irait pas très loin. Et devant son air ulcéré : Oh ! cesse de pleurnicher, pour l'amour du ciel ! Léo a au moins ça pour lui. Il ne pleurniche pas.

A ce moment la longue et mince silhouette de Sybil Jamison, qui paraissait étrangement solitaire, passa dans leur champ de vision et tous deux l'aperçurent en même temps.

– Va donc auprès d'elle, fit Gladys. Elle m'a l'air très abattue.

Il lui adressa un regard de reproche, parut sur le point de dire quelque chose, puis se ravisa. Il passa rudement sa manche sur son nez qui coulait, et allait s'approcher de Sybil, mais il se retourna, et l'air furieux, lança à Gladys :

– C'est vrai, ce qu'il a raconté ?

– Quoi donc ? fit-elle, stupéfaite de la rancœur qu'elle sentait en lui.

– Tu t'es vraiment mise nue devant lui dans le garage ?

Sybil Jamison, étendue sur le dos, la tête appuyée sur une grosse branche morte, fredonnait doucement. Puis soudain elle se mit à rire.

Bayles leva les yeux du bâton qu'il était en train de tailler, la regarda avec attention, et lui demanda :

– Qu'est-ce qui te fait rire ?

– L'histoire, répondit-elle et elle rit de plus belle.

– L'histoire ?

– Oui, j'étais en train de penser à ce que nous enseigne l'histoire.

– Oh ! Seigneur ! gémit Freddy. Pas maintenant, Sybil… je t'en supplie.

Sybil se tourna vers Bayles, poussée par un subit élan.

– Tu te souviens de ma mère, John ?

– Il serait bien difficile d'oublier une Nell Hungerford, dit-il avec un sourire affectueux. C'était une femme adorable et une grande dame.

Évoquer sa mère dissipa pendant un moment le désespoir qui s'était emparé de Sybil depuis plus d'une heure.

– Eh oui ! dit-elle. Une femme adorable et une grande dame. Mais peut-être trop grande dame et trop adorable. Ce n'était pas facile pour une fille laide de supporter la comparaison.

– On pouvait te reprocher beaucoup de choses, Sybil, fit Bayles, mais en tout cas pas d'être laide.

– Ni modeste, croassa Freddy de son coin. Alors épargne-nous ta fausse modestie, Syb…

– Je me souviens, reprit-elle d'un air pensif, que ma mère – Dieu ait son âme – me disait toujours : « Vois-tu, Sibby – et elle haussa sa voix de plusieurs octaves pour imiter sa mère, sans méchanceté, d'ailleurs – vois-tu, Sibby, il n'existe pas de problèmes que nous ne puissions résoudre en nous posant cette question : *Que nous enseigne l'histoire ? Comment les Anciens auraient-ils réagi dans telle ou telle situation ?* Lorsqu'on est bien pénétré de cette évidence, il ne reste plus qu'à suivre leur exemple. »

– Ce doit être d'une aide puissante, ricana Freddy.

– Je le croyais sincèrement, fit Sybil. Et je peux bien vous avouer, maintenant, que pendant toute ma vie, à chaque fois qu'un problème se posait à moi, je me référais, pour me guider, à Ptolémée, Pythagore et Socrate.

Là-dessus, elle retomba sur le dos et se mit à rire à s'étrangler.

– Oh ! Seigneur ! ce qu'il faut entendre ! dit d'un ton lugubre Freddy en se massant l'estomac.

– Et à ton avis, fit Bayles en la regardant avec intérêt, quelle solution apporteraient les Anciens à notre problème actuel ?

– C'est bien ce qu'il y a de plus drôle, fit Sybil qui hoquetait de rire. Ils ne m'en ont fourni aucune, ce qui s'appelle aucune.

– D'autres gens, avant nous, se sont égarés, fit Bayles et ils ont toujours fini par retrouver leur chemin.

Son rire cessa brusquement et ce fut avec gravité qu'elle répondit :

– C'est certain, mais ce n'est pas cela qui m'aidera à retrouver le mien. Connaître l'histoire des temps passés, l'analyser, l'évoquer pour essayer de découvrir ce que d'autres auraient fait dans notre situation est *futile*. Oui, *futile*. Impossible d'établir le moindre rapport avec notre situation actuelle. Ils avaient leurs problèmes. Nous avons les nôtres. Et c'est à nous qu'il incombe de trouver la solution.

Elle se mit à rire de bon cœur comme si le fait d'énoncer clairement ce dilemme le rendait moins effrayant. Puis elle reprit :

– C'est vraiment sans espoir. Quand je pense à toutes les années que j'ai passées à l'université… à l'éducation que j'ai reçue… Allons bon, voilà que je remets ça. Excusez-moi. Je m'étais pourtant juré de ne plus jamais faire allusion à la sacrée éducation que j'ai reçue en Europe.

– En effet, tu avais tendance à appuyer un peu trop sur la question, Sibby, fit Freddy.

– Oui, je le reconnais. C'est d'autant plus sot de ma part que les gens n'y accordent plus aucune importance. Quand j'étais enfant, on faisait toute une histoire sur le genre d'école qu'on fréquentait. Aujourd'hui tous les diplômes se valent, d'où qu'ils viennent. Ce qu'on révérait paraît si futile, maintenant ! Et elle se remit à rire, les yeux fixés sur le feu.

Freddy ruminait de sombres pensées. Il dit soudain, le regard fiévreux :

– On se réveille, un beau matin, et on part faire une simple balade dans les bois avec des amis. Et puis tout d'un coup…

– J'ai une ampoule de la grosseur d'un anthrax, fit Garvix qui était en train d'examiner la plante de son pied nu.

– Savez-vous ce qui me tourmente, reprit Freddy, qui suivait son idée, c'est que si je dois mourir dans cet endroit impossible, personne ne me pleurera. Parmi les millions et les millions d'êtres qui peuplent la Terre, il ne s'en trouvera pas un pour me pleurer.

– Oh ! ça va ! fit Garvix, et il se replongea à nouveau dans la contemplation de son ampoule.

– Tu oublies que tu as une sœur, dit Sybil sans grande conviction.

– Eh oui ! en Nouvelle-Zélande. Pour ce qui est de moi, elle pourrait aussi bien vivre sur la planète Mars. Et avec un petit sourire malheureux : D'ailleurs, comment saura-t-elle que j'ai rendu l'âme dans ce coin perdu ? Cela fait des années que je ne l'ai vue et de plus, je lui dois du fric.

– Rassure-toi, Freddy, c'est moi qui te pleurerai, fit Garvix, et il lui lança, par-dessus le feu, un regard ironique.

– Et dire qu'il en sera ainsi jusqu'à la fin, gémit Jamison en se massant l'estomac d'un air désolé. Errer, s'égarer. Chercher sa voie à travers un désert d'indifférence et d'hostilité.

– Il en a toujours été ainsi, lui fit observer Bayles. Mais jusque-là tu ne le savais pas.

– Je ne peux souscrire à une telle conception de la vie, déclara Freddy, et le rouge monta à son visage habituellement d'une pâleur cireuse. Navré, mais je m'y refuse. La vie est tout de même faite d'autre chose. De belles journées d'été… de merveilleuses soirées… d'amis… de lumière… de chaleur.

– Mirage que tout cela, fit Bayles, impitoyable. Nous étions tous perdus et nous ne le savions pas.

– C'est étrange, dit Freddy d'un ton rêveur. Je ne me sentais nullement perdu. Mais il faut croire que je me trompais. Il se leva brusquement, se mit à décrire de petits cercles autour du feu et reprit : Où nous dirigeons-nous ?… Qu'est-ce qui nous attend là-bas ?… Je ne veux pas mourir dans ce… et il engloba d'un geste du bras les ténèbres qui les cernaient de toutes parts.

– Et où aimerais-tu mourir, Freddy ? lui demanda Garvix en riant.

Cette question le prit par surprise. Il s'arrêta tout net de marcher et réfléchit comme si tout dépendait, maintenant, de sa réponse.

– Je n'en sais rien, fit-il après réflexion. Peut-être dans un grand lit à colonnes, avec un magnifique baldaquin et des draps de fine soie. Tous mes amis se presseraient à mon chevet et un petit orchestre jouerait en sourdine *Bye, Bye, Blackbird*.

Cette vision le fit rire de bon cœur, mais presque aussitôt il porta la main à son estomac et se mit à le pétrir brutalement comme pour en arracher la bête qui le rongeait.

– Tu encaisses mal la douleur, hein mon mignon ? fit Garvix qui éclata de rire, se tourna vers Sybil et ajouta : Faut le reconnaître, Sibby, tu as épousé un vrai paquet de nerfs.

Mais déjà Sybil, apitoyée, s'agenouillait auprès de Freddy.

– Laisse-le tranquille, Léo ! s'exclama-t-elle. Tu ne vois donc pas qu'il souffre ?

Gage s'était couché sur le ventre, à même la terre humide, le plus près possible du feu. Accoudé, il soutenait sa tête de sa main. Comme il examinait les nombreux spécimens de fleurs des bois qu'il avait recueillis, il ne se rendit pas compte que Gladys Garvix l'observait avec attention.

Il avait glissé toutes ces fleurs dans une enveloppe de Cellophane. De temps à autre, il en sortait une à l'aide d'une pince et l'étudiait à travers une loupe de poche.

Puis, avec autant de soin qu'il avait mis à l'en sortir, il la remettait dans l'enveloppe de Cellophane.

Gladys ne le quittait pas du regard. Un regard fixe et dur qu'adoucissait par instants un sourire énigmatique.

– Il faut vous rendre cette justice... dit-elle soudain.

Il leva les yeux et la vit sourire. Un sourire troublant dont il ne s'expliqua pas la signification. A tout hasard, il lui sourit à son tour et dit :

– Je vous demande pardon ?

– Il faut vous rendre cette justice. Vous ne manquez pas de sang-froid.

Il continua machinalement de sourire tout en se demandant où elle voulait en venir.

– L'un de nous vient de mourir. Nous l'avons enterré. Et nous nous sommes à ce point égarés qu'il y a peu d'espoir qu'on nous retrouve.

Il eut un petit rire réprobateur, mais elle n'en continua pas moins à décrire leur situation dans toute son horreur.

– Nous sommes là, assis dans la boue jusqu'au nombril. Cela fait des jours que nous n'avons pas fait un repas digne de ce nom...

– Jeûner de temps à autre est excellent pour la santé.

– ... et tout ce que vous savez faire, c'est vous amuser avec des fleurs.

– Regardez celle-ci, fit-il en lui montrant une petite corolle bleue. Elle est particulièrement jolie.

– Vous l'avez identifiée ? fit Gladys soudain intéressée.

– Oui, c'est une sorte de lupin que je n'avais encore jamais rencontrée.

Un bref silence régna entre eux, puis Gladys roula sur le dos, et les yeux fixés sur le ciel où ne brillait pas une étoile, demanda :

– Qu'allez-vous faire de ces fleurs ?

– Les rapporter chez moi et les identifier plus sûrement grâce à mes manuels de botanique.

– John Bayles prétend, fit Gladys en lui lançant un

regard en coin, que nous sommes perdus… irrémédiablement perdus.

– Cela me paraît un peu excessif.

– Vous ne le croyez pas ?

– Que nous sommes perdus ?

– Oui.

– Cela en a tout l'air, mais pas irrémédiablement. Tenez, voilà pour vous, et il lui tendit une ravissante petite orchidée sauvage.

Elle la prit, la piqua dans ses cheveux et demanda :

– D'où tirez-vous un tel optimisme ?

Il se demanda si elle se moquait à nouveau de lui, car il n'avait nullement conscience d'être optimiste.

– Je suppose, dit-il enfin, que cela provient du fait que j'ai beaucoup erré, et que finalement je m'en suis toujours tiré.

– Vous ne me donnez nullement l'impression d'avoir beaucoup erré, et je ne puis m'imaginer que vous vous soyez parfois senti perdu.

– C'est bien ce qui vous trompe. Cela m'est arrivé nombre de fois. Il leva les yeux, vit qu'elle l'écoutait avec intérêt et ajouta : Non pas dans les bois, mais dans d'autres endroits.

– Par exemple ?

– Oh ! au cours de réceptions ! Avec certaines personnes, et même, une fois, dans le bloc opératoire d'un hôpital.

– Et jamais avec une femme ? fit-elle en le scrutant.

– Peu importe avec qui.

– Répondez-moi. Cela vous est-il arrivé ne fût-ce qu'une fois avec une femme ?

– Oui, une fois.

– Vous l'avez épousée ?

– Non, et il cilla nerveusement. J'aurais dû. Mais je ne l'ai pas fait.

– Votre liaison a duré longtemps ?

– Trois ans environ, fit-il, de plus en plus nerveux. Et

puis j'ai senti que je m'égarais à tel point que j'ai rompu. Et en cela j'ai fait preuve d'un terrible égoïsme. Et lui lançant un vif regard : C'est cela que vous désiriez m'entendre dire ?

Gladys était toujours couchée sur le dos, les yeux au ciel. Elle aurait aimé regarder Gage, mais n'en fit rien. Il soupira, retourna à ses fleurs, puis reprit :

– Vous voyez, il m'est souvent arrivé de m'égarer, mais les choses se passent toujours de la même façon. On est pris de panique et on éprouve le besoin de fuir. De fuir n'importe où. Dans n'importe quelle direction. Mais de fuir.

– C'est justement ce que vous ne faites pas. Vous ne fuyez pas.

– Non, je me contente d'errer. Et de garder la face.

– Ce n'est pas très rassurant. Spécialement de la part d'un chirurgien qui effectue une opération à cœur ouvert, fit Gladys en riant.

– Non, mais c'est un point de vue réaliste. Et c'est d'ailleurs ce que nous faisons à peu près tous.

– Et qu'avez-vous découvert au cours de ces années d'errance ?

Gage réfléchit un moment, car il avait perçu dans la voix de la jeune femme un mélange de dédain et de vive curiosité.

– Ce que j'ai découvert, c'est que quoi que nous fassions, nous influons peu sur le cours des événements... Et j'ai également découvert que les conséquences de nos erreurs ne sont jamais aussi terribles que nous le redoutions.

– Et cette fois, vous croyez que vous allez vous en sortir ?

– De quoi donc ?

– De la forêt.

– J'en suis absolument certain, fit-il en mâchonnant le tuyau de sa pipe d'un air pensif. J'arriverai peut-être à vingt milles au-dessus ou au-dessous de l'endroit que je cherche à atteindre, mais c'est ainsi que vont les choses. Et riant : L'on n'atteint jamais le but exact que l'on visait.

– Vous le croyez sincèrement ?

– Que nous nous en sortirons ? Et riant à nouveau : Sans aucun doute.

– Cela paraît si facile quand vous le dites !

– Cela ne signifie pas que cela soit faux pour autant.

Ils écoutèrent un moment le chant mélodieux des grenouilles s'élever dans la nuit. Gladys, toujours étendue sur le dos, suçait une herbe.

– Ce que je ne comprends pas, dit-elle, c'est pourquoi vous suivez Léo. Et cherchant à capter son regard dans l'obscurité : Que nous le suivions, nous, cela je le comprends. Il en est ainsi depuis des années. C'est devenu chez nous une habitude déplorable. Un simple réflexe. Mais vous, vous n'avez pas cru une minute qu'il savait où il allait.

– C'est exact, reconnut Gage, d'un ton ferme et sans équivoque. Et comme elle le regardait, surprise non tant par sa réponse que par sa franchise ! Je suis persuadé, en effet, reprit-il, qu'il ne sait pas où il va… Des hommes comme votre mari n'en savent pas plus que d'autres.

– Comme mon mari ?

– Vous voyez parfaitement ce que je veux dire, fit Gage, un peu gêné.

– En effet, fit-elle, sèchement, et en effet, elle « voyait » parfaitement.

– Pardonnez ma franchise, reprit-il, mais en règle générale, ces hommes-là sont légèrement plus bêtes que le commun des mortels. A peine eut-il dit ces mots qu'il les regretta, et il ajouta aussitôt : Je m'excuse.

– Ne vous excusez pas. C'est vrai.

– On n'a encore rien trouvé de mieux pour mener les hommes. Croire à ses propres vantardises. Nous avons besoin de ces gens-là. Ils nous obligent à agir.

– Je vous trouve bien sûr de vous !

– Vraiment ? Je suis navré de vous donner cette

impression. Ce n'était pas mon intention, sur ce il se replongea dans l'étude de ses fleurs.

– Mais vous êtes sûr de vous ! Vous l'étiez déjà, petit garçon, il y a trente ans.

– J'ai la conviction que je m'en sortirai, si c'est ce que vous voulez dire.

– Vous nous regardez de loin nous débattre, reprit-elle d'un ton légèrement plus agressif. Comme si cela ne vous regardait en rien. Vous ne vous êtes jamais donné la peine de proposer quelque chose de constructif. Vous avez demandé à John et à ce malheureux Freddy de faire des suggestions, mais vous, vous n'en avez proposé aucune. Vous n'avez donc aucune idée sur la question ?

– Si, j'en ai une. La certitude que je m'en sortirai. Et je l'ai toujours eue.

Gladys laissa errer son regard sur leurs compagnons dispersés autour du feu, puis brusquement elle sourit.

– Je sais exactement ce que vous vous demandez. Vous vous demandez : « Pourquoi diable a-t-elle épousé cet homme ? »

– Cette pensée m'a effleuré, reconnut Gage qui chercha des yeux la forme accroupie de Garvix, à une dizaine de mètres d'eux.

– Voyez-vous, fit Gladys, s'animant, il y a chez Léo, sous ses vantardises braillardes, quelque chose de constructif.

– Vous dites cela, et vous savez pourtant que chez lui tout est bluff. Qu'il crève de peur à en faire dans sa culotte. Qu'il se prend le pouls toutes les dix minutes.

– Cela n'a aucun rapport ! fit Gladys avec véhémence, comme si elle cherchait à convaincre un être particulièrement obtus. Non, aucun rapport ! En sa présence on oublie tout cela. Il arrive à vous faire croire que tout est possible si telle est sa volonté.

– Voilà précisément pourquoi je me laisse faire par lui, dit Gage avec gentillesse, car la jeune femme lui inspirait tout à la fois admiration et pitié. Il donne l'impression de savoir où il va, et en dernier ressort c'est cela qui compte. Je comprends maintenant qu'en réalité il erre, tout comme nous, mais il parvient à nous faire croire le contraire. De plus il a réussi ce qu'aucun de nous n'aurait été capable de faire… c'est-à-dire nous lier les uns aux autres. Et cela, c'est essentiel. Aussi longtemps que nous formons un groupe, nous ne risquons rien.

– Vous ne voyez là rien de dangereux ?

– Absolument rien, fit Gage se remettant à étudier ses fleurs à la loupe. Il y aurait danger si nous nous dispersions. Si nous rompions le groupe.

Gladys chercha du regard, par-dessus le feu, Léo qui, toujours accroupi, pansait son pied blessé. Son large dos massif, carré, évoquait une dalle de granit. Elle se tourna brusquement vers Gage, et dit d'un ton pressant :

– Pourquoi le laissez-vous ainsi prendre la tête des opérations ?

Elle faisait plus que le presser, elle l'implorait, mais Gage répondit froidement :

– Si ça l'amuse de jouer au chef, moi ça ne me dérange absolument pas. Je n'éprouve aucun besoin de dominer qui que ce soit… sauf moi-même.

– Alors, si je comprends bien, nous autres pouvons aller au diable ?

– Ce qu'il désire, fit Gage lui tournant le dos, et il sentit sur sa nuque la brûlure de son regard, ce qu'il désire, c'est son affaire. Et moi, ce que je veux, ça me regarde.

– Son affaire est aussi la vôtre.

– Certainement pas !

– Vous feriez bien de vous en occuper quand même.

Gladys observa un moment le médecin, les sourcils froncés et la bouche amère, et ajouta :

– Voulez-vous savoir ce qui vous arrivera ?

– Rien, j'en ai peur, fit-il avec un rire insouciant. Il vous arrive si peu de choses au cours de toute une vie !

– Eh bien ! vous vous soumettrez à lui tout comme à nous.

– Je suis trop vieux pour vendre mon âme, Mrs. Garvix.

– Vous l'avez déjà perdue, dit Gladys vivement. Pourquoi, à votre avis, Léo est-il ce qu'il est ? Parce que nous l'avons rendu ainsi. Et au fond de nous-mêmes, nous avons toujours voulu qu'il en soit ainsi… Nous l'avons même souhaité.

– Oui, quelqu'un qui sache prendre des décisions, fit Gage. Qui montre le chemin. Qui prenne des responsabilités…

– Oui…

– Il se trouve toujours quelqu'un pour le faire, dit Gage avec un sourire moqueur. Et maintenant vous haïssez en lui ce que vous avez toujours désiré qu'il fût.

– C'est vrai, dit Gladys, étonnée que les choses fussent si simples, et brusquement, sans raison apparente, elle partit à rire.

– Qu'est-ce qui vous fait rire ? demanda Gage, intrigué.

– Vous êtes comme les autres. Et comme il fronçait les sourcils : Vous lui demandez exactement ce que nous lui demandons. Et non sans une certaine délectation, elle ajouta : Vous croyez pouvoir jouer sur les deux tableaux : rester à l'écart, faire cavalier seul tout en profitant de ses initiatives, sans assumer la moindre responsabilité quant aux erreurs qu'il peut commettre. Je pense que vous vous rendez compte, maintenant, que votre attitude est absurde.

– Absurde ? fit-il, surpris par sa véhémence.

– Oui, absurde. Parce que ne vous faites aucune illusion. Il vous a eu, vous aussi.

Une bûche siffla dans le feu de camp, puis s'écroula avec un bruit sourd.

– Bon Dieu… ce que mon talon me fait mal ! s'exclama Garvix qui frottait la plante de son pied nu avec une ardeur démesurée.

Freddy Jamison, de son côté, lançait de temps à autre

un coup d'œil vers Gladys et Gage. Depuis un quart d'heure, il les observait avec une irritation grandissante. Brusquement il se leva, et les jambes raides, boitilla jusque vers eux. Lorsqu'il les rejoignit, il remarqua que Gladys regardait intensément Gage. Il se planta devant eux, un peu essoufflé, et sur le moment ne sut que dire.

Gladys ne l'avait pas vu approcher. Ou peut-être préférait-elle ignorer sa présence. Le visage agité par un tic, il grimaça à plusieurs reprises avant de se décider à lui dire :

– Tu veux venir faire un tour ?

– Pas maintenant, fit-elle, les yeux toujours rivés sur Gage. Je suis occupée.

Freddy grinça des dents, se balança d'un pied sur l'autre et demanda d'une voix étranglée :

– Quand en auras-tu fini ?

– Je ne pourrais pas te le dire, fit-elle d'un ton maussade. Bientôt, je pense.

– Ça veut dire quoi, bientôt ?

Freddy commençait à perdre patience, ce qui ne fit qu'accroître l'irritation de Gladys.

– J'en aurai fini quand j'en aurai fini, déclara-t-elle.

– Pourquoi n'iriez-vous pas faire quelques pas avec lui ? fit Gage qui sentait que les choses se gâtaient.

Il rassembla ses fleurs et allait se lever, mais Gladys le retint en lui posant la main sur le bras, et dit :

– Ne bougez pas.

Garvix cessa brusquement de se pétrir le pied et observa la scène qui se déroulait de l'autre côté de la clairière. A la lueur capricieuse des flammes, on put voir son visage s'éclairer d'un large sourire et il s'exclama :

– Bravo, Gladdy ! On peut dire que tu es gâtée ! Deux mâles qui se disputent tes faveurs !

Jamison, cloué sur place, continuait à foudroyer Gladys et Gage du regard.

– Je te demande de me suivre sur-le-champ ! et il éleva dangereusement la voix.

– Je t'ai déjà dit que je viendrais quand j'en aurais fini, déclara Gladys d'un ton froid sans quitter Gage du regard.

Jamison se sentait nettement de trop, et cependant il restait là, gauche, veule, indécis. Gage se rendit compte qu'il regrettait amèrement d'avoir provoqué cette scène, mais qu'il ne savait plus comment s'en tirer. Il attrapa Gladys par le bras et dit avec l'énergie du désespoir :

– Allez viens, maintenant !

Elle repoussa sa main avec une telle force et une telle brusquerie qu'il faillit perdre l'équilibre.

– Voyons..., dit Gage, esquissant le geste de se lever.

– Vas-y, Gladdy ! cria Garvix, en faisant, de l'autre bout de la clairière, de grands moulinets de bras. Oblige-les à se battre pour toi !

Comme Jamison s'efforçait d'entraîner Gladys, Gage se leva d'un bond et lui dit d'un ton menaçant :

– Lâchez-la !

– Ne fourrez pas votre sale nez dans nos affaires, Gage, sinon je vous l'écrase d'un coup de poing.

Gage fonça sur Jamison, les genoux pliés dans l'attitude du boxeur qui attaque tandis que l'autre adoptait la position de défense. Puis ils se mirent à exécuter autour du feu une sorte de petite danse, telles deux cigognes au moment de la pariade, ce qui eut le don de mettre Garvix en joie.

– Assommez-le, Harry ! hurla-t-il. Allez-y ! Assommez-le !

Jamison, blême, ne cessait de marmonner entre ses lèvres : « Je vous tuerai ! » mais il n'en reculait pas moins.

– Freddy... cesse de faire l'imbécile ! lui cria Sybil.

– Oh ! Dieu ! quel cirque !... gémit Gladys.

Elle se leva, se dirigea vers l'orée de la clairière. Freddy se détourna de Gage et courut vers elle, mais de nouveau elle le repoussa brutalement. Puis pivotant sur elle-même, et après avoir lancé un dernier regard aux autres, elle fonça, tête baissée, dans la nuit. Freddy hésita un instant entre Gage et Gladys qui, reconnaissable grâce à son chemisier blanc, s'enfonçait déjà dans les taillis. Bouche bée, son regard allait de l'un à l'autre et il parut sur le point de fondre en larmes.

– Gladys ! cria-t-il enfin, mais déjà elle était hors de vue, et l'on ne percevait plus que le bruit de feuilles froissées et de branches brisées qu'elle piétinait au passage.

– Gladys ! cria-t-il encore une fois, puis il courut après elle, laissant Gage, à la fois stupéfait et soulagé, toujours dans la position de boxeur.

Garvix, dressé sur ses genoux, riait aux larmes.

– Putain ! cria-t-il dans la direction qu'avait prise Gladys. Putain !

Déjà Freddy avait disparu, englouti par les ténèbres. Ollie Gelston courut vers l'endroit de la clairière où il s'était engagé, et resta un long moment à scruter l'obscurité.

Un grand silence tomba sur la clairière. Le feu pétillait ; les grillons criquetaient ; les grenouilles coassaient. Quant à Garvix, toujours dressé sur les genoux, il riait.

Gage l'observa pendant un moment et sentit monter en lui un véritable dégoût. « Je pense que vous êtes fier de vous ! » lui lança-t-il par-dessus le feu qui déjà mourait. Il poussa un soupir excédé, se leva et sortit lentement de la clairière dans la direction diamétralement opposée à celle qu'avaient prise Gladys et Freddy. Bayles attendit qu'il eût disparu, puis il se leva et s'éloigna à son tour.

– Je crois que je ferais bien d'aller chercher une provision de bois pour la nuit, fit Tom Putney qui venait de lancer dans le feu la dernière bûche, puis il fila sans demander son reste, ravi de s'enfoncer seul dans la forêt.

Depuis un moment déjà, Sybil Jamison regardait danser les flammes, l'air rêveur, comme si elle était revenue à une époque toute de joie et d'insouciance. Elle paraissait soudain extraordinairement jeune et jolie. Sentant le regard de Garvix peser sur elle, elle se retourna et dit :

– Nous devrions nous offrir de mutuelles condoléances, tu ne trouves pas, Léo ? Pour ma part, si cela peut te réconforter, tu as toute ma sympathie, et elle éclata d'un rire qui sonna clair dans la nuit.

Elle attendait peut-être de lui quelques paroles réconfortantes, mais rien ne vint. Il se contenta de grommeler entre ses dents et d'essuyer sur sa manche son nez rougi. Sybil se leva et quitta lentement la clairière, sa souple et élégante silhouette un peu ployée, tel un narcisse sur le point de se faner.

Garvix et Ollie la regardèrent disparaître. Ils restèrent un long moment silencieux, à écouter crépiter le feu comme s'ils pouvaient y discerner quelque indication pour l'avenir. Ollie dit enfin :

– Ils sont tous partis maintenant. C'est toi qui les as chassés.

– Pour ce qui est de moi, ils peuvent aller au diable.

Elle le regarda, brusquement frappée par son étrange position de pénitent agenouillé, et lui demanda :

– Pourquoi as-tu fait ça ?

– Je ne sais pas, avoua-t-il, l'air étrangement abattu.

– Comment peux-tu insulter ainsi ta femme ?

Il poussa un soupir, et le regard dans le vide, dit d'un ton accablé :

– Je ne sais pas. Quelque chose me pousse à prononcer des paroles que je ne pense pas. Que je ne pense réellement pas. Car c'est bien ce qu'il y a de pire… je tiens énormément à elle.

Ollie ne l'avait jamais vu ainsi, blessé, vulnérable. Elle en fut surprise et touchée.

– Alors pourquoi ne pas le lui dire, au lieu de lui lancer à la tête des mots affreux que tu ne…

– Parce qu'elle en rirait, fit-il vivement. Elle verrait là un aveu de faiblesse. Et elle me répondrait de façon cinglante, alors qu'elle se contente, pour le moment, de me manifester son mépris par ses regards… Lorsqu'elle pose les yeux sur moi, j'y lis tant de haine…

Il continuait de pétrir son pied blessé et douloureux avec brutalité comme s'il pouvait maîtriser la douleur elle-même. Ollie le vit soudain ployer les épaules, et de sa gorge sortit un cri bref et rauque.

– Oh !…

Bouche bée, elle lui vit une expression d'émerveillement quasi enfantin.

– Qu'est-ce qui t'arrive ? lui demanda-t-elle en s'approchant de lui avec prudence, comme un chasseur d'un buffle blessé.

– Elle a crevé ! Cette bon Dieu d'ampoule a crevé !…

En effet l'énorme ampoule qui le faisait tant souffrir s'était ouverte, et il en sortait un flot de pus mêlé de sang qui coulait sur son talon. Il prit dans sa poche un mouchoir pour l'étancher, mais Ollie lui retint la main en disant :

– Ne fais pas ça. C'est sale.

Elle fut la première surprise de son ton assuré. Un peu comme quelqu'un qui s'entend s'exprimer pour la première fois dans une langue étrangère. Garvix la regardait, surpris lui aussi. Elle se détourna, releva sa jupe, arracha la bordure de son slip, comme elle l'avait vu faire à Gladys, quelques heures plus tôt. Puis elle revint vers lui, rougissante, tenant dans sa main tremblante la bande de fin tissu.

Comme elle arrivait près de lui, il dit :

– Donne-moi ça.

– Non, je tiens à te panser moi-même, fit-elle, cachant la bande de tissu dans son dos.

– C'est pas beau à voir. Tu ferais mieux de…

– Non. J'y tiens.

Il se soumit en soupirant, se renversa en arrière en se soutenant sur les coudes et lui tendit son pied blessé.

Cette position lui permettait d'observer chacun de ses

gestes. Elle commença par verser sur la plaie à vif le contenu d'une gourde d'eau encore tiède. Et il ne put retenir un sourire, sous ses épais sourcils ébouriffés, lorsque, se mordant la lèvre, elle se mit par un immense effort de volonté à lui bander le pied.

Au bout d'un moment, il s'abandonna à elle corps et âme. Étendu sur le dos, la tête à même la terre encore humide, il se mit à parler, comme s'il s'adressait aux étoiles.

– A dix ans, on trouve que vingt ans, c'est vieux. Quand on en a vingt, les gens de trente ans vous font l'effet de vieillards. Quand on atteint la quarantaine, on commence à se dire qu'on a la plus belle moitié de sa vie derrière soi. Par contre, à cinquante ans, on s'efforce de se persuader qu'on est encore jeune. Il eut un petit rire, lui lança un regard en coin et reprit : Mais la quarantaine, ce n'est pas le milieu de la vie, Ollie. Si c'était le cas, nous vivrions tous jusqu'à quatre-vingts ou quatre-vingt-dix ans. A cinquante ans, on n'est pas jeune. On est vieux. On a dépassé, et de beaucoup, la moitié de sa vie. Or, j'ai cinquante ans, Ollie. Il laissa retomber sa tête et se prit à rire, comme si cette pensée lui causait une vive et secrète satisfaction. Eh oui, messieurs, reprit-il gaiement, j'ai cinquante ans, et en ce moment – et pour la première fois de ma vie – je me sens vieux et las.

Ollie acheva de lui bander le pied puis noua soigneusement les deux bouts de la bande de tissu.

– Ça va mieux ?

– Beaucoup mieux ! fit-il avec une bienveillance bourrue. Et il y eut dans son regard comme de la tendresse lorsqu'il ajouta : Tu sais, ce que je viens de dire à Gladys, je le regrette.

Elle s'assit dans l'herbe, en face de lui, les yeux baissés. Ses mains continuaient de s'agiter comme si elle enroulait encore un pansement.

– Mais je sais aussi qu'il est certaines paroles qu'on ne peut rattraper. Il faudrait s'efforcer de les faire oublier.

Mais cela demande de la peine et du temps… et je n'en ai peut-être plus ni le temps ni le désir.

– Tu devrais quand même t'y appliquer, dit Ollie avec élan. Vous ne pouvez pas continuer à vous déchirer ainsi.

Tant de chaleur chez une fille si réservée le surprit, et devant cette insistance, il sourit gentiment et dit :

– Je regrette de t'avoir bousculée comme je l'ai fait, l'autre jour.

– Tu avais raison. J'en avais besoin. Je me conduisais comme une idiote. Ils te critiquent tous, Léo, mais j'ai remarqué que tu fais toujours ce qui doit être fait.

– Tu es une drôle de fille, Ollie, fit Garvix, touché. Tu n'es pas comme les autres…

– Quelles autres ?

– Les femmes que j'ai connues. Il lui lança un regard pour voir l'effet que lui faisaient ses paroles et ajouta : Tu es pure, chaste, raffinée… presque comme une nonne.

Il se tut, persuadé qu'elle prendrait cela pour un compliment, mais elle blêmit et ses lèvres se mirent à trembler.

– Je te remercie, dit-elle sèchement. Elle se leva, les yeux pleins de larmes, et répéta : Oui, je te remercie. C'est ainsi que vous me voyez tous. Et c'est sans doute ce que je suis.

Elle fit du regard le tour de la clairière et s'élança dans la direction que n'avaient prise ni les uns ni les autres. Puis elle s'enfonça dans la forêt obscure, ses longs cheveux flottant derrière elle.

Garvix, après l'avoir suivie des yeux, resta un bon moment bouche bée. Que lui avait-il donc dit qui l'avait blessée à ce point ? Il ne se l'expliquait pas, car contrairement à son habitude, il lui avait parlé avec gentillesse.

Il resta là, couché sur le dos, son pied bandé reposant sur une roche, à écouter crépiter le feu qui se mourait.

18

Peu avant le lever du jour, Gage qui dormait d'un sommeil entrecoupé commença de s'agiter. A part les légers craquements des braises qui se mouraient, un grand silence régnait sur la forêt. Dans la clairière, des formes allongées étaient dispersées ici et là. Au cours de la nuit tous les errants étaient revenus, les uns après les autres, auprès de ce feu de camp qui leur donnait un peu de chaleur et de réconfort.

Des écharpes de brume flottaient sur la clairière, enveloppant les arbres et transformant les objets les plus simples en irréelles apparitions. Gage se tourna à nouveau, sur son lit de feuilles, et encore à moitié endormi, perçut, proche de lui, un mouvement lent, rythmé, confus par moments, et parfaitement distinct à d'autres. Lorsqu'il ouvrit enfin les yeux tout grands et fit l'effort de fixer son regard, il vit se dessiner d'abord une vague silhouette. La silhouette de quelqu'un qui était agenouillé devant la tombe d'Albert Rogers.

Il crut d'abord que Tom Putney continuait auprès de cette tombe la veille qu'il avait commencée pendant la nuit. Il allait lui adresser la parole lorsqu'il s'aperçut qu'il ne s'agissait pas de Putney ; mais de John Bayles. Et le mouvement lent et rythmé qui avait attiré son attention était celui de Bayles qui, agenouillé devant la fosse fraîchement creusée, se balançait d'avant en arrière.

Il l'observa un moment à travers la brume qui commençait à se dissiper. Déjà le jour pointait et bientôt il put distinguer clairement le visage de Bayles. Celui-ci avait les yeux fixés sur le petit monticule et ses lèvres bougeaient, mais aucun son n'en sortait. Sans bien se l'expliquer, Gage eut l'impression d'assister à une sorte de communion. D'être le témoin involontaire d'une scène d'une importance capitale qui se jouait entre deux êtres… dont l'un avait déjà cessé de vivre. Et il ne sut trop que faire.

Il prit alors la décision de s'agiter bruyamment comme s'il venait de se réveiller. Puis il s'accouda et plissa les paupières pour mieux distinguer cet homme qui continuait à se balancer d'avant en arrière. Cependant, Bayles semblait ne rien entendre. Gage se leva péniblement, étira ses membres engourdis, mit un peu d'ordre dans ses vêtements froissés. Des brins de mousse étaient restés accrochés à ses cheveux. Pas rasé depuis des jours, ses joues étaient couvertes d'un chaume épais, et il avait dans la bouche un goût métallique.

Bayles ne le vit que lorsqu'il surgit auprès de lui. Gage, encore mal réveillé, resta d'abord silencieux, puis dit enfin :

– Vous vous sentez bien ?

Sa propre voix lui sembla inconnue, étrangère. Quant à Bayles, il ne parut nullement désarçonné par cette brusque apparition en ce petit matin. Souriant, il leva les yeux.

– Vous vous sentez bien ? répéta Gage.

Bayles regarda un moment Gage sans répondre, puis il dit enfin, un étrange sourire aux lèvres :

– Mais oui, parfaitement bien. Et désignant d'un geste de tête le petit monticule de terre fraîchement retournée : Je le regardais.

– Ah ! oui ?

– Oui, ou plutôt, je l'évoquais. Je le revoyais tel qu'il était, les derniers jours… pas vraiment malade, en réalité.

– Et pourtant, il l'était, fit Gage. Cela, je puis vous l'assurer.

– Je sais… je sais. Je sais qu'il est mort, et je sais de

quoi il est mort… mais malgré tout, pour moi, il n'a jamais été vraiment malade.

– Je reconnais que pour un homme de cet âge, il avait une étonnante vitalité.

– Vous trouvez aussi ? fit Bayles dont le visage s'illumina d'une joie enfantine. Je le revois dans cette clairière, étendu près du feu avec sur son visage une extraordinaire sérénité, et un regard calme, si beau… Et cette façon qu'il avait de répéter sans cesse des chiffres qui indiquaient de très anciens chemins.

Ils restèrent un moment silencieux à regarder le ciel s'éclairer du côté du levant. De quelque part, au plus profond des taillis, leur parvint le bruit sec et répété d'un pivert frappant de son bec l'écorce d'un tronc. Atténué par la brume ce bruit avait quelque chose d'inquiétant, d'alarmant. Ce vif et sec staccato semblait annoncer de sinistres événements. Un des errants, étendu près du feu, grogna et se retourna dans son sommeil.

– C'était un homme remarquable, reprit Gage. Je ne me souviens pas avoir rencontré autant de vitalité et de caractère chez un homme de cet âge. Il lança un regard à Bayles, et constatant qu'il souriait toujours, lui demanda : Vous êtes sûr que vous vous sentez bien ?

– Mais oui ! Très bien ! Pourquoi me posez-vous cette question ?

– Parce que je vous trouve un peu étrange, fit Gage avec un léger haussement d'épaules. Et il se hâta d'ajouter : Je ne dis pas cela dans un sens péjoratif. Je veux dire que je vous trouve… différent.

Le visage de Bayles s'illumina.

– Vous ne me trouviez pas brillant, au début, hein ?

– Ni mieux ni pire que les autres. Et même plutôt mieux.

Tous deux eurent un petit rire entendu et une curieuse complicité s'établit entre eux.

– Je dois reconnaître, reprit Gage, que vous prenez nos

mésaventures avec plus de philosophie que je n'en attendais de votre part.

– Vous étiez persuadé que j'allais m'effondrer, hein ? fit Bayles désignant la tombe. Spécialement quand il est mort.

– C'est plus ou moins ce que vous m'aviez laissé entendre.

– Oui... en effet. Je vous ai dit que je me croyais destiné à finir comme mon père.

– C'est ce que vous m'avez dit.

– Et oui !... Je vivais, cette menace suspendue au-dessus de ma tête. Je ne puis vous dire à quel point cela me paralysait. Il rougit et dans cette aube grise et moite ses joues se colorèrent d'un vif éclat. Je m'attendais constamment à perdre le contrôle de moi-même, à sentir ma raison m'échapper. Et j'en étais terrifié. J'ai vécu avec l'idée qu'il me fallait combattre sans arrêt pour conserver le peu d'équilibre mental que je possédais.

Il lança à Gage un regard inquisiteur, comme s'il le rencontrait pour la première fois, et brusquement en le voyant là, dans cet endroit impossible, accroupi, dépenaillé, épuisé, le comique de leur situation lui apparut et il se mit à rire.

– Eh bien, cette angoisse, je ne l'éprouve plus. Je me sens différent. Je me sens... en quelque sorte, changé. Vous voyez ce que je veux dire ?

– Je crois, oui.

– Il m'est difficile de vous l'expliquer. Mais j'ai senti qu'il m'arrivait quelque chose au cours de ces derniers jours. Comme si, tel un serpent, je m'étais enfin débarrassé d'une vieille peau où j'étais emprisonné depuis des années.

– Il y a en effet en vous quelque chose de changé, fit Gage sans trop vouloir s'avancer.

– Et vous ne vous expliquez pas la raison de ce changement ? Et comme Gage le regardait, intrigué, Bayles, épanoui, reprit : C'est bien simple. Plus nous nous sentons perdus, et plus je me sens libéré.

– Libéré ? fit Gage haussant la voix sans s'en rendre compte.

L'écho s'en répercuta dans la clairière et Jamison leva sa tête ébouriffée, où collaient des feuilles et des herbes. Sa tête resta là un moment, comme désincarnée, enveloppée de volutes de brume, puis elle retomba et disparut à leur vue, tout comme celle d'un homme qui se noie disparaît sous les eaux boueuses d'un étang.

– Dans mon enfance, reprit Bayles, ces bois me terrifiaient. Il abaissa son regard sur l'étroite et peu profonde tombe, puis reprit : Lui n'en avait pas peur… d'ailleurs, il n'avait peur de rien. Lorsqu'il était encore enfant, les gens disaient de lui qu'il était faible d'esprit. Le saviez-vous ? Et pendant longtemps on l'a traité comme une sorte d'idiot du village, jusqu'au jour où l'on a découvert l'extraordinaire connaissance qu'il avait de ces bois, de leurs bornes et limites, dans toute la région. Il était doué de cette mémoire phénoménale dont les savants disent volontiers qu'elle est l'intelligence des imbéciles. Il connaissait par cœur les tracés et les bornages de tous les domaines du comté. Et c'est ainsi qu'il est devenu arpenteur. Il éprouvait pour la forêt une véritable passion et jamais il ne la redouta. Le regard de Bayles se porta sur ces épais taillis qui les entouraient de toutes parts. Il leur sourit comme à des amis qu'on retrouve après de longues années, et ajouta : Et maintenant, tout comme lui, je ne les redoute plus.

Ils se turent un moment, écoutèrent gazouiller des fauvettes perchées dans les branches. Puis Bayles sembla se rassembler. Il avait soudain l'air résolu, et Gage se pencha pour mieux entendre ce qu'il allait dire.

– Pendant tout le temps que nous avons erré dans cette forêt, je n'ai cessé de me poser cette question : « Pourquoi nous a-t-il entraînés jusqu'ici pour ensuite nous abandonner ? » Et puis, ce matin, agenouillé auprès de sa tombe, je me suis dit : « Mais il ne nous a pas abandonnés. Jusqu'à son dernier souffle, telle une mélopée, il n'a cessé de répéter des chiffres et de nous indiquer le chemin à suivre. »

– Le chemin à suivre ? fit Gage, surpris.

– Certainement. Au cours des derniers jours, il nous a constamment indiqué la route à suivre. Seulement voilà, nous ne l'écoutions pas.

– Que voulez-vous dire par là ? fit Gage, sentant monter en lui une brusque colère.

– Il n'a fait que répéter : *« 18 degrés... sud-sud-ouest... 30 minutes... 12 secondes jusqu'à une roche marquée Y... »* C'est cela, le chemin du retour, et le visage de Bayles s'illumina d'un large sourire.

– Vous n'allez pas me dire que vous prenez ces indications au sérieux ! lui lança Gage, éberlué.

– Et pourquoi pas ? Ces indications il n'a fait que nous les répéter au cours des deux derniers jours. Sans s'arrêter et sans y changer un iota.

– D'accord ! mais...

– Mais... je vois. Vous allez invoquer son âge et son état mental.

– Évidemment. N'en feriez-vous pas autant à ma place ?

– Pour tout autre que Rogers oui. Mais vous avez vous-même constaté que pour un homme de son âge, il était dans une condition extraordinaire. Vous m'avez parlé de sa vitalité, de sa vivacité d'esprit.

– C'est exact, néanmoins...

– Vous est-il venu à l'esprit, fit Bayles vivement, que pas un instant Rogers ne s'est senti perdu ?

– Mais enfin, mon cher, il a eu une attaque.

– Je n'en disconviens pas, mais je ne pense pas qu'elle ait altéré ses facultés.

Le soleil qui se levait baigna la forêt d'une pâle lumière irisée.

– Je n'ai pas pensé un instant que Rogers se soit senti perdu, reprit brusquement Bayles. Nous l'avons cru parce que nous-mêmes nous sentions perdus.

– Je n'ai jamais entendu un tel tissu de bêtises ! fit Gage en levant les bras au ciel. S'il connaissait le chemin du retour, son devoir était de nous l'indiquer.

N'était-il pas notre guide ? C'était à lui qu'il incombait de nous sortir de cette forêt et non de nous laisser errer ainsi au hasard dans l'obscurité.

– Mais encore une fois, ce chemin, il nous l'a indiqué. Il n'a pas cessé de nous l'indiquer, mais déjà nous ne l'écoutions plus.

– Où diable voulez-vous en venir ? fit Gage à la fois apitoyé et exaspéré.

– Je veux dire tout simplement que j'ai pris une décision.

Gage le regarda, bouche bée. A la pâle lumière de l'aube, Bayles souriait d'un air extasié. L'espace d'un instant le docteur se demanda s'il n'avait pas affaire à un homme à l'esprit dérangé, car cet air extasié ne lui disait rien de bon.

– Puis-je savoir à quel sujet vous avez pris une décision ?

Le ton ironique de Gage ne parut nullement blesser Bayles. Très calme, il semblait éprouver le net désir d'en dire davantage, mais à cet instant la silhouette trapue et massive de Garvix leur apparut, de l'autre côté de la clairière.

– Que se passe-t-il ? leur cria-t-il d'un ton enjoué.

Gage eut l'impression qu'en réalité, invisible à leurs yeux, il les observait depuis un bon moment.

– Rien, cria-t-il à son tour. Nous bavardions.

Quelque part sur leur gauche, Freddy Jamison souleva sa tête ébouriffée et grogna :

– C'est déjà l'heure ?

Tom Putney se leva à son tour, s'étira de toute sa hauteur, puis dit :

– Ça fait près d'une demi-heure que je suis réveillé.

– J'ai un goût affreux dans la bouche, gémit Sybil Jamison sous le tas de vêtements dont elle s'était recouverte.

Mais déjà Garvix arpentait la clairière et frappait dans ses mains en criant :

– Tout le monde debout ! Sortez de vos plumes !

Gladys Garvix fit entendre un gémissement, et, encore à moitié endormie, roula sur le ventre.

– Allons ! clama Garvix frappant toujours dans ses mains. L'avenir est à ceux qui se lèvent tôt ! Dressé sur ses petites jambes trop courtes, il bombait son torse puissant, allait de l'un à l'autre et les houspillait en riant. Debout les braves ! Votre vieux papa a rendez-vous avec le type de la SEC.

Sybil Jamison, qui s'était redressée, frottait ses membres engourdis pour y rétablir la circulation.

– Pourquoi ne pas me laisser ici ? dit-elle en geignant. Freddy, tu accomplirais envers moi un acte charitable en m'enterrant ici, sous cet arbre.

Jamison se frottait l'estomac à l'endroit où déjà son ulcère le dévorait, lui causant des élancements pareils à des coups de poignard. Il regarda sa femme avec une tendresse inattendue, et dit :

– Si j'avais une pelle, Sibby, je t'aiderais à creuser ta fosse. Il se tut, surpris lui-même par ce qu'il venait de dire et ajouta : Tu sais, je n'y ai mis aucune méchanceté.

– Je le sais, mon chéri, fit-elle en lui souriant. Venant de toi, c'était même très gentil.

Garvix s'amena vers eux, bombant le torse, frappant l'une contre l'autre ses paumes charnues.

– Allons ! Allons ! Traîner ainsi, c'est perdre un temps précieux. Et celui qui traîne est fichu.

– Rien de tel qu'une barrique vide pour résonner sous les coups, lui lança Gladys.

Garvix ne fit qu'en rire, frappa de plus belle dans ses mains et cria :

– En route !

– En route pour où, au nom du ciel ! gémit Freddy. Quelqu'un aurait-il la bonté de me le dire ?

– Nous n'avons nulle part où aller, déclara Sybil.

– A la maison, affirma Garvix. Nous rentrons à la maison.

– Nous n'avons nulle part où aller, répéta Freddy d'un ton lamentable. Nous ne faisons que nous enfoncer toujours plus profondément dans l'inconnu.

– Ne fais pas l'idiot ! lui intima Garvix qui débordait d'enthousiasme. La forêt, nous en sommes presque sortis. Et nous sommes presque arrivés chez nous.

– Depuis le temps que tu nous dis ça... fit Sybil.

– Tu n'as pas un peu honte, Léo ? demanda Freddy.

– Maintenant que Rogers n'est plus là, fit Gage s'adressant avec force à Garvix, j'estime que vous nous devez une explication.

– D'accord, fit Garvix leur adressant à tous un sourire paternel, comme s'il éprouvait brusquement pour eux un amour tout spécial. Et d'un ton charmeur, enjôleur même, il ajouta : *Maintenant*, nous pouvons rentrer chez nous.

Ces mots les frappèrent d'une stupeur qui leur coupa le souffle. Il les avait prononcés d'un ton dégagé, et cependant ils prenaient force de loi.

– *Maintenant* nous pouvons rentrer chez nous ? répéta d'un ton incrédule Freddy qui se mit à rire par petits coups.

– Eh oui ! fit Garvix lui adressant un sourire bienveillant. Maintenant, nous pouvons rentrer chez nous.

– Que veux-tu dire par « maintenant » ? fit Bayles en dressant l'oreille.

– J'aimerais bien le savoir, moi aussi, déclara Gage. Ils se pressèrent tous autour de lui, et Gage dit sèchement : Pourquoi ne pouvions-nous pas rentrer chez nous auparavant ? Qu'y a-t-il de changé ?

– C'est vrai, fit Sybil. Qu'y a-t-il donc de changé, Léo ? A t'entendre, on pourrait croire que tu aurais pu nous ramener chez nous depuis longtemps.

Garvix sourit et devant ce sourire, Gage, brusquement, eut froid dans le dos.

– Possible que je l'aurais pu, fit-il en leur clignant de l'œil d'un air malicieux. De toute façon, *maintenant* j'y suis décidé.

– Ne le croyez pas, implora Gladys levant sur ses compagnons des yeux pleins d'effroi. Je le connais, moi. Ne croyez pas un mot de ce qu'il vous dit.

Garvix continua de parler comme si elle n'existait pas, et Gladys, vidée, épuisée, renonça à lutter davantage.

– Ecoutez, je suis prêt à reconnaître que je me suis mis dedans, fit Garvix d'une voix douce et apaisante, un peu comme s'il s'excusait. J'ai un peu erré, c'est vrai, mais je me suis bien gardé de le dire à la bande de geignards et de pleurnicheurs que vous êtes. Si j'avais montré la moindre hésitation, vous auriez tous fait dans vos culottes. Cependant hier, quand Tom et moi nous sommes enfoncés dans les taillis pour préparer puis savourer notre délicieux petit festin, nous nous sommes enfin repérés. Pas vrai, Tom ?

Tous se tournèrent vers Putney qui leur adressa un petit sourire en coin, et dit après avoir fait un petit signe de tête à Garvix :

– Oui, c'est vrai.

– Et maintenant je sais exactement où nous sommes, fit vivement Garvix.

– Ah ! oui ? fit Bayles, haussant les sourcils d'un air sceptique. Et où sommes-nous ?

– Dans l'angle sud-est de ma propriété… juste en dessous de la pierre dressée qui l'indique, lui lança Garvix à la figure. Nous nous sommes dirigés un peu trop à l'ouest et un peu trop au sud de mes terres. Nous avons probablement passé devant cette pierre au crépuscule sans nous en rendre compte. Je vous la montrerai, et il se mit à rire.

Quelques-uns de ses compagnons rirent eux aussi, mais sans grande conviction, et cependant, pendant un moment, ils parurent vaguement soulagés.

– Et comment le sais-tu ? demanda Bayles, le défiant, et à nouveau le doute s'empara du groupe. Comment peux-tu affirmer qu'il s'agit bien de l'angle sud-est de ta propriété ?

– Comment je le sais ? fit Garvix qui avait parfaitement senti qu'il était en train de perdre sur eux son ascendant. Et c'est avec assurance qu'il déclara : Parce que quand nous nous sommes enfoncés hier dans la forêt, Tom et moi, j'ai reconstitué la topographie des lieux. Brusquement tout m'est revenu. Et j'ai même reconnu, dans cet angle sud-est, l'arbre auquel je grimpais quand j'étais enfant. Je te l'ai montré, n'est-ce pas, Tom ?

– Oui, Mr. Garvix, vous me l'avez montré, fit Tom hochant la tête.

– Un immense catalpa, reprit Garvix d'un ton glorieux. Et j'ai même retrouvé sur son tronc les marques que nous y avions gravées quand nous étions enfants. Il sentit qu'un timide espoir renaissait au cœur de ses compagnons, et il ajouta : Quand Tom a grimpé dans l'arbre et que nous avons vu la flèche de l'église…

– La flèche ! s'exclamèrent-ils tous en se pressant autour de lui.

– Tu as vu la flèche ? fit Bayles, narquois.

– Et comment qu'on l'a vue, claironna Garvix, avec entrain et bonhomie. Nous ne sommes plus qu'à une heure de marche de chez nous. Et nous allons partir droit vers l'est en nous guidant sur le soleil.

– Pourquoi ne nous en avoir rien dit hier soir ? demanda Gage.

– A parler franc, docteur, fit Garvix non sans méchanceté, je ne le voulais pas. D'ailleurs, de toute façon, vous ne m'auriez pas cru.

– Pour ma part, fit Bayles, je continue à ne pas te croire.

– Je n'en attendais pas moins de toi, fit Garvix, et voilà pourquoi je ne me suis même pas donné la peine de vous en parler.

– Où est cet arbre ? demanda Gage.

– A environ deux milles d'ici.

– Pourquoi ne pas nous y conduire ? demanda Gladys.

– Ce serait avec plaisir, mais je suis persuadé qu'aucun de vous ne pourrait grimper assez haut dans cet arbre et dissiper ainsi vos doutes. Je sais que moi je ne le pourrais pas. Je suppose que ni Freddy ni le docteur ne le pourraient, eux non plus. Quant à John je sais qu'il en est incapable. Il souffre de vertige, et cela depuis son enfance. Alors restent ces dames, ajouta-t-il avec un petit rire affable.

Tout cela était parfaitement exact. A l'exception de Tom Putney, ils avaient tous dépassé l'âge de grimper au haut des arbres. Quant à Bayles, il souffrait effectivement de vertige et grimper, ne fût-ce que sur une échelle, le terrifiait.

– Tu mens, fit Bayles d'une voix sourde. Tu mens comme un arracheur de dents.

– Ce n'est pas gentil de ta part de me dire une chose pareille, John, et cela au moment où je vous offre de vous ramener tous chez vous.

– Tu mens ! répéta Bayles en soutenant son regard.

– Mais la flèche, Tom l'a vue tout comme moi. Pas vrai, Tom ?

Tom acquiesça de la tête avec servilité.

– Tom ment, lui aussi, fit Bayles d'un ton égal. Tu as dû lui promettre monts et merveilles et il est prêt à mentir pour toi.

– C'est pas vrai, fit Tom avançant d'un pas. Il m'a rien promis. Et la flèche, je l'ai vue.

Gage sentit que ses compagnons reprenaient espoir. L'effet déprimant qu'avaient produit sur eux le scepticisme de Bayles et la mise en garde de Gladys fondait comme les dernières plaques de neige durcie sous les premiers rayons d'un soleil printanier.

Garvix était maintenant tout chaleur et exubérance. Il bavardait et riait avec chacun, plein d'entrain et de bienveillance, et leur témoignait un affectueux intérêt. Ils venaient d'enterrer un des leurs et, cependant, le souvenir de sa mort était déjà à des millions de milles de l'endroit où ils se tenaient en cet instant. Il avait suffi à Garvix de brandir sa baguette magique pour qu'il s'efface de leur mémoire.

Un peu à l'écart, Gage regardait ses compagnons se presser autour de Garvix. Cependant Bayles et Gladys, encore sous le coup, se tenaient, tout comme lui, un peu à l'écart. Gage était lui aussi sous le coup. L'incroyable arrogance de ce nabot le stupéfiait. Il était tout à la fois stupéfiait et impressionné par le don démoniaque qu'il possédait de faire croire à ses compagnons qu'il *savait*. Oui, qu'il savait quelque chose que les autres ignoraient, qu'il était en possession d'un secret inconnu des autres mortels. C'était là une remarquable performance, mais Gage avait conscience de l'impudent cynisme que tout cela cachait. Ce cynisme il l'avait décelé dans le furtif sourire de Garvix au moment où il avait appris la mort de Rogers… et tout à l'heure, lorsqu'il leur avait déclaré que s'il l'avait voulu, il aurait pu les ramener chez eux bien plus tôt. Garvix connaissait-il réellement le chemin du retour ? L'avait-il toujours connu ? Gage commençait à se faire, à ce sujet, une idée assez précise.

Freddy, jambes écartées, poings sur les hanches, cillait, l'air indécis. Son attitude exprimait tout à la fois un profond mépris et une peur intense.

– Droit vers le soleil ! dis-tu ? fit-il avec un petit rire exaspéré.

– Exactement, fit Garvix, imperturbable. Si nous prenons cette direction, je vous garantis que nous serons tous vers midi en train de boire des martinis bien frais sur ma terrasse.

Jamison ne resta pas indifférent à l'évocation d'un ou plusieurs martinis, clairs et frais, au verre embué, un mince zeste de citron flottant sur une limpide surface. Puis presque immédiatement il se reprit et ne fut plus que sarcasmes. Foudroyant Garvix du regard, il s'exclama :

– Tout ce que dit cet homme est faux !

– Personne ne t'oblige à me suivre, Freddy, fit Garvix d'un ton suave mais ironique. Tu peux faire ce qui te plaît.

Bayles s'éloigna de quelques pas et resta là, seul, à regarder ses compagnons comme s'il envisageait les choses sous un autre angle.

– Eh bien, moi, je vais suivre Rogers !

– Rogers ! s'exclamèrent-ils en chœur.

Mais il leur fallut un certain temps pour prendre conscience de ce que ces mots avaient d'incongru.

– Vu les circonstances, cela me paraît difficile, fit Garvix dont le regard éloquent se posa sur la tombe à la terre fraîchement remuée.

– Que veux-tu dire par « suivre Rogers ? » demanda Freddy avec humeur.

– Tout simplement que je vais suivre les directives qu'il nous a données. Elles me ramèneront chez moi.

– Quelles directives ? demanda Sybil, exaspérée.

– *18 degrés sud-sud-ouest 30 minutes 12 secondes jusqu'à une roche marquée Y*, fit Bayles levant les yeux vers le soleil comme s'il prenait déjà des repères. Au cours des deux derniers jours, il n'a pas cessé de nous répéter ces indications.

– Et tu te proposes de les suivre ? demanda Freddy.

– Exactement, fit Bayles, et à nouveau il fut empli de cette confiance, de cette certitude qui s'étaient emparées de lui à l'aube.

– Je préférerais faire de l'équilibre sur le bord escarpé d'une falaise, grommela Garvix.

– Tu ne vas tout de même pas te laisser guider par des paroles incohérentes, dit Sybil. Il n'est pas possible que tu les prennes au sérieux.

Mais Bayles restait là, muet, imperturbable.

– Alors tu remets ton sort entre les mains de ce vieillard, de ce dément ? s'écria Freddy, incrédule.

– Non, Freddy, entre les miennes.

– Mais pourquoi ? demanda Gage, pressant. Pourquoi cette subite décision ? Qu'y a-t-il de changé ?

– Moi, répondit Bayles avec un sourire d'illuminé.

Cette simple et éloquente réponse les frappa tous. Que pouvaient-ils répondre à cela, quels arguments lui opposer ? Mais Bayles éprouva subitement le besoin de mieux définir sa position, non tant pour lui que pour eux, et il reprit :

– Au cours des dernières quarante-huit heures, Rogers n'a cessé de nous répéter les mêmes directives. Au début, je n'y ai pas prêté attention. Je croyais, moi aussi, qu'il ne s'agissait là que des divagations d'un vieil homme qui n'avait plus toute sa tête. Puis je me suis rendu compte qu'en réalité il suivait son idée… *18 degrés sud-sud-ouest 30 minutes 12 secondes jusqu'à une roche marquée Y.* Et c'est alors qu'il m'est venu à l'esprit qu'il cherchait à nous transmettre quelque chose. Il chercha du regard ses compagnons, s'efforçant de leur insuffler son enthousiasme, puis il ajouta : Voilà pourquoi tôt ce matin, muni de la boussole, je suis parti vérifier ces repères. J'ai parcouru environ trois milles avant de trouver des troncs d'arbres marqués, et cela en direction sud-sud-ouest.

– Marqués ! s'exclama Gage.

– Et alors ? fit Garvix d'un air désabusé.

– Ils délimitent le bord ouest de mes terres. Rogers avait raison. Il a eu raison jusqu'à la fin. Je connais maintenant le chemin du retour.

Garvix renifla de mépris.

– Tu en es sûr ? demanda Freddy.

– Oui, fit Bayles, mais son regard vacilla un instant. Oui, j'en suis sûr.

Cet instant d'hésitation qui n'avait pas échappé à Garvix fut fatal à Bayles.

– Tu bluffes, John, fit-il d'un ton faussement apitoyé. Moi-même j'ai failli m'y laisser prendre.

– Je ne bluffe pas, Léo. Cette fois, je suis sûr de moi.

– Sud-sud-ouest, c'est la mauvaise direction, affirma Garvix en secouant la tête d'un air entendu. Si nous nous dirigeons vers le sud-sud-ouest, sais-tu ce qui nous arrivera ? Nous nous enfoncerons toujours plus avant dans l'immense et sauvage réserve, propriété de l'État. Et nous n'en sortirons jamais.

– Qu'en sais-tu ? fit Gladys avec impétuosité. Tu nous as si souvent menti !... Pourquoi te ferions-nous confiance, maintenant ?

– J'ai dit pourquoi, dit Garvix d'un ton calme et raisonnable qui ne lui était pas habituel. Parce que Tom et moi avons distingué la flèche de l'église qui se trouve en direction est, à environ trois milles d'ici. Et se tournant vers sa femme : Je ne mens pas, cette fois, Glad. Je n'ai aucune raison de le faire.

– Tu te trompes, affirma Bayles avec un calme impressionnant. Ta propriété se trouve au sud-sud-ouest d'ici, Léo.

Il parlait sans colère, sans animosité, mais avec conviction.

– Mais comment pouvez-vous en être sûr ? lui demanda Gage.

– Dans un cas pareil, on ne peut s'attendre à ce qu'on en soit absolument sûr, dit Bayles. Mais j'en suis à peu près sûr.

– A peu près, ce n'est pas suffisant, John, fit Garvix d'un ton modéré. L'enjeu est trop grave.

Aussitôt tous se pressèrent autour de Garvix. Il semblait un homme nouveau. Plus tolérant, plus humain, plus indulgent. Et jamais auparavant il ne s'était avancé au point de reconnaître que leur situation était critique, et l'enjeu, d'importance.

Mais ce nouveau Garvix, loin de convaincre Bayles, ne fit que le rendre plus méfiant.

– Se diriger vers l'est serait un véritable suicide, dit-il toujours avec le même calme. Moi, je prends la direction sud-sud-ouest. Quelqu'un d'entre vous est-il disposé à me suivre ?

Il n'obtint pour toute réponse qu'un grand silence. Il y

eut bien quelques ébauches de gestes, quelques toussotements, mais personne ne fit un pas vers lui. Freddy, qui avait l'air d'un homme traqué, regarda autour de lui avec désespoir.

– Moi… j'aimerais bien, dit-il en se penchant en avant. Mais il faudrait que quelqu'un d'autre vienne aussi. Oui, quelqu'un d'autre. Sybil ?… (Et comme, saisie, elle levait les yeux sur lui :) Qu'en dis-tu ?

Elle le regarda fixement, comme si elle ne le reconnaissait pas, puis baissa les yeux sur le sol et y prit racine.

– Gladys ?… reprit Freddy, l'air ulcéré.

Gladys ferma les yeux, prit une profonde inspiration, comme si elle s'apprêtait à sauter du plus haut plongeoir. Elle fit un pas vers Jamison, mais à ce moment son regard tomba sur Garvix et elle resta clouée sur place.

– Si le docteur Gage te suit, dit-elle enfin d'une voix tremblante, je te suivrai moi aussi.

Freddy, affreusement mortifié, leva sur Gage le regard d'un chiot qui vient de recevoir une correction et dit :

– Alors, docteur, que décidez-vous ?

Gage leva vivement la tête, l'air déconcerté. Son regard alla de Bayles au petit monticule sous lequel reposait l'arpenteur. Lorsqu'il regarda à nouveau Bayles, il vit que celui-ci lui adressait un sourire énigmatique. Et sans qu'il pût s'expliquer pourquoi, son cœur se mit à battre à tout rompre. Il sentait que Gladys l'observait avec attention. Détournant les yeux, il dit enfin :

– Je crois que je préfère prendre pour repère la flèche de l'église.

L'air gêné, Gage regarda Gladys, puis Bayles dont le sourire était de plus en plus énigmatique. Il sentit le rouge lui monter au visage, car il savait parfaitement ce que tous deux pensaient de lui.

Bayles chercha à repérer Ollie dans le petit groupe des errants, et quand il l'eut enfin découverte, il lui demanda :

– Et toi, Ollie, veux-tu venir avec moi ?

Elle sursauta, puis l'ombre d'un sourire se dessina sur ses lèvres. Mais lorsque la signification de ces mots lui apparut pleinement, elle prit peur.

– Il n'y a pas de quoi t'effrayer, dit Bayles en faisant un pas vers elle. Viens.

Elle ouvrit les yeux et recula comme si elle craignait qu'il ne la frappe.

– Je voudrais bien… je voudrais bien…

– Alors viens avec moi.

– Je… je voudrais bien…

– Tout à l'heure tu étais prête à me suivre.

– Oui… mais…

– Viens, lui dit Bayles en lui tendant la main. Je te promets que tout ira bien.

– Je te crois, John, et les yeux d'Ollie s'emplirent de larmes. Je sais que c'est toi qui as raison.

– Il est complètement siphonné ! fit Garvix.

– Allons, viens, fit Bayles lui parlant avec gentillesse, comme à un petit animal que l'on cherche à apprivoiser.

Les lèvres tremblantes, elle eut soudain l'air désespéré.

– Non, fit-elle en s'écartant de lui. Je voudrais bien… mais je ne peux pas. J'aimerais partir avec toi… mais je ne peux pas me décider à quitter les autres.

– Mais pourquoi ? lui demanda-t-il avec une patience infinie.

– Parce que…, fit-elle, luttant contre les larmes, parce qu'en restant avec eux j'ai moins peur.

L'espace d'un instant Bayles eut l'air vaincu d'un homme trahi, mais presque aussitôt, il adressa à Ollie un sourire à la fois résigné et compréhensif.

– Et toi, Tom ? fit-il en se tournant lentement vers le jeune garçon. Tu ne veux pas suivre ton vieux maître ?

Putney lança un regard hostile au petit monticule de terre fraîchement retournée. Au cours de la nuit, il s'était enfoncé en son centre et seules deux petites éminences marquaient l'emplacement des pieds et de la tête.

– Il n'est plus mon maître, dit-il avec hargne.

– Donc personne ne part avec moi ? dit Bayles, toujours souriant, en questionnant ses compagnons du regard, bien qu'il connût d'avance la réponse à cette question. Et pointant sur Garvix un doigt accusateur : Et pourtant vous savez qu'il se trompe. Vous en avez maintenant la certitude.

De nouveau il les questionna tous du regard, et de nouveau personne ne lui répondit. Il se tourna alors vers Gage et lui demanda :

– Puis-je vous emprunter la boussole ? Et comme le médecin semblait hésiter : J'en aurai besoin pour me diriger.

Gage sortit à contrecœur la boussole de sa poche et la lui tendit.

Bayles vérifia la position du soleil puis chercha méthodiquement, à l'aide de la boussole, les 18 degrés sud-sud-ouest. Sous le regard attentif de ses compagnons, il noua les lacets de ses chaussures et prit une des gourdes fraîchement remplies d'eau.

– Je ne peux pas vous laisser faire une chose pareille ! s'exclama Gage.

– Je suis ses directives, répondit Bayles en montrant de la main la tombe de l'arpenteur.

– Qu'il aille au diable ! fit Garvix en riant.

– Mais John, dit Freddy, l'implorant. Le pauvre vieux n'avait plus toute sa tête, à la fin. Tu ne peux pas…

– Tu as pu t'en rendre compte par toi-même, dit Sybil. Et le docteur te le confirmera. Et cherchant un soutien auprès de Gage : N'est-ce pas qu'il avait perdu la raison ? Qu'il était fou ?

Bayles se sentit soudain très seul. Et cependant, lorsqu'il répondit, ce fut avec un calme imperturbable.

– Quant à moi, je préfère de beaucoup la folie de Rogers au prétendu bon sens de Léo.

– Tel père, tel fils, fit Garvix avec un rire méprisant. Ce pauvre John est fou à lier.

Un lourd et pénible silence plana. Les oiseaux eux-mêmes semblèrent cesser de gazouiller. Une flamme s'alluma dans les yeux de Bayles. Il allait foncer, puis s'arrêta pile, le corps secoué d'un long frisson.

– Si hier encore tu m'avais lancé à la tête une chose pareille, je t'aurais fracassé le crâne avec une pierre, dit-il d'une voix étrangement douce. Son visage crispé se détendit, il sourit à ses compagnons et leur lança enfin, avec entrain, et presque gaiement : Bon. Eh bien, je pars de mon côté.

Ollie fit entendre un petit gémissement, puis se mit à pleurer.

– C'est ta vie que tu risques, lui objecta Freddy d'un air navré.

– Exactement, dit Bayles qui souriait toujours. Et il était temps. Il les salua de la main et ajouta : A bientôt.

Il leur tourna le dos, sortit de la clairière, et pénétra dans les taillis.

– Quand tu auras suffisamment erré seul dans la forêt, tu nous reviendras la queue entre les jambes, lui cria Garvix.

Bayles ne se retourna pas. Il continua d'avancer, se guidant, d'après la boussole, sur les directives de l'arpenteur.

– Tu reviendras. !. tu reviendras… lui cria encore Garvix. Jamais tu ne seras capable de tenir le coup.

– Bayles ! cria Gage et il y avait dans sa voix une certaine intonation qui les fit tous se tourner vers lui. Bayles, qui allait s'enfoncer dans les fourrés, se retourna lui aussi.

– Promettez-moi une chose, dit Gage gravement. Promettez-moi de ne pas vous arrêter.

Bayles acquiesça de la tête.

– C'est là tout le secret, reprit Gage. Se fixer un point et ne s'arrêter qu'après l'avoir atteint.

Dans la fraîche et verte lumière de ce petit matin, ils virent distinctement Bayles leur sourire.

– Je n'y manquerai pas, cria-t-il. Je vous le promets.

Puis il disparut, englouti par la forêt. Et ce fut comme

s'il n'avait jamais existé. Et dans l'étroit layon où il venait de s'engager, de hautes fougères frissonnèrent et se redressèrent comme pour le saluer au passage.

Ils restèrent silencieux un moment, petit groupe d'errants perdus et effrayés.

– Ça rime à quoi, ce que vous vous êtes dit tous les deux ? demanda Garvix à Gage. Puis se tournant vers Freddy : Tu y comprends quelque chose, toi ?

– Oui, je crois, fit avec lassitude Freddy qui s'était adossé à un arbre.

– T'en aller ! cria soudain Ollie d'une voix aiguë dans la direction qu'avait prise Bayles. T'en aller ! C'est tout ce que tu sais faire ! Elle tendit l'oreille, dans l'attente d'une réponse, mais ne perçut que l'écho de sa propre voix. Reviens… tu m'entends ! Reviens, je te dis !

Et brusquement elle partit sur ses traces, les bras étendus, frappant les fougères au passage, comme si elle le frappait lui.

Lorsqu'elle atteignit l'endroit où Bayles avait disparu à leur vue, elle se mit à courir. Mais déjà Gage s'élançait. Il la prit par les épaules, et, comme elle se débattait, tous deux parurent exécuter une comique petite gigue, jusqu'à ce qu'enfin, vaincue, elle s'abattît, en larmes, contre lui. Puis elle se laissa tomber sur le sol, ramenant ses genoux contre sa poitrine. Et elle resta là à sangloter, tandis que les autres rassemblaient en silence leurs maigres biens.

Sybil s'arrêta un moment devant la tombe de Rogers. L'air accablé, elle semblait être la première à le pleurer sincèrement.

– Ce n'était pas mon père en réalité ? demanda-t-elle, mais sa question ne s'adressait à aucun d'eux en particulier.

– Qu'as-tu dit, Sybil ? fit Freddy qui, levant les yeux, la vit debout devant la tombe.

– Rien, répondit-elle avec brusquerie, et se détournant du monticule, elle ajouta : J'ai froid.

Tous continuèrent en silence de rassembler leur pauvre bagage.

– Froid… froid… froid… murmura Sybil comme pour elle-même tout en s'éloignant de la tombe à pas lents.

Garvix la regardait marcher sans but, puis il sourit. Il avait soudain une expression hardie et juvénile. On devinait en lui quelque chose d'indestructible. Il semblait avoir recouvré forces et jeunesse au cours de la nuit.

– Et maintenant, maniez-vous le train ! cria-t-il. Le type de la SEC doit se demander où diable je suis ! Quelle histoire j'aurai à lui raconter, et à cette pensée, il rit de plaisir.

Pendant un long moment Freddy resta pensif et silencieux, toujours adossé à un arbre, plongé dans d'étranges ruminations. Soudain une idée lui vint à l'esprit et il prit feu. Il se leva d'un bond, ses jambes engourdies le supportant mal, puis se posta devant ses compagnons.

– Jusqu'à présent, leur déclara-t-il, je me suis laissé porter par les événements. Je prenais les choses comme elles venaient. Mais maintenant… Il avala sa salive, comme pour faire appel à toute son énergie et essayer de se rappeler exactement ce qu'il avait à leur dire : … Mais maintenant, répéta-t-il, j'insiste pour que nous décidions de façon précise de la direction à prendre. Je me refuse à continuer d'errer au hasard.

Il regarda autour de lui, surpris, et même agréablement impressionné par l'ardeur qu'il avait mise à prononcer ces mots.

Sybil le regarda avec pitié.

– Avez-vous une suggestion à nous faire à ce sujet ? demanda Gage.

– Non… pas exactement, fit-il déconcerté par une question aussi précise. Mais… je… j'ai un plan.

Il regarda autour de lui et ne vit que mépris et sourires ironiques.

– Et quel est ce plan ? fit Gage se penchant vers lui.

– Nous dépendons tous les uns des autres, maintenant, balbutia Freddy décontenancé par l'air ironique de ses compagnons. Nous nous divisons en petits groupes. Nous travaillons systématiquement. Nous partons chaque jour dans une direction différente, nous revenons tous les soirs à notre point de départ et nous comparons nos données. Nous reviendrons peut-être bredouilles une fois ou deux, mais l'un de nous finira bien par tomber sur le chemin du retour.

– Mais je le connais, ce chemin, fit Garvix avec un sourire indulgent. Puisque je t'ai dit que j'ai vu la flèche.

– Non, tu ne l'as pas vue, rectifia Freddy. C'est Tom qui l'a vue.

– Ça revient au même, déclara Garvix.

– C'est vrai, dit Putney. Je l'ai vue.

– Tu n'as cessé de nous mentir, fit Freddy qui regardait Garvix d'un air méfiant. Je ne vois pas pourquoi on te ferait confiance, maintenant.

– Je crois bien que tu es obligé de me croire sur parole, Freddy, dit Garvix et une lueur cruelle s'alluma dans ses yeux.

– Mais es-tu sûr de ton affaire, cette fois, Léo ? demanda Sybil d'une voix implorante. Absolument sûr ?

– Et comment que je le suis ! Mais sur un point, je suis d'accord avec toi, Freddy. Nous avons besoin de nous organiser sous l'autorité d'un chef… et ce chef, ce sera moi.

– Ça, je ne l'accepte pas ! déclara Freddy.

– Tu ne l'acceptes pas ? et de nouveau Garvix arbora son petit sourire ironique.

– Non, et pour la bonne raison que depuis le début tu as pris la tête de notre randonnée. Or voilà, par ta faute, où nous en sommes. Et nous devrions te suivre les yeux fermés parce que Tom a soi-disant vu la flèche. Et cherchant désespérément un appui auprès des autres : Je suis aussi qualifié que toi pour me mettre à votre tête.

– Bof ! s'exclama Putney.

Garvix éclata d'un rire insultant et dit :

– Si on t'y enfermait, tu ne serais même pas capable de sortir d'un sac en papier, Freddy.

– Il lui serait en tout cas difficile de s'en tirer plus mal que toi, Léo, déclara Gladys.

Et cette fois, ce fut au tour de Freddy de rire, tant il était ravi de trouver un appui, si faible fût-il. Il s'efforça de crâner, mais déjà son courage s'effritait.

A cet instant, le soleil apparut dans toute sa splendeur, tel un ballon d'hélium, et sous ses blancs rayons ils ressemblèrent à un de ces groupes que l'on voit sur de vieilles photos pâlies.

– Regardez... le soleil se lève ! s'écria Garvix. Nous nous guiderons sur lui comme sur un phare. Et maintenant, en route. Il va faire une journée magnifique.

– Je veux bien être pendu si je te suis ! gueula Freddy.

– A ta guise ! et Garvix, haussant les épaules, lui tourna le dos.

Freddy quêta chez ses compagnons un signe d'encouragement, mais déjà tous se rangeaient derrière Garvix. Il lança alors un regard implorant à Gage et lui cria :

– Et vous ? Vous allez donc vous laisser faire, comme les autres ?

– Allez-y, docteur, fit Garvix, et cette fois son sourire se fit sardonique. Cela m'intéresserait d'écouter les suggestions d'un homme raisonnable.

– Je n'ai aucune suggestion à faire, dit Gage d'un ton sans réplique. Je souhaiterais seulement que nous nous conduisions de façon raisonnable.

– Raisonnable ? répéta Garvix que ce mot semblait amuser.

– Exactement. C'est-à-dire sans idées préconçues, fit Gage s'efforçant de donner du poids à ses paroles qui en réalité ne pesaient pas lourd.

– Et toi ? fit Freddy se tournant, l'air désespéré, vers Gladys.

Elle le regarda avec pitié, se détourna de lui et alla rejoindre les autres qui s'étaient groupés autour de Garvix. L'air malheureux, il la suivit des yeux.

A sa manière maladroite, inefficace, il s'était efforcé de marquer un point, mais sa tentative se soldait par un échec. Lorsqu'il vit les autres prêts à suivre Garvix, il fut pris de panique.

– Attendez… Attendez-moi ! cria-t-il d'une voix aiguë et chevrotante. Et attrapant sa gourde et sa veste, il se dirigea vers eux d'un pas chancelant.

– Regardez-le, ce bonhomme qui avait un plan, fit Garvix hurlant de rire. Ce bonhomme qui se prenait pour un meneur !… qui voulait fomenter une révolution !…

Il allait continuer d'abreuver Freddy de sarcasmes, lorsque brusquement quelque chose attira son regard.

– Au nom du ciel, Gladdy ! Et comme appuyée contre un arbre elle ne répondait pas, il reprit : Qu'est-ce qui te prend, bon Dieu !

– Rien, dit-elle d'une voix étouffée, mais aux mouvements spasmodiques qui agitaient sa nuque et ses épaules, il comprit qu'elle pleurait.

Il en fut déconcerté et pour dissimuler sa surprise, il éclata d'un rire tonitruant. Et prenant les autres à témoin :

– Elle dit qu'elle n'a rien et elle chiale comme un môme.

Il éclata à nouveau de rire et, tel un lézard, passa rapidement sa langue sur sa lèvre inférieure épaisse et sèche. Puis il s'approcha d'elle, ce qui de sa part était un geste conciliant, et demanda d'un ton plus humain :

– Voyons, Gladys, pourquoi pleures-tu ?

Elle se retourna, lança un regard appuyé à la tombe de Rogers, puis dit enfin, d'un air las :

– Si tu tiens à le savoir, je pleure sur nous tous.

Cette réponse eut le curieux effet d'exciter la colère de Garvix. Son visage tourna au rouge violacé et parut même enfler. Mais il domina sa colère, et ce fut d'une voix presque implorante qu'il dit :

– Ne me nargue pas, Gladdy. Tu pourrais le regretter.

Les autres observaient cette scène en silence, comme pétrifiés. On aurait dit les statues de marbre de pénitents devant un dieu courroucé.

Garvix agita de façon curieuse ses petits bras trop courts, qui ressemblèrent soudain aux pinces d'un crabe. C'était sa manière à lui de se remettre en selle.

Sur leur droite un cri jaillit. Tous se tournèrent et virent Ollie qui indiquait du doigt un point dans les taillis.

– Regardez ! Elle est de nouveau là ! s'exclama-t-elle.

Tous suivirent son doigt du regard et ne virent rien d'autre qu'une touffe de fougères.

– Qui ça ? demanda Freddy.

– Regardez-la ! répéta Ollie et sur son visage se lisait un émerveillement enfantin.

– Qui ? demanda à son tour Garvix en fronçant les sourcils.

– La petite fille, dit Ollie d'un ton ravi, comme si c'était la chose la plus naturelle du monde.

– La petite fille ? répéta Sybil, bouche bée.

– Quelle petite fille ? fit Gage.

Ollie, comme hypnotisée, fixait un point indéterminé dans les fourrés ! Gage fit un pas vers elle, et elle répéta, dans un transport de joie :

– La petite fille qui est couchée là, sous un arbre.

Elle se dirigea d'un pas léger, aérien – comme en rêve – vers l'endroit où une petite fille de sept ou huit ans, vêtue d'une blanche robe de communiante, en organdi orné de dentelle, dormait, étendue sous un chêne rabougri. Elle était coiffée d'un petit bonnet blanc dont le court voile de gaze se soulevait et s'abaissait au rythme paisible de sa respiration.

Ils suivirent du regard Ollie jusqu'à l'épaisse touffe de fougères et au chêne rabougri où elle se dressait maintenant, bras étendus en chantonnant doucement comme pour elle-même :

– C'est moi. Oui, c'est moi.

– Seigneur ! murmura Sybil.

Gage s'approcha d'elle prudemment, dit avec douceur : « Venez. » Elle ne sembla même pas se rendre compte qu'il la prenait par le bras.

Puis soudain elle discerna d'autres petites silhouettes virevoltant autour d'elle dans la forêt. Des enfants surgissaient des taillis. Leurs cris et leurs rires s'élevaient dans le crépuscule et leurs voix à la fois douces et aiguës, chantaient :

Ana, Mana, Mona, Mike,
Barcelona, Bona, Strike…

Attrape-moi, Ollie… Attrape-moi…
Ollie… Ollie… Ici… Là…

Ana, Mana, Mona, Mike,
Barcelona, Bona, Strike…

– C'est moi, répéta-t-elle d'une voix incertaine comme la vision s'estompait dans l'ombre fraîche et verte du sous-bois. Vous voyez bien que c'est moi.

– Oui, je vois. Mais maintenant, venez. On s'en va.

Elle se laissa entraîner comme une enfant docile, ses gestes étrangement saccadés, son corps comme désarticulé, tandis que l'écho des voix enfantines lui parvenait encore de loin. Brusquement, elle s'arrêta net. Gage voulut l'entraîner avec douceur, mais elle semblait clouée sur place. Elle regarda ses compagnons et dit, ne s'adressant à aucun d'eux en particulier, avec un sourire angélique :

– Nous sommes seuls, maintenant. Père est mort et il nous a laissés seuls.

– Dieu du ciel ! murmura Freddy Jamison.

A ce moment, Garvix se posta devant elle, solide comme un roc, lui bouchant le chemin. Il lui tendit les deux mains, paumes en l'air, comme en un geste d'offrande et dit :

– Mets tes mains dans les miennes, Ollie.

Elle contempla ces paumes tendues comme si elle essayait d'y lire quelque chose, puis elle se recroquevilla sur elle-même, à croire qu'elle y avait lu quelque terrible prédiction.

– Ollie ! tonna Garvix, le regard rivé sur le sien. Allez ! Vas-y ! Pose tes mains sur les miennes !

Elle avança une main hésitante, puis la laissa retomber.

– Vas-y ! et sa voix claironnante résonna dans la forêt.

Cette fois, du bout de ses doigts tremblants et glacés, elle effleura les paumes courtes et épaisses et aussitôt il emprisonna dans la sienne cette main fragile.

– C'est Léo, dit-il avec une étonnante gentillesse. C'est Léo qui est là. Elle eut vaguement l'air de le comprendre et Garvix reprit, d'une voix douce et persuasive : Léo fait toujours ce qui doit être fait… Souviens-toi, Ollie, tu me l'as dit toi-même. Léo va te ramener à la maison.

Son regard s'emplit soudain d'une immense gratitude et elle se mit à balbutier des mots sans suite… des fragments de mots qui se pressaient sur ses lèvres… et qu'elle lançait tantôt avec une brusque et brève colère, tantôt de la voix douce et haut perchée d'une enfant.

– Oui, Daddy, ramène-moi à la maison… Je rentre à la maison, Daddy… Ramène-moi à la maison.

Elle fit quelques pas vers Freddy, qui, terrifié, recula comme devant un spectre tout en marmonnant :

– Seigneur !… Seigneur !…

– Garvix marchait prudemment derrière elle, ses bras en pinces de crabe prêts à la retenir.

– Je me charge d'elle, fit Gladys en le repoussant. C'est moi qui vais m'occuper d'elle, désormais. Et joignant le geste à la parole, elle serra Ollie contre son cœur en murmurant d'une voix apaisante : Viens, ma chérie… C'est fini. Gladys va s'occuper de toi maintenant.

Elles se cramponnaient l'une à l'autre, échevelées, leurs vêtements froissés raides de crasse et de sueur, portant les stigmates de ces quatre journées passées à errer dans cette forêt hostile, des marques d'épuisement et de peur creusant leurs visages maculés et hagards.

Puis Ollie se laissa glisser sur les genoux, les bras noués aux cuisses de Gladys et dans le silence qui régnait on ne perçut plus que ses sanglots qu'étouffait la jupe de Gladys.

– Nous perdons notre temps ! s'exclama Garvix à nouveau débordant d'énergie. En route !

Il se baissa pour ramasser la musette de Rogers qui contenait les cartes et les instruments de l'arpenteur et la mit en bandoulière. Mais aucun de ses compagnons ne bougea. Ils restaient là, hésitants, incertains.

– Et si on criait ? dit brusquement Sybil.

– Crier ! fit Freddy.

– Oui, au secours.

– Mais personne ne nous entendra, rétorqua Garvix.

– On ne sait jamais. Il se trouvera peut-être quelqu'un pour nous entendre, fit Sybil qui ne renonçait pas à son idée.

– C'est pas impossible, fit Freddy, séduit par cette idée.

– Nous serons bientôt rentrés chez nous, dit Garvix. Inutile d'ameuter les populations.

– Vous ne voulez pas qu'on se mette tous à appeler ensemble ? demanda Sybil, en adressant à ses compagnons un regard implorant. Je vous en prie !

Ces mots résonnèrent tout à la fois comme un sanglot et un cri, et même s'ils trouvaient cette idée absurde, ils cédèrent devant l'air désespéré de Sybil. Puis ils se consultèrent du regard pour savoir qui commencerait à crier le premier.

Sybil, ayant eu elle-même cette idée, se sentait dans l'obligation de lancer elle-même le premier cri. Mais même après quatre jours d'errance, il restait encore en elle des bribes d'orgueil et de dignité. Cependant, tous attendaient qu'elle donne le signal, et elle s'en rendait parfaitement compte. Mais l'idée de prendre ne fût-ce que momentanément, la tête des opérations la paralysait.

Son premier appel à l'aide fut faible et hésitant.

– Au secours ! ... cria-t-elle. Elle attendit un instant l'effet de ce premier appel, puis recommença, cette fois d'une voix un peu plus forte.

« Au secours !... »

Ils écoutèrent le son de sa voix se répercuter dans la forêt immense et déserte. La fois suivante, Freddy se joignit à elle et c'est ensemble qu'ils crièrent :

« AU SECOURS ! »

Gladys suivit et leurs trois cris s'élevèrent, n'en formant qu'un.

« AU SECOURS ! »

Leurs trois voix s'élevant à l'unisson pénétrèrent telle une lance jusqu'au cœur de la forêt, et jusqu'aux collines qui la cernaient.

Ils avaient espéré contre tout espoir, d'une façon à la fois pathétique et vaine, entendre une voix leur répondre, apaiser leur angoisse, les guider jusque chez eux. Comme rien ne vint, ils essayèrent à nouveau, et cette fois Gage se joignit à eux.

Ils étaient quatre, maintenant, criant à intervalles réguliers, comme les battement d'un cœur :

« AU SECOURS !
AU SECOURS ! !
AU SECOURS ! ! !
AU SECOURS ! ! ! ! »

La voix de Sybil dominait toutes les autres. Mais ce fut seulement lorsque l'écho de leurs cris lui revint de très loin qu'elle sentit quel désespoir ils exprimaient.

Lorsqu'ils cessèrent, ils découvrirent que Garvix les regardait avec tristesse, peut-être même avec pitié. Pas une fois il ne s'était joint à eux. Pas plus que Putney ou qu'Ollie Gelston. Elle était restée assise sur la terre humide, les jambes repliées sous elle, à l'endroit exact où on l'avait posée un moment auparavant. Ses lèvres remuaient, mais il n'en sortait aucun son. Ses yeux embrumés, au regard lointain, continuaient à sourire à quelque forme invisible qui sommeillait parmi les fougères.

Ils crièrent encore une fois :

« AU SECOURS ! »

Mais leurs cris manquaient de conviction. Ils n'avaient plus l'unité et l'ampleur du début, et ils se terminèrent sur des couacs et des bêlements.

Garvix les regardait, un mauvais sourire aux lèvres. Puis d'un air indulgent, il hocha son énorme tête en disant :

– Bon ! Il me semble que ça suffit maintenant.

– Alors que faisons-nous ? demanda Gage.

– Nous partons ! lança Garvix comme un ordre.

– Nous partons pour où ? demanda Freddy.

Son visage était creusé par la fatigue et le manque de nourriture, ses traits plus accusés lui donnaient quelque chose d'ascétique.

– Nous rentrons chez nous, riposta Garvix.

– Oh ! Léo ! fit Sybil dont les yeux se mirent à briller. Tu crois vraiment qu'on sera chez nous vers midi ?

Elle avait posé cette question avec la vivacité d'une petite fille à qui l'on a promis de l'emmener enfin à la fête.

– Si je le crois ? Mais j'en suis sûr. Comme je te l'ai dit, j'ai vu la flèche de l'église. Si nous nous mettons immédiatement en route, nous arriverons chez moi pour le déjeuner.

– Est-ce que nous ne pourrions pas inviter quelques amis, pour fêter notre retour ? demanda Ollie en levant brusquement les yeux.

– Et pourquoi pas ? fit Garvix en lui caressant paternellement les cheveux.

– Malty pourra venir, lui aussi ?

– Naturellement. Nous organiserons un repas en plein air. Avec des hot-dogs et des huîtres.

– Et des épis de maïs frais, chantonna Sybil.

– Pourquoi pas ? reprit Garvix avec plus d'entrain que jamais. Et mieux encore... j'ouvrirai une caisse de champagne.

– Du champagne ? fit Freddy en dressant l'oreille.

– Oui, fit Garvix. Non seulement pour fêter notre retour, mais aussi la naissance des Garvix Enterprises Inc. qui seront enfin cotées en bourse.

– Une fête ! Une vraie fête ! fit Ollie avec une joie enfantine, en battant des mains. Et John ? Il pourra venir ?

En entendant prononcer ce nom, Garvix s'assombrit.

– Ne me parle plus de John, dit-il brutalement. Et frappant bruyamment dans ses mains : Et maintenant, en route ! Mais qu'il soit bien entendu que je suis votre chef et que Tom est mon adjoint.

Garvix fit une pause pour laisser à ses compagnons le temps de bien se pénétrer de ses paroles, si humiliantes fussent-elles pour certains d'entre eux.

– J'estime que c'est à moi qu'il reviendrait d'être ton adjoint, fit Freddy d'un ton geignard.

– Pour quelle raison ? aboya Garvix.

– En raison de mon âge. De ma naissance. Et de mes droits, balbutia Freddy, déconcerté.

– Vous avez entendu ce qu'a dit Mr. Garvix, fit Putney, hargneux. Son second, c'est moi.

– Je refuse purement et simplement de m'incliner devant une telle décision, fit Freddy, exaspéré. Qui est ce garçon ? Un gamin de l'Assistance... Rien de plus qu'un...

– Désolé, Freddy, fit Garvix le réduisant au silence. Tu viens de me démontrer amplement que tu n'as aucune des qualités requises pour faire un chef.

Il avait dit ces mots sans méchanceté, mais avec l'indulgente fermeté d'un père qui s'adresse à un fils particulièrement obtus.

Devant l'air ulcéré de Freddy, Garvix se fit plus conciliant encore, et lui donna même quelque espoir.

– Je suis tout disposé, d'autre part, à t'observer et à voir comment tu réagis dans des circonstances difficiles.

– Il me semble que c'est à moi qu'il appartient d'être votre adjoint, dit soudain Gage.

Gladys pivota sur elle-même pour lui faire face, mais Gage feignit d'ignorer son regard incrédule.

– Tiens, tiens, tiens, fit Garvix franchement amusé. Qui aurait cru…

– Je possède les qualités requises, reprit Gage.

– Ah ! Oui ? Lesquelles ?

– Une habileté manuelle, certains dons que les autres n'ont pas.

Gladys, bouche bée, regardait Gage comme si elle ne le reconnaissait plus.

– Par exemple ? fit Garvix avec une feinte curiosité.

– Je pourrais entre autres vous aider à faire façon de tous ces gens, fit Gage en regardant Garvix droit dans les yeux.

– Faire façon de nous ? s'exclama Gladys, le souffle coupé.

Gage ne lui accorda aucune attention. C'était à Garvix, et à Garvix seul qu'il s'adressait.

– Vous avez besoin de quelqu'un qui vous aide à accomplir vos desseins, ajouta-t-il.

– Ses desseins ! fit Gladys prenant feu. Non, mais vous l'entendez ? *Monsieur Voix du Peuple ! Monsieur Règne de la Majorité !* et elle éclata d'un rire méprisant.

– Oui, vous avez besoin de moi, Garvix, reprit le docteur appuyant de façon à donner à ses paroles une sinistre signification.

– Besoin de vous ? ricana Garvix, son corps massif et trapu secoué d'un rire convulsif. Non, je n'ai pas besoin de vous. Vous n'êtes qu'un zéro en chiffre.

– Pas si vite… fit Gage qui avait rougi.

– Bouclez-la ! tonna Garvix. Si vous tenez à vous joindre à nous, je vous conseille de la boucler… Ah ! autre chose encore – il plissa les paupières et fit du regard le tour de ses compagnons –, je vous interdis à tous de prononcer le nom de John Bayles. A partir de maintenant, il est mort pour nous. Tout comme Albert. Nous ne parlerons plus jamais ni de l'un ni de l'autre. Ils n'existent plus. Ils n'ont jamais existé.

Tous restèrent là devant lui, tête baissée, l'air apeuré, tandis que, brandissant le poing, il leur dictait ses nouvelles lois.

– Eh bien ! moi, je ne marche pas, fit Gladys quand il en eut fini. Et d'une voix à la fois perçante et chevrotante elle ajouta : Je ne te suivrai pas. Je me refuse à faire partie de cette conspiration.

Elle avait dû faire appel à tout son courage pour prononcer ces paroles. Son visage était d'une pâleur de cendre. Puis elle se mit à courir comme quelqu'un dont les vêtements seraient en flammes.

– Où t'imagines-tu aller ? tonna Garvix.

– Retrouver John, fit-elle en se tournant à moitié. Il ne doit pas encore être très loin.

– Je viens avec toi, lui cria Freddy qui s'élança sur ses traces.

– Moi aussi ! dit Sybil.

Les deux Jamison passèrent en trombe devant Garvix, tels des gens qui fuient une catastrophe. Il les regarda partir, puis à l'instant même où Gladys passait à la hauteur de Putney, il leva la main et fit claquer ses doigts tel un magicien commandant aux éléments.

Aussitôt Putney sauta sur Gladys et, lui enserrant le cou de son bras, l'entraîna dans les fourrés tandis qu'elle hurlait et se débattait.

Freddy s'arrêta pile, l'air stupéfait. Les autres, pétrifiés, croyaient vivre un cauchemar. Putney, portant Gladys qui se débattait désespérément et fendait l'air de ses jambes, l'entraîna dans les fourrés. Une seconde plus tard, tous deux avaient disparu à leur vue et seuls les feuillages encore agités marquaient la trace de leur passage. Puis du plus profond des fourrés leur parvint le bruit affreux d'une lutte désespérée, suivie des cris perçants et plaintifs d'un petit animal pris dans les serres d'un oiseau de proie.

Jamison allait s'élancer.

– Je ne te le conseille pas, Freddy, fit Garvix se plantant devant lui. Sinon, ce pourrait bien être ton tour.

Un cri aigu, déchirant, s'éleva et presque aussitôt Tom revint à pas lents dans la clairière. Il referma son couteau de poche. Du sang coulait de ses mains. Tous le regardèrent en silence s'approcher d'eux d'un air dégagé.

– Parfait ! claironna Garvix. Et maintenant tous en ligne. Il frappa dans ses mains et tous s'exécutèrent docilement. Puis il reprit : Aussitôt que nous serons sortis de la clairière, j'exige que vous marchiez à la file, les uns derrière les autres, en laissant entre vous une distance de cinq pieds au minimum. Quand je lèverai la main droite, cela voudra dire que nous nous arrêtons. Quand je lèverai la gauche, que nous repartons. Nous nous arrêterons toutes les quarante-cinq minutes, et ce pendant sept minutes. Nous ferons une halte de vingt minutes à l'heure du déjeuner. Nous marcherons ainsi jusqu'au crépuscule. J'interdis à quiconque de remettre en question la direction que je prendrai. Nous ne formons plus qu'un désormais. Nous agirons de concert. Unis, nous triompherons. Divisés, nous échouerons… Compris ?… et il frappa à nouveau dans ses mains. Quand j'en donnerai le signal, nous nous mettrons en marche comme un seul homme. Il frappa à nouveau dans ses paumes, si fort cette fois que l'écho de ses coups se répercuta dans la forêt comme un glas. Compris ?… En avant, marche !

Garvix sortit de la clairière. Les autres, soumis et silencieux, suivaient en file derrière lui. Les oiseaux pépiaient, gazouillaient, sautaient, tout excités, de branche en branche. Déjà les grillons avaient repris leurs longues et incessantes stridulations et comme les malheureux errants se dirigeaient d'un pas rapide et résolu vers la boule de feu du soleil, ils ressemblèrent soudain à des enfants qui jouent aux petits soldats.

Épilogue

Le jour tombait lorsque les enfants sortirent de la forêt. Ils en émergèrent à l'endroit exact qu'avait prédit Léo… à l'arrière de la maison des Garvix, où, à la lisière de la forêt, s'étendait la vaste et longue pelouse qui montait en douces ondulations jusqu'à la maison de maître.

Léo, un solide garçon de treize ans, au corps trapu et aux joues roses, menait la marche. Il était suivi d'une bande de gosses sales et déguenillés, presque tous beaucoup plus jeunes que lui, épuisés, crottés, affamés. Cela faisait plus de quatre heures qu'ils erraient dans les bois à se livrer aux jeux qu'affectionnent les enfants après un somptueux goûter d'anniversaire où ils s'étaient bourrés de gâteaux, de sirops et de crème glacée.

Ce goûter d'anniversaire était donné en l'honneur d'Ollie Gelston. On fêtait ses sept ans révolus et elle avait fait le matin même de ce dimanche sa première communion. Or maintenant sa fraîche robe blanche de communiante, toute d'organdi et de dentelle, immaculée quatre heures plus tôt, n'était plus qu'une loque froissée et salie, dont l'ourlet déchiré lui pendait comme un pansement bien au-dessous des genoux. Une longue égratignure en zigzag allait de son coude à son poignet, et elle se traînait derrière les autres en pleurnichant.

Elle s'était mise à pleurer dès l'instant où elle avait aperçu les trois hautes tourelles du manoir des Garvix se dressant au-dessus du faîte des arbres. Aussitôt qu'elle vit son père, un homme à l'aspect fragile, aux cheveux blancs, le cou frileusement enveloppé dans un foulard de soie, elle se détacha de ses petits compagnons et courut vers lui en hurlant.

Léo savait parfaitement ce qui l'attendait. Il savait qu'il était tard, qu'ils s'étaient attardés beaucoup trop longtemps, et il savait également qu'on l'en tiendrait responsable. Avant même de sortir de la forêt, dès qu'il entendit le choc des maillets sur les boules du jeu de croquet disposé sur la pelouse, près de la maison, et les voix des grandes personnes, graves et mesurées, qui leur parvenaient jusque dans les taillis, il sentit la peur le prendre au ventre. Et à la pensée qu'il allait devoir affronter son père, il se recroquevilla sur lui-même.

Helen Blaylock, une de leurs petites voisines, marchait sur les talons de Léo comme un chiot bien dressé. Elle tenait par la main un grand garçon dégingandé, d'un âge indéterminé, qui s'appelait Albert Rogers. Albert pouvait aussi bien avoir quinze ans que trente. Il est quasi impossible de déterminer avec certitude l'âge d'êtres de ce genre. Mais en un point tout au moins il était le plus jeune de la bande. En effet, faible d'esprit, il avait le développement mental d'un enfant de cinq ans. Son visage offrait toujours la même expression… celle d'un doux, rêveur, et baveux demeuré.

Il ne s'exprimait, pour ainsi dire, que par chiffres, et tandis qu'il avançait en traînant les pieds derrière Tom comme un bon gros ours de cirque, il ne cessait de marmonner des litanies de nombres, les yeux levés vers le ciel, comme s'il cherchait à conjurer le sort.

Les fermiers de la région racontaient toute sorte de choses sur Albert Rogers, entre autres qu'il était né « coiffé », ce qui pour les gens superstitieux est un signe. De plus une mèche blanche tranchait dans ses cheveux roussâtres. Une mèche en forme d'étoile comme un joyau incrusté dans sa tignasse rebelle. Lorsque les gens du pays se rendirent compte, comme il grandissait, qu'Albert était un « innocent », ils lui attribuèrent de mystérieux pouvoirs. Et les fermiers des environs versaient à ses parents du bel et bon argent pour que ce « simple » vienne sur leurs terres, armé d'une baguette, leur dire à quel endroit ils devaient creuser pour faire jaillir une source. Son père, l'arpenteur local, un patriarche aimé et respecté de tous, emmenait son fils, ce garçon pas comme les autres, dans ses randonnées dans la région où il effectuait des arpentages.

Ils arrivaient sur la pelouse maintenant – tous les huit – exténués, se traînant, et plusieurs d'entre eux étaient au bord des larmes. Ils crevaient de peur, et déjà Léo passait fiévreusement en revue les raisons qu'il pourrait invoquer pour expliquer leur retard. Un éclair de chaleur zébra le ciel. Et à sa blanche lueur Léo vit une boule de croquet d'une brillante couleur orange rouler sur la pelouse. Il la suivit des yeux jusqu'à ce qu'elle s'immobilise et vit John Bayles, un maillet à la main, posté à côté de son père. Il comprit alors qu'il avait fini de rire. Sans aucun doute John était arrivé avant eux – au moins une demi-heure avant eux – et il avait certainement « rapporté ». Ce qui agaça Léo, qui l'enragea même, ce ne fut pas le fait que John ait « rapporté ». Que pouvait-on attendre d'autre de ce pleurnicheur ? Non, c'était le fait que John connaissait un raccourci qui l'avait ramené à la maison plus vite que lui.

Une boule verte s'arrêta aux pieds d'Ezra Garvix et Léo vit alors son père, au fond de la pelouse, qui tenait son maillet à deux mains, comme une canne à pêche, et se préparait à frapper. Il leva les yeux et vit la bande de gosses qui sortait de la forêt en se traînant péniblement.

– *18 degrés sud... sud-ouest... 30 minutes... 12 secondes*, marmonna Albert en bavotant, dans le dos de Léo.

Devant l'air irrité et furieux de son père, qui se tenait jambes écartées, balançant son maillet, Léo fut inondé d'une sueur froide.

Les autres parents avaient eux aussi abaissé leurs maillets, et Léo vit Malty Gelston et Edward « Ted »

Bayles rejoindre son propre père... sévère et impitoyable tribunal prêt à le faire passer en jugement.

– Par Dieu ! tonna Ezra Garvix ! En voilà des heures pour rentrer !

– Non, mais regardez-les !

– On dirait qu'ils se sont roulés dans la boue. Qu'est-ce que vous avez encore fabriqué ?

Ils bombardaient les gosses de questions avant même qu'ils soient arrivés jusqu'à eux.

– Où diable êtes-vous allés, Léo ? tonna à nouveau Ezra Garvix. Et qu'avez-vous encore inventé ?

Léo vit John Bayles se réfugier derrière son père et lui lança un regard empli de haine.

– Ben, on s'amusait, on jouait, fit Léo en s'efforçant de prendre un ton dégagé, gai même, pour présenter les choses sous leur meilleur jour.

– Ils s'amusaient ! Non, mais vous vous rendez compte !

– Ah ! vous jouiez ? Savez-vous l'heure qu'il est ?

– Silence ! gronda Ezra Garvix. Laissez mon fils s'expliquer.

A ce moment, les dames surgirent de la vaste véranda dallée et s'approchèrent tandis que continuait l'interrogatoire des coupables.

– Regarde un peu dans quel état est ta robe, fit Malty Gelston d'un ton sévère.

Ollie éclata en sanglots et se jeta dans les bras de son père en disant :

– Léo nous a entraînés toujours plus loin dans la forêt et il voulait pas qu'on rentre à la maison.

– Qu'est-ce qu'il a fait ? s'exclama Ezra Garvix, l'air menaçant.

– Il nous a fait croire qu'on était perdus, fit John Bayles d'une voix chevrotante. Et il a aussi voulu nous faire croire qu'il était le seul à connaître le chemin du retour. Et qu'on devait rester avec lui sinon on sortirait jamais de la forêt.

– Je ne t'ai rien demandé, John, fit Ezra Garvix d'un tel ton qu'à nouveau John se cacha derrière son père.

– Par Dieu, Ezra, je t'interdis de parler sur ce ton à mon fils, aboya Ted Bayles.

– Je lui parlerai sur le ton qu'il me plaît !

– Je t'en défie bien !

– Ton fils nous a donné sa version des choses, fit Ezra qui bouillait de rage. Laissons parler les autres, maintenant.

Ezra et Ted se mesurèrent du regard. On sentait que ce n'était pas la première fois qu'ils s'affrontaient ainsi et qu'il devait exister, entre eux, et depuis longtemps, une haine recuite.

– C'est vrai, fit la petite Sybil Hungerford d'une voix aiguë. C'est bien vrai. Léo nous a dit qu'on était perdus. Il voulait pas nous laisser rentrer à la maison. Il voulait qu'on continue à jouer à « suivez le chef ». Et il voulait que personne d'autre que lui soit le chef.

Cela faisait trop longtemps qu'elle retenait ses larmes, et poussant un long et perçant gémissement, elle éclata en sanglots convulsifs.

Annie Bailey, la gouvernante de maison des Hungerford, serra contre elle la petite fille qui enfouit son visage dans ses amples jupes.

– Pourquoi n'es-tu pas intervenu, Freddy ? fit-elle en se tournant, indignée, vers un jeune garçon qui se tenait derrière elle, le pan de sa chemise sortant de sa culotte, la semelle d'une de ses chaussures bâillant largement. Mrs. Bailey avait amené de chez les Hungerford Sybil, Freddy, et sa propre petite fille, Gladys, passer la journée chez les Garvix…

– Ça m'étonne de ta part, Freddy, reprit-elle sévèrement. Tu aurais dû intervenir.

– Mais je ne savais pas du tout où nous étions, Mrs. Bailey. Honnêtement je ne le savais pas, fit le jeune garçon d'un ton geignard. Cette forêt, moi, je ne la connais pas.

A peine Annie Bailey se fut-elle détournée que Freddy lui tira la langue. Le père de ce petit Anglais était un cousin éloigné de Mr. Hungerford qui l'avait invité à passer l'été chez eux. La mère de Sybil, Nell Hungerford, ne manquait jamais de dire aux gens que son petit cousin Frederick était le petit-fils du dixième comte de Sandwich. Et elle ajoutait invariablement après avoir fait cette fracassante révélation, tandis que son regard allait du jeune Freddy à sa fille Sybil : « Il est appelé à un brillant avenir. »

Le visage redoutable d'Ezra Garvix tourna au rouge violacé et son double menton se mit à trembler tandis qu'il demandait :

– Ce que disent tes petits camarades est vrai, Léo ?

– Oh ! oui alors ! que c'est vrai ! s'écria John Bayles.

Léo, bras étendus et genoux ployés, sauta à la gorge de son cousin.

On parvint tout juste à les séparer avant qu'il y eût trop de mal de fait. Ezra Garvix prit son fils par l'oreille, comme un lièvre abattu par un chasseur, et le gamin grimaça de douleur.

– Eh ben ! oui ! c'est vrai ! cracha-t-il, furieux de voir ses petits compagnons le lâcher à peine sortis de la forêt. Oui, c'est vrai ! Ils sont tellement bêtes ! Ils ont cru tout ce que je leur disais ! et il éclata de rire.

Le bras d'Ezra Garvix, haut levé, était déjà prêt à s'abaisser comme le couperet de la guillotine, mais au moment même où il allait frapper, la petite Gladys Bailey dit d'une voix flûtée :

– Non, je vous en prie, ne le battez pas, Mr. Garvix ! Il était le seul à connaître le chemin du retour. Sans Léo, on serait encore là-bas, en pleine forêt... vous pouvez me croire.

Ébranlé par cette attendrissante intervention, Ezra laissa retomber son bras et Léo adressa à Gladys un regard éloquent et reconnaissant. Le joli visage de la petite fille s'empourpra, tandis qu'Annie Bailey réprimait un petit sourire de satisfaction.

– *14... 16... 43... 81... 44...* marmonna à nouveau Albert.

Tous se tournèrent vers lui et remarquèrent pour la première fois qu'il était couvert de la tête aux pieds de feuilles mortes et de gratterons.

– *22... 16... 19... 33... 12...*

– Pourquoi est-il dans un tel état ? tonna Ezra Garvix. Qu'avez-vous encore fait à ce pauvre Albert ?

– Ils l'ont enterré, dit Sybil, et Freddy et elle ricanèrent.

– C'est pas vrai ! s'écria Léo.

– Oui, c'est vrai... tu l'as enterré ! firent Sybil et Freddy en lui tirant la langue.

Ce bruit, ces discussions mirent Albert dans un état d'extrême agitation.

– *14... 16... 43... Feu... Nuit... 23... 31...*

– Calme-toi, Albie... Calme-toi, fit Ezra Garvix d'un ton apaisant.

Il se tourna alors vers un petit garçon de huit ou neuf ans à l'air sérieux qui, un peu à l'écart, observait cette scène sans rien dire. Il paraissait singulièrement mûr pour son âge et le calme avec lequel il assistait à ce règlement de comptes avait quelque chose d'inquiétant.

– Tout cela est-il exact, Harry ? lui demanda Ezra Garvix d'une voix dangereusement douce.

Il pouvait difficilement s'en prendre au jeune Harry Gage qui était presque un inconnu pour lui. Ses parents, nouveaux venus dans la région, s'étaient tout récemment rendus acquéreurs de l'immense et prestigieux domaine Stuart qui jouxtait ses propres terres. En fait Ezra Garvix devait, la semaine suivante, en reconnaître les limites et le bornage en compagnie du père de Harry, un chirurgien de grand renom qui venait de prendre sa retraite et qu'il désirait fort rencontrer. Il tenait tout particulièrement à nouer dès le début de bonnes relations avec ses nouveaux voisins. C'est pourquoi il avait invité le jeune Harry au goûter d'anniversaire offert en l'honneur d'Ollie.

– Tout cela est-il exact, Harry ? répéta-t-il, comme si le fait qu'il était nouveau venu dans la région lui permettait de se montrer plus objectif.

Le petit garçon, imperturbable, lança un regard à ses compagnons en loques et en larmes. Il y avait du dédain dans ce regard. Lui seul semblait être sorti intact de ce pénible après-midi dans la forêt.

– Cela dépend, dit-il après un moment de réflexion.

– Cela dépend de quoi ? fit, non sans un certain agacement, Ezra Garvix qui n'aimait pas les énigmes.

– Du point de vue où on se place.

– *14... 16... 43...* fit Albert qui reprit ses marmonnements entrecoupés de gémissements.

A cet instant une femme corpulente, d'une soixantaine d'années, au visage épanoui, sortit en courant de la maison de maître, traversa vivement la véranda et se dirigea vers eux.

– Albie... Albie... appela-t-elle en haussant la tête pour chercher à apercevoir son fils.

C'était Bessie Rogers qui de tout temps avait été la gouvernante de maison des Garvix.

– Albie ! s'exclama-t-elle quand elle l'eut enfin atteint, en repoussant une des rudes mèches rousses qui lui retombait sur les yeux. Où étais-tu ? Et qu'as-tu encore fabriqué ?

– Il n'a rien fait de mal, Bessie, dit Ted Bayles. Mais je crains bien que cette bande de galopins l'ait enterré sous une couche de feuilles mortes.

– *Anges... Démons... 12... 9...*

– J'ai bien essayé de les empêcher, Mrs. Rogers, dit la petite Helen Blaylock. Mais on a dit, pour jouer, qu'il était mort, alors il a bien fallu l'enterrer.

– *16... 18... 39...*

– Là, là, Albie, roucoula Bessie. Là, c'est fini, c'est fini.

Elle entoura de ses bras son « innocent » de fils et l'entraîna vers un vaste fauteuil d'osier. Elle s'y assit, le prit sur ses genoux, ses longues jambes battant contre celles de sa mère. Là, là, c'est fini, mon petit ! Elle lui appuya la tête contre sa vaste poitrine et se mit à le bercer en répétant : Là, là, c'est fini !

Dans leur dos, le soleil se couchait et leurs silhouettes se détachaient sur ses derniers rayons. On aurait dit une de ces *pietà* de marbre qui souvent ornent les jardins à l'italienne.

Un éclair de chaleur zébra le ciel et illumina la pelouse de son intense lumière blanche. Des lointaines collines leur parvint un sourd grondement de tonnerre. La pluie n'allait pas tarder à tomber.

Malty Gelston leva les yeux vers le ciel qui s'assombrissait et dit, en poussant un soupir de soulagement :

– Je crois que nous ferions bien de ramener ces enfants chez eux et de leur faire prendre un bain. Tu verras, Ollie, ce que dira ta mère en constatant dans quel état est ta robe !

Ils prirent rapidement congé et bientôt tous partirent chacun de leur côté.

Le goûter d'anniversaire avait pris fin. Tout comme le long après-midi. Deux domestiques sortirent de la vieille et vaste demeure et descendirent sans se presser la vaste pelouse aux molles ondulations.

Ils débarrassèrent la longue table des confetti, des serpentins et des chapeaux de papier qui l'encombraient, la replièrent et l'emportèrent en vue d'une autre occasion. Puis ils firent un ballot de la nappe et des serviettes maculées de taches de crème glacée et de sirop qu'ils mettraient au linge sale.

Ils ramassèrent les boules, les maillets et les arceaux du jeu de croquet, éparpillés sur la pelouse et les portèrent dans un petit hangar, au fond du jardin.

Tandis qu'ils s'activaient ainsi, un vol de rouges-gorges, se détournant d'une destination inconnue, s'abattit sur la pelouse et se mit à picorer les miettes du gâteau d'anniversaire qui jonchaient l'herbe à l'endroit où se dressait un peu plus tôt la longue table. Puis vinrent les mésanges qui se mirent à leur tour à pépier et à picorer, dans la lumière tamisée de cet après-midi finissant.

Ce soir-là, Léo Garvix alla se coucher sans dîner. Son père lui avait administré une sévère correction et il se vit retirer, pour quelque temps, certains privilèges auxquels il tenait tout particulièrement.

Couché sur le dos, les yeux au plafond, dans sa chambre que gagnaient peu à peu les ombres, Léo, tout en chantonnant bouche fermée, se complut à imaginer le châtiment exemplaire qu'il infligerait le lendemain à John Bayles pour se venger.

DU MÊME AUTEUR

Nécropolis
Grand Prix de littérature policière 1978
Seuil, 1978, 1991
et « Points », n° P165

La Traque
Seuil, 1979
et « Points », n° P107

Trois heures du matin à New York
Seuil, 1983
et « Points », n° P394

La Maison près du marais
Seuil, 1984
et « Points », n° P395

La Nuit du solstice
Seuil, 1985
et « Points », n° P234

Le Train vert
Seuil, 1988
et « Points », n° P361

Le Tueur et son ombre
Seuil, 1990
et « Points », n° P233

Le Maître de Frazé
Seuil, 1993
et « Points », n° P81

La Fille aux yeux de Botticelli
Seuil, 1996
et « Points », n°P388

Le Concierge
Seuil, 1998
(à paraître)

RÉALISATION : PAO ÉDITIONS DU SEUIL
IMPRESSION : S.N. FIRMIN-DIDOT AU MESNIL-SUR-L'ESTRÉE
DÉPÔT LÉGAL : JUIN 1998. N° 34528 (42954)